D+

dear+ novel

ao no koto no ha ・・・・・・・・

青ノ言ノ葉

砂原糖子

新書館ディアプラス文庫

青ノ言ノ葉

contents

illustration : 三池ろむこ

青ノ言ノ葉

いつからか感じていた。

人はたとえ身一つで空を飛べても、「夢のようだ」なんてけして思えやしないんだって。

◇◇◇

世界の人口が三百億人を超えたのは随分前の話だ。西暦二千年代前半に一度停滞しかけた人口は、食糧難の解決と共に上昇に転じ、医療の飛躍的な進歩も後押しして増え続けた。

過密する街は、デッドスペースを靴箱や本棚にでも変えるみたいに空へと伸び、月や火星には各国の巨大なコロニーが我先にと並んだ。

多くのレアメタルが希少ではなくなり、かつて月面資料館に恭《うやうや》しく飾られた『月の石』は、今やただの石ころ。宇宙旅行はいつの間にか『お一人様から申し込めます』のフリープランに変わって、添乗員も同行しない。週末は、大昔のどこかの家族連れがデパートのエレベーターで屋上遊園地を目指したように、宇宙エレベーターで宇宙ステーションの古臭いテーマパークへ向かう。

宇宙は馴染みの近所へと変わった。

一方で地上は遠のき、相変わらず世界の富の八十パーセントを占める一パーセントの富裕層が、地球上の土地の大部分を私有地に変えた。地面を触ったことのない子供がいる。野菜や肉は工場でしか生まれないものだと信じている大人もいる。

エイリアンにはまだ出会えていない。タイムマシーンも『どこでもドア』も未完成のまま。人は未だ光の速度を超えられず、地球の近所を訳知り顔で旅しても、銀河系の端でジタバタしているに過ぎない。

今も昔も地球は青い。

美しく、ときどき淋しい。

誰もが、たまに戻れない過去に思いを馳《は》せる。失われた人の写真や動画を見つめて涙し、会えない人とゴーグル不要のＶＲで会話した後は、心に空いた穴は狭まるどころか広がった気さえする。砂糖や塩をキッチンから欠かさないように、どこの家にも、頭痛薬や胃腸薬と一緒に気分を晴らすサプリが眠っている。

西暦二三一八年、未来はまだ来ていない。

――夢のような未来は。


開け放しのドアから吹き込む風はカラカラに乾いていた。南の乾燥地帯から吹きつける風がコーン畑まで届く日は、午後から天候が崩れることが多い。

畑仕事を終えて家へと戻ったソウマは、長身の広い背を丸め気味にして、入口の傍《かたわ》らのシンクで両手を肘《ひじ》まで洗っていた。昔は無菌の実験室に籠《こも》りきりで、縦にばかり伸びた青年だったとは思えないほど、グレーのVネックの半袖《はんそで》シャツから伸びたその腕は逞《たくま》しく健康的に日焼けしている。

二十代も終わりにさしかかり、顔つきも精悍《せいかん》さが増した。剃《そ》り残しの髭《ひげ》の目立つ顎《あご》や、肩下まで伸びて無造作な一つ結びにした黒髪は洒落《しゃれ》てるとは言いがたいものの、どのみちこの家には美醜《びしゅう》を気にする者などいない。

街から遥か遠く離れた一軒家。最も近い都市でも距離は八十キロある。地平線の先にいつも見える街が、山を成すほど巨大なのだ。別名スプリングシティとも呼ばれる都市は、外周が螺《ら》旋《せん》のような形状で階層を成し、一般市民は貧富の差はあれどそちらで様々なシステムに守られ快適に暮らしている。

この外観も中身も質素な、ドーム状の家に住む人間はソウマだけだ。

「おい、今日の午後からの天気はどうなってる?」

ソウマは、傍らの大きなサイコロのような物体に声をかけた。

真っ白な『キューブ』。継《つ》ぎ目もセンサーの類《たぐい》も人の目には判らない、非常にシンプルな外観のロボットは、家庭用の極ありふれたヘルプロボットだ。アームを出したり、伸びたり縮んだりと作業に合わせて形状を変えるが、普段は三十七センチの滑《なめ》らかな立方体を成している。

顔のないロボットは前も後ろもなく、愛嬌《あいきょう》たっぷりの耳も尻尾も生やしてはいない。そのくせユーザー登録したソウマに犬のように寄り添い、すいすいと音もなくついて回った。

「ヘイ、キューブ！　今日の天気は？」

反応の鈍《にぶ》いロボットに、ソウマはもう一度マニュアルどおりに呼びかける。独居生活も長く、仏頂面の無表情でいる時間の長いソウマも、このときばかりはテンションを上げざるを得ない。

一台あれば家事のほとんどをこなせる能力を持つヘルプロボットだが、会話力は何世紀も前まで退行したんじゃないかと思えるほどひどいものだ。命令に応える以外は、子供の暇つぶし程度のやり取りしかできなかった。

これが現在最先端のＡＩを搭載したロボットとは思えない。片言の声も一音一音打ち込んだ音声を繋げたかのようなレトロさだ。

「今日ノ天候ハ晴レノチ曇《くも》リ。予想最高気温ハ三十一度、降水確率ハ五パーセントデス」

「本当か？　おまえの予報はよく外れるからな」

自然と苦笑するソウマに、キューブは淡々と仕事をした。

「車ガキマス。車ガキマス。ゴ注意クダサイ。ナンバーＸＡ、８７８８５」

キューブの吹きかけるエアーで手を乾かしながら、チラと戸口を窺えば、たしかに街のほうから近づく光と微《かす》かな砂煙が見えた。強化ガラス張りの車体のルーフを反射する光と、悪路を踏みしめるタイヤの上げる土埃《つちぼこり》だ。後者はこんな辺鄙《へんぴ》な土地くらいでしか見られない。

街の道路はすべて自動運転で完全制御されている。全車両の動きは衛星システムが制御しており、車はもはや動く丈夫な箱《ケース》だ。足さえつかない。磁場《じば》の備わった道路で、宙に浮いているのが常だった。

　タイヤを出すのは非常事態と、『変わり者』の住む私有地の未舗装の道路を走るときくらいのものだ。

「車ガキマス。ナンバー、エックス、エー、エイト、セブン、エイト、エイト、ファイブ」

　よく知る識別番号だ。キューブは注意を引くように繰り返すも、ソウマはもう見ようともせず、収穫した野菜をキッチンに運ぶよう命じた。

　キューブの周りには、銀色の丸い玉のようなものがわらわらと転がり集まってくる。

　クラスターロボットのドットだ。直径三センチの五一二個の銀の球体からなるロボットで、キューブを通販で購入した際にオマケでついてきた。添え物だけあって大した役には立たないが、上位ロボットであるキューブの指令を受信し、球の結合で自在に形を変える。今もキューブをサポートすべく、コンテナの形状に変化した。

　そうこうする間にも、来訪者は勝手に到着したらしく、家の前に自由に放った鶏たちのクワックワッと逃げ惑う声が響く。

　招かざる客は、ノックもなしに戸口に立った。

『相変わらずか、嘆《なげ》かわしいな』

「相変わらずか、嘆かわしいな」

男の声は、背を向けたソウマの耳には二重に響くも、それについてはもう瞬《まばた》きの一つすら反応する気力が湧かない。

玄関もなしにリビングとキッチンに続いているような、安っぽくも埃っぽい家だ。実業家として世界に名を馳せる男からすれば、確かに嘆きたくもなる暮らしだろう。

エリオ・ハートリー。ソウマと大差ない百九十センチ近い長身に、混血の進んだこの時代であってもゲルマン民族の血筋を強く感じさせる金髪に碧眼《へきがん》、パッと判りやすく人目を惹く男で、陽気なハンサムではあるがいつも笑っている目元や口元が胡散臭《うさんくさ》い。

ソウマとはジュニアスクール時代からの友人で、いわゆる幼馴染みだった。呼んでも頼んでもいないのに、数ヵ月に一度くらいの割合で『嘆かわしい』様を見にやってくる。

それにしても今回はスパンが短い。先月来たばかりだが、理由に興味はないのでとりあえず皮肉で応じた。

「……最近流行《はや》りの挨拶《あいさつ》言葉か？　あいにく俺は街の事情には疎《うと》いんでね」

「おまえのことだよ。ソウマ・ジャレッド・イシミ。『世界を変えた百人』に選ばれた男が、こんな田舎の荒れ地で隠居暮らしとはな。実に嘆かわしい」

「荒れ地じゃない。緑に囲まれてる」

「ああ、おまえが耕《たがや》した畑がな。九年もかけてスプリングシティの工場の一日の生産量にも満たない野菜しか作れないようじゃ、農学者としては優秀じゃなさそうだねぇ、ドクター」

遠慮のない男は、部屋に入ると中央の布張りのソファにどっかりと腰を下ろした。キッチンのカウンター内へ、逃げ込むように移動していたソウマは男を軽く睨みつける。

「趣味で作ってるだけだ。いつまでドクターって呼ぶつもりだ」

「いつまでだって言うさ。おまえが『ヴォイス』の開発者である限り」

「俺が作ったのはただの医療機器だ」

「はいはい。諦めろ、おまえがどんな認識だろうが世界の見る目は変わらないよ」

『ヴォイス』は、人の思考をそのまま通信に変える技術だ。繊維《せんい》状の回路を体に埋め込む必要があるものの、今やピアス穴を空けるより簡単な手術で、身一つで地球の裏側の友人知人、ビジネスの相手と語り合うことができる。

見る、聞く、話す、通信する。

人は通信機器を持ち歩く煩《わずら》わしさから、ついに解放された。応用はすぐに文書通信へと波《は》及《きゅう》し、さらにはドアの開閉から家電の操作まで。瞬《また》く間にコンピュータからキーボードの類は消え、目に見えるスイッチも失《う》せ、音声による命令すらもいらない、『心』に応えてくれる家電やロボットが時代のトレンドになった。

『ヴォイス』誕生から二十年あまり。利用者数は現在、世界人口の八割だ。

開発したソウマは九歳だった。

元は、現代の医療をもってしても会話の困難な患者との意思疎通《そつう》の向上が目的だった。それが思いがけない形で世界に普及し、技術もソウマの名前もどんどん一人歩きを始めた。

人の心を読む装置を開発した男。

世界中のあらゆる権威ある賞を与えられ、近年の『世界を変えた百人』に選ばれたのは十五歳のとき。他人の目には、さぞや華々しく映ったに違いない。

ソウマの周りには常に数えきれないほどの人間がいた。少しでもドクター・イシミの目に留まろうとみな必死で、ときには強引に他者を押し退《の》けてでも近づく者もいた。

正直、研究以外に興味はなかった。大学を飛び級で卒業し、十四歳で十年契約を交わして国の機関に入った。ソウマはすぐにラボを丸ごと任され、整った環境で新たな研究に好きなだけ没頭《ぼっとう》できた。

急に状況が変わったのは、二十歳のときだ。

取り立てて変化もない、いつもどおりの朝だった。ソウマは最後にいつ帰ったのか忘れるほど連日ラボに泊まり込み、栄養価だけは日々計算されて過不足なく補《おぎな》える、鳥のエサのようなシリアルで腹を膨《ふく》らませ、研究室のデスクでパソコンに向かっていた。

そこへ彼女が出勤してきた。数いるアシスタントの一人である彼女は、「おはようございます、ドクター」とにこやかに声をかけ、それから言った。

『まただわ。ドクターが帰らないんじゃ、今日もまた残業だわ。アンディの誕生日なのに』

彼女がシングルマザーなのは知っていた。パソコンの画面を見据えていたソウマは、普通の声だと思い込み、返事をした。

「なんだ、息子の誕生日なのか?」

「えっ、ご存知なんですか?」

何故、彼女が目を輝かせ、声を弾《はず》ませたのかソウマには判らなかった。気づかないままに、最良であると思えた対処法を告げた。

「『ヴォイス』でバースデーコールするといい。プレゼントがまだなら、コールマーケットで注文すれば夕方までに届く。君の帰りは今日も深夜だろう?」

にこやかに頷くかに思えた彼女は、頬を引《ひ》き攣《つ》らせて言った。

『冷たい人。期待した私がバカだったわ』

ソウマはそのとき初めて、彼女が『言った』わけではないと気づいた。彼女の自慢の厚ぼったい唇は少しも動いておらず、そしてそれからすべての人間がソウマに語り始めた。

心の声を聞かせるようになった。

ラボでも街中でも、知人も赤の他人も。老《お》いも若きも。ベビーカーの赤子さえもが、言葉にならない『声』を上げた。

ソウマが『ヴォイス』を開発してから、世界は静かになったと言われていた。遠距離通信だけでなく、隣の人間とも音声を介さずに意思疎通のできる『ヴォイス』で、みな密《ひそ》やかな会話を楽しんでいるはずだった。

ソウマの耳にはそれらすべてが聞こえた。

一変した世界は、まるでゾンビの群れにでも放り込まれたみたいで、生者を探したが見つからず、誰一人として心を垂《た》れ流さない者はおらず、自分と同じ状況の者も見当たらなかった。

最初のうちは平常心を保っていられた。

戸惑いながらも、心躍《おど》らせてすらいた。

これは、研究の飛躍的前進に繋がるかもしれないと。

ソウマのラボでの新たな研究は、人の意識を解明し、思考を読み取ることだった。

心を読む装置を開発した男などと言われていたが、『ヴォイス』が通信に変えているのは思考そのものではなく、言葉を発しようと声帯や顎周りの筋肉に脳が発する信号だ。伝えたい情報だけが相手に届くのはそのためだ。

ソウマは心の声が聞こえる理由を解明できると自負し、楽観視していた。

自《みずか》らを材料に実験を繰り返した。

けれど、成果は神の足跡でも探すかのようになに一つ得られず、解けない事象は次第に牙《きば》を剝《む》いて、ソウマの精神を蝕《むしば》み始めた。

心の声を聞きながら、心を読む研究を続けるなど皮肉でしかない。

研究目的そのものが、意に反したものであることも『声』を聞いて知った。自分は才能はあれど人望はなく、身近な人間からは疎まれる存在であるということも。

ソウマは莫大な違約金を払ってラボを去った。

忌《い》まわしい『声』が聞こえ始めてから、僅《わず》か三ヵ月後のことだ。

『まぁ、とにかく生きててよかったよ』

カラカラに乾いた風が、伸びた黒い前髪を揺らす。ソウマは『声』を響かせたエリオを見た。

「時々は様子を窺わないとな。世界を変えた男が人知れず孤独に死んでたりしたら、それこそ世界の大損失だ」

芝居がかった手ぶりに口調、大げさに心配する男の本心も今のソウマには丸判りだ。

『こいつが関わってる案件も多いからな。俺の事業にも悪影響が出かねない』

「世界じゃなくておまえのだろ」

溜め息交じりに返すと、迷いもなしにエリオは言い放った。

「まぁな、おまえに死なれちゃ商売上がったりだ。看板下ろすのは、俺が先に死んでからにしてくれ」

「……はっ、おまえらしい」

エリオは清々《すがすが》しいほどに裏表がない。真人間とは言いがたく、『ヴォイス』のコール一つで長年の仕事のパートナーを切り、罪悪感もなく複数の女性を同時に口説《くど》くような男だ。

けれど、なにもかも聞き通せるようになったソウマには、気楽な存在には違いなかった。

「エリオ、おまえはそのままでいろ」

「はっ？　当たり前だ、俺のどこに変わる必要がある。それよりおまえだ。だいたい開発者が『ヴォイス』を使ってないなんて知れてみろ、信用に関わるぞ」

「今更、信用がどうとかいうもんでもないだろ」

『ヴォイス』が心の声の聞こえる原因ではないかと第一に考えた。結局は外したところでピクリとも変化はなく、成果といえば通信手段を減らせて気楽になれたことくらいだ。

もう積極的に人と関わりたいとは思えない。

「せめて普通の端末《たんまつ》くらいは身に着けろ。連絡が取りづらいったらない」

「なんでおまえのために……そもそも、昔はみんな通信機器なんて持たずに暮らしていたんだぞ」

「動物のようにか？　そんな何万年も前の話をされてもな」

「バカ、せいぜい三百年だ。人が日常的に持ち歩くようになったのは西暦二千年前後からだからな」

「何万年も何百年も、俺からすれば大して変わらん。人間ってのは一度進化を覚えたら元には戻れないんだよ。おまえも『ヴォイス』を入れときゃ、その会話力の低いロボットに命令するのも楽になるってのに」

エリオはキューブのほうを見ると、溜め息交じりに言った。野菜を運び入れる作業を終えたキューブは、置きもののように静かにソウマの足元に佇《たたず》んでいる。

「いらん。べつに言葉で命じればいい」

「ヘイ、キューブ！　ゴキゲンになれる音楽をかけてくれよ！」

「やめろ。キューブ、今の命令はナシだ。つか、こいつの命令は一切きくな」

「なんだよ、辛気臭《しんきくさ》いこの家をハッピーにしてやろうと思ったのに……ていうか、このドームなんか臭うぞ？　風呂ぐらい入れ」

「失礼な、毎日シャワーは浴びて……」

スンスンと鼻を鳴らされ、ソウマは眉を顰《ひそ》めつつも自分のシャツに鼻を近づけてみた。

「ああ、たぶん糞《くそ》の臭いだな。さっきまで畑で新しい有機肥料のブレンドを試してみてたから。昔は土で作物を育てていただけでなく、糞尿《ふんにょう》を肥料にしてたんだ」

「く、糞のブレンド……」

『ま、まさか自分の……』

「ただの牛糞《ぎゅうふん》だ」

否定するも、向けられる幽霊でも見たような眼差しは変わらない。『声』に応えるように返したからかもしれなかった。

一度、酔った勢いでエリオに『声』について話したことがある。現実主義で無神論者でもある男は、まるで信じようとはせず、ソウマは失望する一方で安堵も覚えた。

「判った。ロボットばっかと暮らしてるから、おかしくなって妙な儀式にハマるんだよ」

「儀式って、れっきとした農法で……」

「いいから、もう一度人間と暮らせ。ロボットしか愛せなくなったってわけじゃないだろ？そのサイコロはベッドのメイキングはしてくれても、あっちの面倒まで看《み》ちゃくれないぞ」

「アホか。べつにロボットだって好きなわけじゃない。人間は……うるさいから嫌になったと何度も言ってるだろう」

エリオは『この変人め』と心の内で毒づく。

「まぁ、いいさ。だったらなおさらうってつけとも言えるな」

「うってつけ？」

ソファの背もたれに腕を投げかけ、背後を窺う男をソウマは訝《いぶか》る。仕草だけではなく、『声』でも疑念を深める言葉が聞こえた。

「まさか、外に誰かいるのか？」

「入れよ、交渉は難航中だけどな！」

呼びかけられた人物が開け放した戸口に姿を現すと、一瞬、色という色がそこから切り取られでもしたかのように見えた。

鮮やかな空の青や畑の緑が、射し込んでいた陽光と共に遮《さえぎ》られる。突っ立った男は、細身の体にぴったりと添う漆黒《しっこく》のスーツを着ていた。

黒いシャツに黒いネクタイ。フェイクレザーの黒い靴。足の先まで黒ずくめの服は喪服に違いない。茶色い髪だけが、太陽の光を吸い込んだかのようにキラキラと輝いている。

「おいで」

エリオの呼びかけに男が前に出ると、今度は肌の白さが際立って見えた。小さな顔は女のように線の細い印象ながら、美形はうんざりするほど見飽きたソウマでも、ハッとなるほど整っている。年はせいぜい二十歳になるかならないかくらいだろう。

「ドクター・イシミ?」

二つの淡い色の眸《ひとみ》は食い入るようにこちらを見た。

「ソウマ、おまえの客だ」

「客?」

「彼は俺の家を訪ねてきたんだよ。おまえに会いたいってな」

エリオの住まいは、以前ソウマが所有していたものだ。街を離れようと売却話を進めていた際、「俺が買う」と言い出した。

世界中に家を構えている男がなんの気まぐれか。しかし、スプリングシティの中心部にある元ソウマの家は、宇宙まで股《また》にかける実業家が住んでも違和感のない豪邸には違いなかった。

「引っ越し先を知らないっていうから、案内人を買って出た」

おどけた説明をするエリオに促《うなが》され、二人はソファセットの手前で向かい合う。

「初めまして、アオ・ステラブルクと申します」

すぐに座ろうとはせず自己紹介を始めた男は、深々と頭を下げ、ソウマは男の名前……その名字に覚えがあった。

「ステラブルク……」

「父はクライス・ステラブルクです。生前は大変お世話になりました」

「病気だとは知っていたが……」

亡くなったらしい。突然のことになんと返していいやら判らず、言葉を濁《にご》した。

『お世話』などしていない。ソウマとも親子ほど年の離れたドクター・ステラブルクは、同じ科学者だ。科学者仲間というほど気の知れた関係でもなく、学会などで顔を合わせれば礼儀として挨拶を交わす程度の薄い繋がりだった。

もう五、六年は会っていないだろう。

喪服姿に葬儀の後かと思いきや、亡くなったのは三ヵ月前らしい。

「今日は墓参りに行ったもので、こんな格好ですみません」

墓参りに正装するのは悪いことではないが、少し変わってはいる。真面目なのか、直立不動のままでこちらを見つめる男は表情も声も淡々としながらも、やけに饒舌《じょうぜつ》に語り始めた。

「父はドクター・イシミについてよく話をしていました。お世話になったことも、とても素晴らしい科学者だとも。『ヴォイス』の開発に関する論文を、僕もすべて読ませてもらって感銘を受けました。本当に父が言っていたとおり、ドクターの考えはとてもユニークです。普通では考えられない、斬新な視点からのアプローチで……」

ソウマが眉を顰めるよりも早く、エリオが遮った。

「ストップ。アオくん、こいつはもうその手の賞賛は聞き飽きているからさ」

『マズイ、機嫌が悪くなるぞ』

察しのいい男だ。聞き飽きたというより、今では嫌悪してさえいる。エリオはソファの自分の隣をポンポンと示して男を座らせ、ソウマも向かいに二つ並んだ一人掛けの席に座った。

「本題に入ろう。彼はおまえの元で働きたいんだと」

「……は？」

思考がついていけずにポカンとなった。

「ドクター・イシミ、ご迷惑を承知でお願いします。どうか、僕に研究のお手伝いをさせていただけないでしょうか？」

「そのために着のみ着のまま……いや、墓参りを途中で切り上げて俺の家に来たって言うんだ。おまえに会いたい一心でな。いじらしいと思わないか？　な？　願いを叶えてやりたくもなるだろう？」

「いや……」

ならないし、交渉の余地などない。少なくとも、九年間この生活を見てきたエリオは判っているはずだ。

『まぁ、ムリだろうな』

　そんな『声』を響かせるくせして、なおも言った。

「彼がおまえ好みの『静音《せいおん》』なのは、俺が保証しよう。ここまでのドライブで立証済みだ。天気の話題も、女の話題も滑《すべ》りまくりで苦労させられたからな」

「無駄だ。だいたい俺はもう研究なんて……」

　あっさり突っぱねようとして、ソウマは違和感を覚えた。

　本当に静かだ。

　息を継ぐ間もなく声と『声』を響かせ、他人事に首を突っ込みたがるエリオが沈黙すると、部屋は静けさを取り戻したかのように無音になる。

『どうした、返事がないが？　まさか考える余地があるのか？』

「……エリオ、黙れ」

「は？」

　ソウマの求めに、エリオは明るいブルーの眸を瞠《みは》らせた。

『なに言ってんだ、こいつ。怒ったのか？』

「違う。いいから、黙ってくれ。少しの間でいいから」

『黙れって……もうなにも喋《しゃべ》ってないだろうが』

「エリオ！」

瞠目《どうもく》する男が息を飲んで唇を硬く閉ざそうと、『声』はいつまでも聞こえる。人は自在に思考を止めることはできない。心はいつも自由にものを考える。

なのに聞こえなかった。

目の前のアオの『声』だけが、さっきからなにも、一度も聞こえてはいない。

「おまえ、今なにを考えてる?」

二人のやり取りに戸惑いの色を浮かべた小作りの顔のほうへ、ソウマは無意識に身を乗り出した。

「え……べ、べつになにも考えてはいません」

「なにもってことはないだろ。なにか考えてるはずだ」

「あ、あなたの元で働かせてもらいたいと……」

じっと探るように黒い双眸《そうぼう》を向ければ、必死で言葉を探す男は、淡い色の眸をゆらゆらと揺らめかし始める。

よく見れば茶色は虹彩《こうさい》の上部で、下部はグリーンがかっている。青緑色。翠玉《すいぎょく》でも埋めたかのような不思議にきらめく色だ。

「い、今すぐのお返事でなくても構いません。僕にお手伝いできることがあれば、検討していただけたら……」

たどたどしくなる男の声を遮ったのは、ソウマではなく、やり取りを傍《そば》で見ていたエリオだった。

「それはもう大丈夫なんじゃないかな。こいつは君を雇《やと》うそうだ」

不意の言葉にソウマは目を瞠らせた。

「はっ？　なに勝手なことを言ってるんだ。冗談じゃ……」

「冗談じゃない？　じゃあ、残念だが彼には諦めてもらって、とっとと帰ってもらうしかないな。家までは俺が送ろう」

勝手に話を纏《まと》めようとしたかと思えば、今度は急に引いて終わらせようとする。

「アオくん、帰るよ」

なんのパフォーマンスか立ち上がった男に、アオはまごつく表情を見せた。

「えっ、あの、でも……」

「こいつは国の財政も賄《まかな》えるくらい金はあり余らせているが、君を雇う気はないそうだ。仕事が欲しいなら俺が与えよう。なにがいい？　こいつのとこで働くよりずっと待遇いいかもしれないよ？」

エリオは、男にしては随分と華奢《きゃしゃ》な彼の黒いスーツの腕を摑んだ。

二人の様子に、ソウマの口を突いて出たのは焦《あせ》り声だ。

「ま、待て」

引き留めようとする声。

半信半疑で試したらしいエリオが、不本意な『声』を響かせる。

『驚いたな。脈ありかと思ったが、こいつは女が好きなんだとばかり……まぁとんでもない美青年だしな』

ソウマは即座に否定した。

「違う」

「……なにが?」

「今おまえの考えていることだ。俺はガキに興味はない」

男の美醜にも興味はない。これまでの恋人はみな女だ。

ムッとしつつ返すも、なんであれ勝機を得たのはエリオと連れの男だったらしい。

「ガキではないよ。成人してる。二十歳だそうだ」

ニヤリと口角《こうかく》を上げたエリオは、得意気に言った。

「それに、実年齢はおまえよりも上だ」


午後の空は重たく曇っていたが、結局雨は降らないままだった。

拾った猫でも上手いこと押しつけたみたいな顔をして、エリオが帰ってから随分経《た》つ。

カウンター内で夕飯の支度をするソウマは、テーブルに皿を並べる男を観察の眼差しでずっと見ていた。

この家は、大小あるお椀《わん》を伏せたような形のドームを連結しているだけの簡易住居だ。一つ一つのドームの中に部屋の区切りなどはなく、昔のモンゴルの遊牧民の移動式住居《ゲル》にも似ている。

最も大きなドームが生活の中心だが、家主の投げやりな暮らしぶりを表すように家具の配置は適当だった。部屋が円形というのも加わり、ソファセットのすぐ隣に斜めにダイニングテーブルと、見栄《みば》えなどまるで考慮していない。

にもかかわらず、突然住人に加わった男はお高いレストランのテーブルでもセッティングするかのように、何度も皿の位置を微調整していた。

真面目なのか融通《ゆうずう》がきかないのか。作業を頼めば黙々とこなすので、確かに静かではある。視界から外してしまえば、足元のキューブのようにいるのかいないのかも判らず、存在はほとんど気にならない。

ソウマにはそれが違和感で、問題だった。

ずっと人の心の声を聞いてきた。混線でも起こした『ヴォイス』のように、延々と垂れ流される人の声。『ヴォイス』は障害を起こしてもすぐに復旧するが、『声』は止《や》まず、気づけば九年もの月日が流れていた。

それが、どういうわけかアオ・ステラブルクという男からだけ聞こえないのだ。

エリオにあらぬ誤解をされようと、無視できるはずがなかった。

――どう見ても二十歳そこそこだ。

けれど、実年齢は自分よりも一つ年上の三十歳らしい。

現在の社会には二つの年齢が存在する。実年齢と生活年齢。人の冬眠《ハイバネーション》、いわゆる冷凍睡眠《コールドスリープ》が実用化されたからだ。

病気や怪我の治療から、単に若く見られたいという美容目的まで、様々な理由で人は眠りにつき、加齢を止める者が増えた。中には、不老不死の実現まで百年でも二百年でも寝るなんて、延命に貪欲《どんよく》な老人もいる。

アオは怪我の治療のために、約十年間のハイバネーションを経験したらしい。

――冬眠が理由か?

『声』の聞こえない原因として考えてはみたものの、これまで幾人もハイバネーションから社会復帰した人間には会ったことがある。ほかの連中と変わらず、うるさく『声』は聞こえた。

なにか、別に理由があるはずだ。

気づけば料理を盛る手元が疎《おろそ》かになっていた。

「ソウマ、皿ヲクダサイ」

ワゴンのような形に天板《てんばん》を変化させ、配膳係と化したキューブが、傍らでゆらゆらと揺りかごのように左右に揺れている。

「皿、二人。ツー、プレート。オ客ガイマス。オ客ガイマス」

「あ？　ああ、お客じゃなくて押しかけの居候《いそうろう》だけどな」

「皿、キャンセルシマスカ？」

「バカ、キャンセルしてどうすんだ。居候でも飯は食う。ちょっと待て、トマトも載せるから。食い切れなくて困ってんだよ」

「イソウロウ、ツープレート」

嚙み合っているのかいないのか判らないやり取りに、頬を緩めるソウマは冷蔵庫へ向かう。継ぎ目の見えない扉は手を翳《かざ》すだけで開閉し、不意に背後で声が上がった。

「ドクター・イシミ」

ギクリと身を竦《すく》ませる。

アオが傍まで来ていることにまるで気づいていなかった。思考を垂れ流しに聞かされるソウマは、これまで近づく人間の気配を意識せずとも察せた。

「きゅ、急に後ろに立つな」

「え……あ、驚かせてすみません」

普通に話しかけただけに違いないアオは、面食らった表情だ。

「後ろに立つときは、そう言え」

「……はい、判りました」

決まりの悪さに放った言葉に、真面目に返されてしまい居心地が悪い。気まずさなど気楽な一人暮らしでは縁遠くなっていた感情で、『おまえのせいだ』と責任転嫁《てんか》しそうになる。

「残りのお皿を運ぶお手伝いをと思ったんですけど」

「こいつが持って行くからいい」

キューブに皿を乗せると、早速すいっと運んで行った。

「よく言うことを聞くんですね。名前はあるんですか？」

「キューブだ」

「それは商品名ですよね？」

「ロボット利用申請の登録名ならキューブ9《ナイン》だ。九台目だからな」

「そうじゃなくて普通に呼び名とか……会話をするくらいだから、あるのかと思ったんです」

ろくに会話にならないロボットとのやり取りを聞かれていたと知り、バツの悪さはいよいよ最高潮だ。

「今のはただの独り言だ。一人暮らしも長くなるとたまに出る。べつにこいつと喋ってたわけじゃない」

「そうなんですか？」

「だいたい、ロボットに名前をつけるのは法律違反だ。まさか、知らないわけじゃないだろう？」

「あだ名くらいは構わないのかと……ロボットには疎くてすみません」

法律であるから、『疎い』ですむものではない。禁忌《きんき》の呪文《じゅもん》のように、ロボットを名前で呼んだ途端に保安局が察知して飛んでくるというわけでもないけれど。

ソウマは疑問を覚えつつも、腹も減ってきたのでとりあえずテーブルに着いた。ただでさえ同席者のいる食事は珍しいのに、喪服姿の男とだなんて妙な感じだ。

アオは食事の前に軽く目を閉じ、行儀よく神に感謝の祈りを唱《とな》え、ソウマには言葉で礼を言った。

「食事まで出してくださって、ありがとうございます」

「飢《う》え死にさせるわけにもいかないだろ。給料から差っ引く。その前に給料が出るとも限らないけどな」

わざと脅《おど》すように言ってみるも、反論や動揺の『声』は聞こえない。

「はい、判っています。試用期間で構いません」

手ごたえのない反応が返るばかりだ。顔を見ても本音が判りづらいのは、なにも自分が長年人の心の声を聞き続け、察しが悪くなったせいというわけではないだろう。

フォークとナイフを手に取ると、カチャカチャと食器が鳴る音だけが、しばしドームに響いた。備蓄しているポークのソテーと、マッシュポテトを使ったサラダだ。ソウマにとってはいつもの見飽きた食事も、アオは「美味しいです」と口に運んだ。

来客に振る舞う予定はなく、調理機任せの手抜き料理だ。世辞だろうと思いつつも、そんな些細《ささい》な言葉の真意すらも『声』が聞こえなくては読み取れない。

ソウマはまじまじと目の前の白い顔を見据《みす》え、視線に気づいたアオは居心地も悪そうに口を開いた。

「そういえば、ドクターは『ヴォイス』を使っていないそうですね。エリオさんが、だから連絡が取りづらいと言っていました。意外です」

「おまえも使ってないいんじゃないのか?」

フォークを持つ左手の黒い袖口から覗く手首に、今じゃ古臭いと言われるバンドタイプの通信機器が巻かれている。

「連絡を頻繁《ひんぱん》に取り合う相手がいませんから。兄弟はいませんし、親戚も疎遠《そえん》で……父が死んでからも関わりがあるのは、通いで家の手伝いに来てくれていた女性くらいです」

「人間のホームヘルパーか?」

「はい。父はロボットを家に置こうとしなかったので、人を雇っていました」

アオは、テーブルの傍らで白いつるりとしたチェアにでもなったかのように鎮座しているキューブに目線を送った。

「今時珍しいな……」

言いかけて、ソウマは言葉を飲む。アオの父親がロボットを避ける訳は思い当たったからだ。

学者は世襲制などではないけれど、代々に亘って学者という家系は少なくない。ステラブルク家もその一つで、科学の世界では知れた名だが、実のところあまり良い評判は得てはいなかった。

ロボットのせいだ。

キューブやその他のロボットが愛想も素っ気もない外観をし、ろくな会話力も持たず、退行したＡＩしか持たないのには理由がある。

かつて人の脅威となったためだ。

その昔、愛くるしい犬や目新しい案内係として広まったロボットは、人に酷似《こくじ》したアンドロイドを生むまでに進化していた。『家族同然』と愛され、『少子化の一因』と批判され、人工知能は生命であるかを論争するまでに至った。

しかし、人に外見も思考も限りなく寄せたロボットは、やがて似すぎているがゆえに過《あやま》ちを犯した。人を殺《あや》め、暴動が起きた。

それは、誰もが危惧《きぐ》していた事態とは少しだけ違っていた。

いざこざの中心は、どちらも人間だった。世間はアンドロイド廃絶《はいぜつ》派と擁護《ようご》派に二分し、世界中を巻き込む紛争へと広がっていった。暴動に加わったアンドロイドは、僅か一パーセントだったという。

アンドロイドは、ＳＦのように世界を支配しようだなどと大それた考えは持たない。

いつの世も、世界のあるべき形を独善的に決め、整えずにはいられないのは人間だ。

数年に及んだ紛争の末、アンドロイドは廃絶の道を辿《たど》って行った。擁護派の危険思想は、ロボットを人と錯覚する誤認識が原因とされ、以降ロボットの知能も外観も著《いちじる》しく制限された。

ロボットの生みの親とも言える科学者たちの意見は分かれていた。ステラブルク家は擁護派の中心に名を連《つら》ね、紛争にも加わったため、負け組となった。

それも昔話となった今、紛争を知らない子孫からすれば、先祖の選んだ道の後遺症でただ肩身を狭くしているにすぎない。

結果、ロボット嫌いになったとしても不思議はないだろう。

「ドクター?」

アオの訝る声にハッとなる。不審がられるほどその顔を見つめていた自分に気がつき、フォークを皿のポークに突き立てた。

「いいから、さっさと食え。冷めるぞ」

急《せ》かせばアオは素直に従い、以降は会話らしい会話もないまま食事を終えた。多少は感じた気づまりも、『声』が聞こえない分すぐに忘れられ、ほぼ普段どおりの夜が返ってくる。

食後のコーヒーを淹《い》れようとキッチンに向かうと、背後から声をかけられた。

「ドクター・イシミ」

「なんだ」

「後ろに立ちます」

「……は？」

重ねた食器を手にしたアオを、怪訝な思いで振り返り見る。

「お皿を持ってきました」

「あ、ああ……」

どうやら、先ほど自分が言った『急に後ろに立つな』を守っているらしい。

過ぎた真面目さや、融通の利《き》かなさは長い冬眠の弊害《へいがい》か。自分もエリオには変人呼ばわりされているが、この本来一つ年上で、生活年齢は九つも下の男も大概《たいがい》変だと思った。

「やっぱ、いちいち言わなくていい」

いちいちいち言われてはうるさくて敵《かな》わない。

「こっちはいいから、それより早く着替えろ。いつまでもスーツでいるわけにもいかねぇだろ。服は持ってるのか？」

「あ、はい。来るときにエリオさんが店に寄ってくれて、必要なものは揃えました」

——エリオめ。

自分を丸め込んで居候させる自信は相当あったに違いない。帰り際のパフォーマンスといい、口達者が才能の男だけのことはある。

なにか感じ取ったのか、アオがそろりと声をかける。

「あの、ドクター……」

「この家に住みたいなら、一つだけルールを守れ」

ソウマは変わらずぶっきらぼうな調子で言った。

「嘘はつくな。それと、コーヒーは飲むか？」


「おはようございます、ドクター」

「オハヨウゴザイマス、ソウマ」

翌朝、寝室から中央のドームへ出ると、心の声は聞こえないにもかかわらず、二重に声が響いた。

居候とキューブだ。急に賑《にぎ》やかになった朝に、ソウマは眉間に浮かべそうになった皺《しわ》を指の腹で一撫《ひとな》でして押さえる。

「ああ、早いな」

「ドクターは毎朝五時半には起床すると、キューブが教えてくれました」

教えてくれたと言っても、アオから訊ねたのだろう。自ら気を利かせて語るようなコミュニケーション能力は現在のロボットにはない。

いつから起きていたのか、ソファの端には昨夜貸した毛布がきちんと四隅を揃えて畳《たた》んで置かれていた。

この家には余った部屋《ドーム》もベッドもない。『まぁ、嫌なら出ていけばいい』という突き放した気持ちはあるものの、現状すぐに出て行かれて狼狽《うろた》えるのは自分のほうだろう。

「今日はなにをお手伝いしましょうか？」

寝心地の悪いソファで目覚めたとは思えないほど、清々しい声と真っ直ぐな眼差しで問うアオからは、今日も『声』は聞こえてこない。

——コイツ、なんでだ。

ソウマは変わらぬ疑問を覚えつつ応えた。

「まずは顔を洗ってメシだ」

日の出前に起床して腹ごしらえし、家を出る。

この辺りは、年間を通して一日の気温差が大きい。夏の始まりの今は、気温の上がりきらない午前中中心に作物の世話をするのが効率よく、ソウマの日々のタイムスケジュールはまるきり昔の農家と同じだ。

食後、動きやすい服装に着替えた二人とキューブは家を出た。ドームの丸い窓には、任された仕事もない銀色の玉のドットが、見送るように並んで積み上がっている。鈍く光り、一面に広がる夏野菜の畑に下りた朝露《あさつゆ》のようだ。

夜明け前。残るいくらかの星々も、天を仰《あお》いでふっと息を吹きかければ消えてしまいそうな時刻。東の空は薄ぼんやりと赤く色づき、裾《すそ》に朝もやの立ち込めた西のスプリングシティは、幻想的に連なる山のシルエットにも見えた。

二人と一台は黙々と進み、地面にクリーム色のバスタブを無数に埋め込んだような場所に辿り着く。

「ここはなんですか？　ドクターの新しい研究施設ですか？」

「牛糞堆肥《たいひ》を作ってる」

「牛糞……」

エリオと同じくアオは絶句し、ソウマは構わず淡々と答えた。

「工場の水耕《すいこう》栽培と違って、土づくりに堆肥は欠かせないからな。今は牛糞にもみ殻《がら》とウッドチップを加えて発酵《はっこう》させてみてる。昔の資料を読んでやってるが、配合の加減がなかなか難しい。牛糞だと仕上がりは窒素《ちっそ》、リン酸、カリがせいぜい二パーセントってところか。肥料成分は鶏糞《けいふん》にだいぶ劣るが、土壌《どじょう》の繊維《せんい》質を飛躍的に増やすには有効のようだ」

まるでなにかの実験のようだが、ただの牛の糞を使った肥料作りだ。

「湯気みたいなのが上がってるのはなんですか？　なにか燃えてるんですか？」

ぎこちない反応ながらも、アオは熱心な学生のように質問を繰り出した。

「発酵で七十度近い熱が出てる。これを今から全部切り返して、さらに腐熟《ふねつ》を進めるんだ」

「切り返す？」

「攪拌《かくはん》……ようするに混ぜるってことだよ」

「人がやるんですか?」

呆気《あっけ》に取られるのも無理はない。野菜は無人の工場で育ち、種まきから出荷まで人の手が一切触れずに生産が完結する時代だ。食用肉に至っては、培養肉《ばいようにく》以外はもう闇ルートでしか出回っていない。

「何トンも作るわけじゃないからな。キューブにやらせてもいいが、寿命を縮めそうだ。もう二年になるから、最近反応も鈍くなって調子が悪い」

「ロボットに寿命が?」

「そりゃあな。本来はもっと長く動くはずだが、耐久性があえて低く設計されてる」

万が一にも、昔のアンドロイドのような行動を起こさせないための脆《もろ》さだろう。

キューブは二人の傍らで、柔らかな朝日を受けた白いボディを静かに輝かせている。その姿は、二人の話を聞いているようにも、ただの大きな石ころと変わらないようにも見えた。エリオに言わせればサイコロか。

「堆肥は左奥が完熟間近で、こっちが一番新しいやつだ」

「わ……」

ソウマが一番手前の発酵槽《はっこうそう》を覆ったシートを外すと、早朝の爽《さわ》やかな空気にそぐわない、むわりとした臭気《しゅうき》が広がる。なかなかに刺激的でキツイ香りだが、微生物による分解が進んで完熟すれば臭いは消える。

原始的にもスコップをさっくりと刺して攪拌を始めたところ、アオも予備のスコップを手に取り、ソウマは驚いた。

「僕も手伝います」

「おまえ、ゴム靴も履いてないだろうが……」

山を成した堆肥は、異臭を放つ新しいものほど発酵が進んでおらず嵩《かさ》がある。発酵槽から溢れて足場は悪く、自ら進んで牛の糞を踏みに行くようなものだ。

靴も汚れるが――

「バカ、滑るぞっ！」

「わっ……」

言った傍からずるりとアオは足を滑らせ、ソウマは慌ててスコップを放り出して飛びつき、伸ばした両腕で受け止める。

見た目よりズシリとした体だ。女のように軽くはない。ソウマは長い腕でしっかりとその身を抱き込み、どうにか支え起こした。

衛生的とは言いがたい地面に危うく転がるところだ。

「す、すみません、ドクター」

「離れてろ。無理に手伝う必要はない」

「べつに無理をしては……」

「これは研究じゃない。ただ俺が食うために作物を育ててるだけだ。動物は食わなきゃ死ぬからな、人間だって突き詰めれば同じだ」

九年前、逃げるように街を離れたとき、研究を捨てた自分にはなにも目標らしきものがないことに気がついた、ならばシンプルに生きようと思った。生き続けることそのものが目標である動物のように。

べつに自然主義者になったつもりはない。その証拠に、堆肥は手作りでも、畑はあらゆる植物が生育できるよう、気温や湿度を人工的に操作できるシステムを入れている。

畑の四隅に高く聳《そび》える銀色の柱がそうだ。目には見えないハウス栽培のようなもので、たとえここが砂漠でも作物は育つ。とてもナチュラルとは言いがたい。

アオは瞠らせた目で、まじまじとこちらを仰ぎ見ていた。

「言っとくが、堆肥作りはヒマ潰しの趣味みたいなもんだ。先人《せんじん》の知恵を見直して新しい研究アイデアを得ようなんて崇高《すうこう》な考えはない」

「……いえ、そんな風に思ったわけでは」

「研究に行き詰まった科学者のなれの果てか？　まぁそれでもいいが」

「思ってないです」

「じゃあ、なんだ？　オカルトに嵌《は》まってでも見えるか？」

「違います。食べるためなら、やっぱり僕も手伝う必要があると思っただけです。ドクターの話だと、食い扶持《ぶち》は自分で育てるべきですよね」

アオはそう言って、ソウマが放ったスコップを拾い上げる。面食らうソウマに手渡すその顔は口元が綻《ほころ》び、やけに形も色づきもいい唇が笑みを形作った。

「ドクターでも考えが外れることがあるんですね」

「どういう意味だ?」

「エリオさんが……ドクターは人の気持ちに鋭くて、無口で怖い方だと言っていたからです。そういうエリオさんも、とても怖がっているようには見えませんでしたけど」

今は無口になりたくともなれないのだ。目の前の男の考えていることが判らないせいで、いちいち訊かなくてはならない。

「……くそ、アイツ」

ソウマはついに眉間に刻んでしまった皺を指でなぞり背を向ける。

「すみません、変なことを言ってしまって。ただ、思っていたよりもドクターが話をしてくれて嬉しいだけです」

受け取ったスコップで、再び発酵槽の堆肥を大きく切り返しながら応えた。

「そのドクターってのはやめろ。俺はこのとおり研究をやってるわけじゃない」

「……では、なんとお呼びすれば?」

「ソウマでいい。エリオもそう呼んでたろ」

　努めてぶっきらぼうな声で言う。

　アオは一瞬間を置き、呼んだ。

「ソマさん」

　まさかの発音に驚き、振り返る。ソウマは容姿も名も、ミドルネームを除いて東洋系だ。人によっては苦手な発音だが、涼しい顔のアオには言い間違いの自覚すらないらしい。

「誰が略していいと言った」

「略していません」

「『ウ』が言えてない。ちゃんと発音しろ」

「ソ……ウマさん？」

「そうだ、それでいい」

「はい。判りました、ソマさん」

「……おい」

　ムッとしつつも、何故か眉根は寄らなかった。

　何度も訂正するという不毛な会話ののち、作業に戻った。無駄話なんてこの上ない時間のロスにもかかわらず、午前中の作業はいつもと変わらない……いや、若干《じゃっかん》早いくらいのペースで進んだ。

誰であろうと、労働力が二人分に増したことに違いはない。

いや、二人と一台か。

トマトにキュウリ、ナスにカボチャ。収穫した夏野菜を運び終えたキューブが、家のほうからすいすいとやってくる。

「ソウマ、飲料ヲ取ッテキマシタ」

「ああ、もうそんな時間か」

十時だ。用を頼まれずとも、日々のタイムスケジュールくらいは把握して動くロボットは、時計代わりにもなる。

凸凹の地面でも絶妙にバランスを取り、滑らかに進むキューブの上には冷えた銀色の水のボトルが乗っていた。ついにギラギラと輝き始めた太陽の下、カラカラに渇いた喉は水分を堪《たま》らなく欲している。

ボトルは二本あった。

「イソウロウ、ツーボトル」

「……二人分か、おまえにしちゃ気が利くな」

ソウマはボトルを手に振り返った。畑に整列して背も高く並んだイネ科の植物が、もぞつくように揺れている。

アオはコーン畑の緑の中にいた。

今の時期は雌穂《しずい》を摘《つ》み取っている。間引いて摘んだ未成熟なコーンは、サラダなどにして食べられるベビーコーンだ。農園と呼べるほどの広さでスイートコーンは育てており、普段は機械で世話や収穫をしているが、今日は食べる分だけ摘む予定だった。

「おい、おまえ」

ソウマは呼び方を少し迷った。

反応はない。緑の葉ばかりが変わらず揺れており、仕方なく声を張り上げてもう一度呼んだ。

「アオ！」

小さな頭が伸び上がるように動き、アオが顔を覗かせる。

青く広がる空。海原のように広がり、風を受けて波立つコーン畑。その視界の真ん中で、アオの茶色い髪が太陽の光を吸ってキラキラと輝く。

足元のキューブが繰り返した。

「イソウロウ、アオ、ツーボトル」


昼も夜も、朝に収穫した野菜を使った食事を作った。

昼はフルオートの調理機器任せの料理だったが、夜は手料理だ。

食材のカットから煮込み、味つけまで。手作業の調理を始めたのは、自分で野菜を育てるようになってからだ。試しにやってみると、意外にも性に合った。料理はどこか実験に似ている。ものの好きは隠居暮らしのソウマだけではなく、街には料理人のいるレストランは多い。食材が工場生産になり、調理機器が進化しても、人の手による料理という文化は残った。消えゆくもの。残り続けるもの。その選別は必ずしも合理的とは言えず、興味深い。結局のところ、人が興味を失わない限り、どんな非合理なことも生き続けるのだろう。そうしたいという単純な気持ちさえあれば。

「ソマさん、キューブは何故あそこにいるんですか?」

テーブルについたアオが不思議そうに言った。冷えたカボチャのスープを口に運ぼうとしたスプーンを止め、ソウマはテーブル越しの男を上目遣いに見返す。

「ソウマだ」

「ソ、ウマさん」

「あれは充電してる」

いつもソウマの傍らにいるキューブは、今はキッチンのカウンターの手前でじっとしている。隣にはドットもいた。キューブの形を真似たように、サイコロ状に寄り集まっている。

一見ただの石床なので判りづらいが、ドーム内にいくつかある充電スポットの一つだ。

「へぇ、ロボットの食事ですね」

「まぁそんなもんだな」

そんな風に考えたことはなかったが、ふと思い出した。

「そういえば、昔のロボットは普通に食事をしたらしいな」

「普通に？」

「そう。調理した野菜や肉を普通に人間のように食べていた」

「信じられませんね……というか、想像がつきません」

「まぁ、限りなく人に近づけたアンドロイドの話だからな」

かつて、家族同然の扱いを受けていたロボット。キューブが一緒に食卓を囲み、皿のスープを飲もうものならシュールでも、人型のアンドロイドであれば自然に受け入れられただろう。

デザートにケーキまで平らげていたって違和感はない。

愛玩《あいがん》やセラピー目的のアンドロイドは、体の上皮《じょうひ》組織も炭素を中心とした有機化合物でできていたと聞く。つまり生身の人間と同じだ。

しかし、皮膚や消化機能を持たせた臓器を人工的に作ることは可能だが、桁違《けたちが》いに複雑な脳は無理だ。あくまで機械である脳は、食べた物ではなく電力で動かすしかない。

「でも、料理って意外に自分でできるものなんですね」

ソウマが取り留めもない考えに耽《ふけ》る間に、食事前の神様への祈りを終えたアオは、シチューの皿を見つめて感心したように言った。

「あっ、作ったのはソウマさんで、僕はなにもしてませんけど」

「おまえもサラダを作っただろう」

「それは野菜をカットしただけで……」

アオは首を振る。ソウマはついフォローに回ったものの、サラダボウルの野菜を食べようと口に入れると、一気に微妙な表情になった。

「……確かに、本当にカットしただけのようだな」

「えっ」

「おまえ、野菜洗ってないだろ？」

「えっ……」

いつもの自家製のドレッシングの味と、新鮮なレタスやパプリカの食感の合間に、人の舌には不快としか言いようのない苦味やザラつきがある。

アオは「野菜を洗うんですか？」と問いたげな顔だ。考えた末に、水耕野菜とはわけが違うと気づいたらしく『あっ』となる。

「す、すみません！　今から洗いますっ！」

「いい。味つけまで流れるぞ。土がついてるのはレタスくらいだろう。後は実物《みもの》だし、農薬も使ってないしな。次から気をつけろ」

べつに慰めたつもりはないが、『次も任せる』という意味だと受け取ったのか、テーブル越しのアオの眸が輝く。

「はい、頑張ります」

素直は結構としても、いろいろと疎い。

野菜に関しては今や洗うのは稀《まれ》だが、ロボットの充電は常識だろう。まるで、どこかの時代からタイムスリップでもしてきたかのよう——いや、十年も冬眠していれば同じようなものか。

「十年も冬眠して、ケアスクールには行っていないのか？」

通常は体が順調に目覚めても、社会環境に適応するためのリハビリ施設に入る。

姿勢よく食事をとるアオは、カトラリーを動かす手つきなどは美しく、マナーは身についているようだ。

「はい。父の看病がありましたから。本当はハイバネーションも十五年の予定だったんですけど、父の余命が短いと判ったのと、十年の間に医療も進歩していたので早めたそうです」

「十五年って……車の事故だって言ってたが、そんなに酷《ひど》い事故だったのか？　人が運転してたってことだよな」

システム制御の自動運転で事故を起こせば、大々的なニュースになる。理論的に起こらないはずなのだから当然だ。

「運転は父がしていたそうです」

他人事のように淡々と答えるアオは、冷静というだけでなく、実感もないらしい。

「実は事故のことはよく覚えていなくて……僕は一度死んだみたいなんですけど」

「……は？」

「全身を強く打って、脳挫傷《のうざしょう》と多臓器不全でもう助からないと言われたそうなんです。延命の手段としてハイバネーションを選んで、再生医療に賭けたと聞いています」

「ああ……クローン再生か」

冬眠理由の多くが、怪我や病気で機能を失った臓器を復元するためだ。実用化されて随分経つが、命に関わる重要な臓器ほど、細胞を『育てる』には時間がかかる。

それにしても。

「勝手な話だな」

ソウマは口に入れた肉の味が判らなくなるほど、苛立たしさを覚えた。

「え？」

「事故起こして息子を冬眠させておいて、自分が死にそうになったら看病してくれなんて、随分勝手な話じゃないか」

アオは、一瞬息を飲んだ。

そんな風に誰にも言われたことはなかったのか。

「言われてみればそうかもしれません。でも、僕は良かったと思いました。目が覚めたとき、父が死んでいて一人では、起きた意味もありませんから」

「意味？」

「誰もいないのに、なにを目的に生きたらいいんですか？　父はもう一度僕に会いたかったそうです。ただ会って、話がしたかったと……でも、やっぱり責任も感じて、後悔があったんでしょうね。五年も僕に看病をさせることになるとは思っていなかったようで、亡くなる間際に謝られました。自分の我儘《わがまま》で禁忌を犯してしまったと」

父親の最期《さいご》の姿を思い返すアオは哀しげなだけでなく、微かな笑みも浮かべた。

「父はドクター……ソウマさんには感謝しかないと、繰り返し言っていました」

「その件だが、俺はおまえの親父の世話をした覚えがない。個人的に会ったこともないし、研究で関わったこともない」

「パーティで助けてもらったそうです」

「パーティ？」

そんなものは記憶にないと言い切ろうとして、符合《ふごう》する記憶がパッと脳裏に蘇《よみがえ》った。

「あ……」

ソウマはラボを辞めてからも、『ヴォイス』の関係する集まりには出席している。

もう何年前だか忘れたけれど、会場の広間から離れた場所で、具合が悪そうにしていたドクター・ステラブルクに声をかけたことがあった。

たぶん普通であれば気づけなかっただろう。

彼が不調を訴えていたのは、心の声だったからだ。ひた隠しにしている重い病についても、介抱《かいほう》の合い間に知ることになり、彼が再会したがっている人間の存在をも察した。

離婚したらしいと噂に聞いていたので、そのときは別れた妻だろうと確認もしなかった。

無責任にも、その場の励《はげ》ましに言ったのだ。

「後悔のないように、人は生きるべきです」

あの夜、彼が再会を望んでいたのは――

ソウマは驚愕に目を瞠らせた。

アオを冬眠から目覚めさせたのは、自分の不用意な発言だったのかもしれない。

「父は元々社交的な人ではないので、人の多い場所は苦手なんですけど、無理してでも行ってよかったと話していました」

なにも知らない一人息子は、テーブルの向こうから穏やかに告げる。

「あなたを誤解していたそうです。才能におごった冷淡な若者だと。実際のあなたはとても優しく、人の心の機微まで判る人間だったと」

「いや、それこそ勘違いっていうか……」

アオは目を細めて微笑んだ。

「僕はあなたに会ってみたいと思いました」

耳を澄ますと、扉の向こうで荒れ狂う水の音がする。

壁に収まったビルトインの食洗機は元々大人数向けで、二人分に増えた食器を嬉々として洗っているように感じた。

昼食の後の時間だ。一息ついたソウマは、グラスの水を飲みつつカウンターに凭《もた》れる。このところ雨はまるで降らず、今日も開け放しの戸口からは乾いた風がゆるゆると吹き込んでいた。

アオが居ついて一週間が過ぎた。この家での暮らしにも慣れ、農作業も身についてきたようだけれど、ソウマのほうは一つも状況に変わりはない。

今も、アオの心の声が聞こえない理由は判らないままだ。

そもそも、聞こえるものを分析するより、聞こえないものを探るほうが難しい。元々、誰の耳にも聞こえなくて当然の『声』だ。

——やっぱり一度死にかけたのが関わっているのか？

臨死体験であの世を見たせいだとでも言うのなら、もはやオカルトの範疇《はんちゅう》だ。

ギリシャ神話に登場するステュクスの川。渡し賃の一オボロスを渡し守に握らせねば渡れないとされている冥府《めいふ》への大河だが、まさか銅貨一枚を持っていなかったせいなんてオチか。

「死んだばあちゃんの顔が見えたかどうかでも訊いとくか？」

ソウマはぼやくも、オカルトを疑う前に確かめておきたいことがある。

「さて」

カウンターを離れようとしたところ、家の周囲の状況を察知したキューブが騒ぎ始めた。

「ドローンガキマス。ドローンガキマス。ゴ注意クダサイ」

「ああ」

「オ届ケモノデス。ナンバー、75032-995。セブン、ファイブ、ゼロ……」

「コールマーケットからだろ。時間通りじゃないか」

どうやら通販で注文していた商品が、ようやく届いたようだ。

「キューブ、受け取ってきてくれ……あ、いや俺が行くから、アオを足止めしておいてくれ」

アオの姿はさっきから見えないが、この狭い家で行く場所など限られている。

思った傍から、奥のサニタリーのドームへ続く通路に人の気配を感じ慌てた。

「足止メトハ、ドノヨウナモノデスカ？　ワカリマセン。WEBデ『足止メ』ニ関スル情報ヲ見ツケマス」

「バカ、そんな暇あるか。引き留めるんだ。なんでもいいから、適当に……あー、適当はおまえには無理か。キューブ、アオとお喋りをしてろ！　犬と猫はどっちが好きか聞いたり、趣味とか、特技とか、いろいろ訊けっ！」

「了解シマシタ」

キューブの返事も聞き終えないうちに、ソウマは戸口から飛び出した。毎朝卵を一個産むだけが仕事の鶏たちが、勢いにクワックワッと逃げ惑う。

表はすでにドローンのジェットエンジン音が響いていた。『お急ぎ便』だ。時速三百キロで飛んでくるので街からはすぐだが、肝心《かんじん》の商品の入荷が遅く五日も待たされた。

無言で手を振るソウマのほうへ、小ぶりのコンテナを運ぶドローンは真っ直ぐに下りてきた。顔認証で受け取り、裏口のある倉庫へと回る。食品庫でもあるドームはキッチンと繋がっており、荷物を置いたソウマはなに食わぬ顔でアオのいる大きなドームへ戻った。

「ソウマさん……」

アオはしゃがんでキューブの前にいた。

「さて、そろそろ午後の畑作業に戻るかな」

白々しく伸びをしながら再び外へ出るソウマの後を、慌てたように追ってくる。

「ソマさんっ！」

「ソウマだ。なんだ？」

「ソウマさん、キューブに『犬と猫はどっちが好きか』と訊かれました」

「あ……ああ、そうなんだ……」

「すごいことじゃないですか？　ロボットが自発的に訊ねてきたんですよ？　僕に興味を持ってくれたんでしょうか？　まさか、信じられません！」

まさか、そっちに話が行くとはだ。

チラと背後を振り返り見れば、二人の後をついてくるキューブがいる。すいすいと進む白い躯体《くたい》に目鼻はないが、フフンと澄ましているように見えなくもない。

「ま、まぁたまにはそういうこともあるんじゃないか？」

「僕もコミュニケーションを取ってみようと、趣味や特技を訊き返してみたんですけど」

「えっ、訊いたのか？」

「はい、趣味はないそうです。特技とはどういうものかと問われたので、ほかの人にはなかなかできないことだと言ったら、素数を語ってくれました」

「はっ？」

確かに人間にはなかなか真似のできない、ロボットの得意分野かもしれないが。

「それ、おまえずっと聞いてたのか？」

「はい。あっ、いえせっかくなので五ケタくらいまで聞こうと思ったんですけど、長くなりそうだったのでキリのいいところでやめてもらいました」

——素数のキリのいいところってどこだ？

百までの素数を数えるのも一分近くかかる。自然数に対する出現率は、数が大きくなるほど少なくなると素数定理により証明されているから、単純に一万まで数えれば百倍の百分になるわけではないが、五ケタまで聞こうなんて気にはとても——

ざっと計算してぞっとするソウマの隣で、アオは嬉しげにキューブに声をかけた。

「キューブ、ありがとう。子守唄が欲しいときは、また君の特技を聞かせてもらうよ。気持ちを落ち着けたいときにもよさそうだね」

「了解シマシタ」

一見、ロボットと会話が成り立っている。

――変な奴。

ソウマは改めて思った。

今はそれにもう違和感や戸惑いを覚えない自分がいる。慣れてしまったのか。

変人はお互い様……似た者同士なんて言葉が頭をよぎりそうになり、首を振った。

スナップエンドウの畑へと戻ったアオは、突然悲鳴を上げる。

「ひっ……」

「どうしたっ?」

数メートルほど入ったところだ。ソウマは慌てて駆け寄り、アオは畑の中で身を硬直させていた。

「ソマさんっ、ちっ、小さいエイリアンがいますっ！」

「……エイリアン⁉」

そんな歴史的遭遇がたかがスナップエンドウの畑に起こるはずもなく、近づいてアオの目線の先を確認したソウマは、拍子抜けした。

「なんだカマキリか。珍しいな、ウスバカマキリだ」

根元で蠢《うごめ》いている体長六センチほどの薄緑色の生き物は、地球上の生物だ。

「か、カマキリ?」

「見たことないのか?」

もうずっとレッドリストに入りっぱなしの珍しい昆虫なので、当然かと思ったけれど、アオの返事は予想以上だった。

「昆虫は画像でしか見たことがありません」

「おまえ、よくそのレベルで農作業を手伝うなんて言えたな」

「すみません」

「カマキリは見た目は厳《いか》ついが、人に害を及ぼしたりはしないから安心しろ……っていうか、求愛中じゃないか?」

「求愛?」

「見ろ、オスとメスだ。交尾してる」

カマキリは二匹いた。やや小さいほうが大きなほうの上に乗っかり、見るからに交尾行動を取っている。

身を引き気味に立っていたアオは、恐る恐るながら二匹のカマキリを見つめ、それから不思議そうに言った。

「交尾なのはなんとなく判りますけど、オスとメスだとどうして判るんですか? サイズですか？」

サイズが同じであれば区別がつかないと言いたげだ。

「人間以外は基本、オスとメスで発情するからな。昆虫も動物もみな、子孫を残すために交尾してる」

「……なるほど。判りました。でも、どうしてヒトだけが同性にも発情するんですか？」

アオは子供のような純粋さで質問を繰り返した。現代人らしい疑問ではある。

大昔は、同性愛者はマイノリティだった。今は婚姻も認められ、認められない時代があったことすらみな忘れかけている。生涯に亘って異性を愛し続けるとは限らず、髪や眸の色の好みを語るように、女と男はどちらが好きかと問われることもある。

「ソウマさん？」

返事を待つ男の顔が、いつの間にか先程より近くにあった。

日の光を浴びると、アオの二層に色の分かれた眸はよく輝く。ヘーゼルアイの一種なのかもしれないが、下部のエメラルドグリーンは異国の海のようだ。

──父親はこんな目の色をしていただろうか。

眸の色は隔世遺伝《かくせい》しやすいので、あまり比較にならない。

確認しようと見つめるほどに、心臓の辺りがざわつく気がして、ソウマは踵《きびす》を返した。逃げるように畑を出ながら、答えにもならない返事をした。

「さぁな、そうしたいと思うからそうするだけだろ」

周囲八十キロ以上に亘って街も村もない、荒野のド真ん中の家は、夜は海原《うなばら》にでも取り残されたようになる。

船室を思わせるドームの丸い窓から覗く夜空は、無数の星々の明かりで青くさえ見えた。限りなく黒に近い群青色《ぐんじょういろ》。粒子《りゅうし》の雲のようなミルキーウェイ。

真夜中、ベッドの傍らの窓でそれを確認したソウマはむくりと起き上がった。

昼間届いた荷物は、手のひらに収まるサイズの脳波計だ。

アオの脳波を調べるつもりでいた。心の声は、元々他人に聞かせるためのものではない。たまたま自分が受信しているだけで、無線通信の電波のように、あるいは光や音波と同じく、受け止めるものがなくとも空間を伝播《でんぱ》し続ける波動なのかもしれない。

波動ならば周波数がある。

その昔、海には「52」と呼ばれたクジラがいた。

クジラは数百キロ離れた仲間とも交信できる、生まれながらに『ヴォイス』を備えたような驚異の哺乳類《ほにゅうるい》だ。しかし、生物には突然変異種も存在し、「52」は仲間たちと違う五十二ヘルツの周波数で鳴き、孤独に歌うクジラとして名を残した。

たとえすぐ傍に仲間がいようと、チャンネルが合わなければ存在しないのと同じ。

永遠にその歌声は届くことはない。

――誰にも聞こえない声。

アオの脳の放つ波動も、常人と違い特殊なのではないか。

ソウマは部屋を出て、そっとリビングに向かった。通路の明かりだけを残して中に入ると、充電スポットにいるキューブが、暗がりに白くぼうっと浮かび上がって見える。隣に整列した銀玉のドットも含め、真夜中に反応しないよう命じておいたので大人しい。

アオはソファでいつもどおりに寝ていた。

やけに行儀のいい寝姿だ。ブランケットの下でどうやら気をつけの姿勢を取っており、仰向《あおむ》けに眠る様は、まるで箱に収められた人形かなにかのようだった。

白い顔、長い睫《まつげ》の眸。目蓋《まぶた》を落としていてもなお、整っていると判る美貌のせいでもある。思わず見入ってしまいそうになったソウマは、慌てて目的を実行した。

少々気が咎《とが》めるも、夕飯に睡眠導入のサプリを入れておいたので、眠りは深いはずだ。

準備は簡単で、馬蹄型《ばていがた》のヘッドセットを額から後頭部にかけて嵌めるだけだった。僅か一センチの幅で、緩いカチューシャ程度の存在感しかない。

そっとアオの頭に嵌め、手のひらサイズの端末を操作する。早速読み取りを開始しようとした瞬間だった。

「……ソマさん？」

ソウマの心臓は縮んだ。一瞬前まで安らかな寝息を立てていたはずの男が、スイッチでもポンと入れられたようにぱっちりと目を開いていた。

「なにをやってるんですか？」

身を起こしながら、ソファの前にしゃがみ込んで怪しげな機械を手にしたソウマを見る。

「あ、ああ……昼間届いた脳波計だ。せっかくだから試してみようと思ってな」

「……こんな時間にですか？」

なにより気になるのはそこだったのか。まるで昼間試したいと言えば、なんの疑問も抱かずに受け入れたかのような返事だ。

「あー、目が覚めたら、眠れなくなった」

「僕の脳波を測ったら、眠れるんですか？　なんで……そうしたら、ソウマさんは安心できるんですか？」

生じた小さな誤解を言葉に感じた。アオに不信感を抱き、隠れてどういうわけか脳波を確かめようとしていると思ったのか。

べつに人として信用できないとかではない。不審がる訳が、まさか心の声が聞こえないなどという突飛《とっぴ》な状況にあるとは想像しないだろう。

「アオ？」

アオは異物を探るようにヘッドセットに触れ、外すのかと思えばそのまま手を下ろした。無断で妙なものを嵌められたにもかかわらず、微かに笑む。

「判りました。なんの役に立つのか判りませんが……いいですよ？　それでソウマさんの気がすむなら、計ってみてください」

反発されたほうがまだ、説得しようと必死になれたかもしれない。

暗がりに浮かび上がる白い輪。まるで粗末な冠《かんむり》でも頭に被《かぶ》らされたかのようなアオの顔を、ソウマは見返す。

「……いや、いい。やめておく」

「えっ、でも眠れないんじゃ……」

指先一つで脳波を計測できる状況だったにもかかわらず、ソウマは立ち上がった。冠を抜き取る。明かりを灯《とも》したままの通路へと向かいながら、ひらと背後に向け手を振った。

「羊でも数えて寝るさ」

アオが来てから二週間あまりが過ぎた。

農作業も慣れてしまえば変化に乏《とぼ》しい毎日で、すくすくと成長する作物に日々の移ろいを感じるも、刺激的とは言いがたい。変わったことと言えば、たまに街からやってくる大型ドローンに乗せての出荷作業《しゅっか》くらいか。

作り過ぎが膨大《ぼうだい》なので、野菜は知人のレストランなどにも卸《おろ》している。

「ありがとう、ドット。でもこれ、自分で運んだほうが早いんじゃないかな」

律儀《りちぎ》にロボットにも語りかけるアオは、キューブが指令を飛ばしただけの銀玉のドットにも断りを入れ、洗濯物を運んでいる。

どことなく覇気《はき》がなく感じられるのは、気のせいだろうか。脳波計の件で少なからず抱いた罪悪感により、ソウマの目にはアオの元気がなくなったように見えた。

手元に置けば情が湧くのは、なにも動物に限った話ではない。実験室のラットのように冷静に観察できるうちに心の声を探るはずが、早くも躓《つまず》きかけている。

午後はエリオから連絡がきた。

『ソウマ、その不機嫌面《づら》を晒《さら》すのをやめてくれるか。おまえにコールする度《たび》に萎《な》えるんだが』

『ヴォイス』を使っていないソウマは、アオと同じく手首に装着するバンドタイプの通信機器を使っており、普段は身に着けることもなくその辺に放置している。

コールが入っても手に持ったまま。テレビと同じ映像方式の機器は、空間に受信した画を投《とう》射《しゃ》する。なにもない場所でも映るが、土台のスクリーンがあったほうがより鮮明に映るので、半径一メートル半以内の平らで単色かつ淡色のものを自動で探知し、映し出す。

「べつにコールをくれと頼んだ覚えはない」

キッチンにいたソウマは、食パンの切り口に映ったエリオにむすりと返した。

『まぁいつもの確認だよ。俺は律儀な男なんでね』

エリオの用件は、主催するイベントに顔を出さないかという誘いだった。ソウマは依頼を受け、安全性を保証するための監督として書類に名を連ねている。

複数の分野で博士号を取得し、様々な国家資格も有しているソウマは、エリオからすれば便利な存在だ。しかし、協力はしても、のこのこと営利目的の企業イベントを観に行きたいとは思わない。

「毎度断ってんのに、おまえも懲《こ》りないな」

『だから、念のためだよ。念のため！』

仕事中らしい。スーツ姿のエリオの顔は、今度は足元のキューブの天板《てんぱん》に映った。

ソウマは室内を歩き、移動しながら返事をする。

「わかった。行こう」

『えっ？』

「『念のため』に乗ってやるって言ってんだ。喜べ」

『おまえ、どういう心境の変化だ？　一度も来たことないってのに……』

ソファの背もたれ、ダイニングテーブルの上の白いクロス、無難《ぶなん》にドームの壁。ソウマの歩みに合わせ、エリオの顔も巨大になったり縮んだりとサイズを変えながら移動した。

最後に映ったのは、向かおうとしたサニタリーのドームの出入り口だ。こちらへ出てきたアオの白いシャツの胸元で、金髪頭のエリオはまだ何事か喋《しゃべ》っている。

「……エリオさんからコールですか？」

戸惑ったように自分のシャツを見下ろすアオに、ソウマは言った。

「アオ、明日は外出するぞ」


翌日、ソウマはスプリングシティへ向け車を走らせた。随分久しぶりだが、半月前まで住んでいたはずのアオも助手席で懐かしそうに言う。

「街がすごく久しぶりに感じます」

「行く先は街外れもいいところだけどな。帰りにレストランで食事するか？　ベビーコーンを卸した店だ。料理に出てくるかもしれん」

「本当ですか⁉　是非行きたいです」

嬉しげな声に、今日は出かけることにしてよかったと思った。

アオへの軽い罪滅ぼしのつもりで、エリオの誘いに乗った。ソウマは興味はないが、エリオのイベントは人気がある。

場所はスプリングシティを抜けた先の荒れ地だ。

ソウマの住む東側と大して変わらない眺めながら、銀色の巨大な塔が四つ聳《そび》えている。明らかに居住用とは違う、コーン粒のような空間がびっしりと縦にも横にも並んだ、スイートコーンをモチーフにしたと言われれば納得する異様な形のタワーだ。

タワーの真下は、大勢の来場者でさながら祭りの賑《にぎ》わいだった。家族連れにカップル、笑顔弾ける人々を横目に、車を降りた二人は教えられたタワーに向かう。この場に相応《ふさわ》しくない堅苦しいスーツの男に案内され、エレベーターでコーンの上部を目指した。

コーン粒に見えたのは、軽く百以上の階層を重ねたボックスの観覧席だ。四つのタワーは、自然の営《いとな》みに間近で触れるのを主目的とした体験型イベントのスタジアムだった。

移動遊園地でもやってきたような地上の騒ぎが、ガラス張りのエレベーターの足元ですうっと遠ざかって行く。荒野の先には、『危険』を示す各国の言葉が不穏にも無数に投影されているのが見えた。

その先、進入禁止。命の保証はないという警告だ。

「悪趣味なイベントだな」

エリオの迎えた最上階で開口一番告げると、上機嫌の男はふざけた調子で応えた。

「おまえもお墨《すみ》つきに名を連ねてるんだから、つれないこと言うなよ、ソマちゃん」

ソウマの眉間《みけん》には早々に深い皺《しわ》が刻まれる。

「そう不機嫌そうな顔をしなさんなって、男前が台なしじゃないか。アオくんに見せてやりたかったんだろう？　ソマちゃん」

「その呼び方やめろ、気色悪い」

間違いなく、時折言い損じるアオの口真似だろう。最初に家に連れてきた日以降会っていないはずだが、コールで連絡を取っていたのか。

気まずそうなアオが、「エリオさん！」と隣から窘《たしな》める。

「おまえんとこで無事にやってるか心配でコールしたんだよ。よかったな、デートするほど仲良くやってるみたいじゃないか」

「デートじゃない」

相変わらず胡散臭《うさんくさ》い男の満面の笑みには、『声』も重なる。

『この分だと、もうヤったのか？　こいつにしては手が早いな。けど、一つ屋根の下に暮らしてんだから当然か。あのドーム、寝室は一つしかないはずだが、まさか初日でもう』

「デートじゃないって言ってるだろ。下世話な想像もやめろ。俺はおまえとは違う。その可能性は万に一つもない」

「は？　なんの想像だ？」

「おまえの薄ら笑いで、なに考えてるかくらい判るんだよ」

実際、『声』が聞こえなくなろうとエリオの考えは見通せる気がする。

「まぁ、とにかく二人とも元気そうでなによりだ。楽しんで行ってくれ。ああ、俺の連れも紹介するな。アデラだ」

社長と招かれた客だけが入れる特等の観覧席には、ブルネットの豊かな長い髪の美女がいた。一般人とは一線を画す長身で、抜群のスタイルの女は、いつもどおりモデルかタレントだろう。胸の谷間を強調した服も定番だ。

そわそわした様子でこちらを窺っていた女は、もはや作りものにしか見えない完璧な白い歯を笑みに覗かせ、近づいてきた。

「初めまして。お噂は聞いています。ドクター・イシミ」

「ああ、どうも」

素っ気ない声になるのは、エリオの女に興味がないのもあるけれど、自己紹介なら早くから聞こえていたのが大きい。

『よかった〜幼馴染みとか言って、彼の本命かと疑ってたけど、恋人連れてきてるじゃない。男専門？　女もいける？　どっちにしても気に入られておくに限るわね。富豪のエリオのお友達だし、ちょっと変な髪型だけどハンサムだし、なんてったって「世界を変えた百人」よ！』

今も彼女の留まるところを知らない人脈作りの計算は、流れ続けている。

「相変わらず女の趣味がいいな、おまえは」

ポンとエリオの肩を叩きつつ、バルコニーの前面の席に向かった。「どういう意味だ」と問うエリオの声を遮るように、アナウンスの女性の声が響く。

『みなさ～ん、グレートナチュラルショーへようこそ！』

弾ける明るい声とは対照的に、ボックスに吹き込む風はひどく湿っていた。家を出たときには晴れていた空は掻《か》き曇《くも》り、大地も空も飲み込まんばかりに成長した不穏な雨雲が、目前に迫ってきている。

『みなさんの正面に見えますのが超巨大積乱雲、スーパーセルです。豪雨！　激しい雹《ひょう》！　強いダウンバースト！　そしてみなさんお待ちかね、ツイスターを発生させます！　本日最初に登場するのは、可愛い双子のツイスター。発生時間は十六時四十七分、二十分後の予想です。どうぞそれまで、ゲームやお食事をお楽しみください』

テンション高いアナウンスに、ソウマの眉根はまたじわりと寄った。

「イルカショーでも始まるみたいだな。ソフトクリームでも食って待ってろってか」

本業の傍らで、エリオはこうした自然現象を利用したイベント事業をいくつか展開している。竜巻《たつまき》だけに限らない。地震、雷、噴火、予測できるものならなんでもありだ。

「自然に触れ合うイベントだよ。おまえも、自然科学について学ぶのにいい機会だって言ってたろ」

「俺の想像とはだいぶ違う」

「へぇ、おまえでも予想を外すことがあるんだな」

ソウマの左隣にはアオがいた。さらに一つ空席を置いた席に、アデラをエスコートしながら座る男をソウマは見据える。

「エリオ、おまえ竜巻で何人死んでるか知ってるのか?」

「ゼロだが」

「昔の数だ」

「昔のことなんて知らないね。俺が生きているのは今だ。今ゼロであり、今客が安全に楽しめればそれでいい」

「この国だけでも年間千人近くだ。竜巻の進路を正確に予想できるようになるまで、毎年犠牲者は出続けてきた」

エリオはソウマの言いたいことをとうに理解している。

横顔も『声』もそれを物語る。

「ソウマ、その時代の奴らは、昔の災害を好奇の目で見なかったと?」

「……どういう意味だ?」

「俺だって少しは歴史も知ってる。たとえばイエローストーンはどうだ? 一大観光スポットだが、現役《げんえき》バリバリで何十万年かおきに大噴火してるんだろ? そんなところに、みんな鎮魂《ちんこん》の祈りでも捧《ささ》げに旅行に来てるのか? 間欠泉《かんけつせん》湧いてヒャッホーじゃないか」

「それは、噴火があまりに昔で……」

「大昔もちょっと昔も同じだね。ツイスターもイエローストーンも同じことだ」

口を開こうとするソウマの耳には、エリオの『声』も聞こえていた。

『意外にお堅いおまえのそういう正義感は嫌いじゃないけどね』

べつにイベントを批判するためにやってきたわけじゃない。開きかけた口を閉じたソウマはもうなにも言わず、両肘《りょうひじ》を腿《もも》に乗せた前屈《まえかが》みの姿勢でうねる巨大な雨雲を見据え続けた。

「ソウマさん」

隣からレインコートをアオに差し出される。

「ああ」

半透明の繊維《せんい》でできた、風を通すが撥水《はっすい》効果のあるコートを羽織る頃には、会場のボルテージが上がっていくのを感じた。張り出したバルコニーは、左右のボックスの客の姿も見える。

やがて、カウントダウンが始まる。歓声が上がった。厳《おごそ》かな営《いとな》みを感じさせるショーの音楽と共に、母体である巨大積乱雲から竜巻のしっぽがチラつく。

大地へ伸びる漏斗雲《ろうとぐも》だ。二つある。地面に足を着くや否《いな》や、強い気流で地上のものを巻き込みながら双子のツイスターは成長し、華麗なスケーティングでも披露《ひろう》するようにつかず離れずの距離で踊り始めた。ライトアップの光がぴったりと寄り添い、絡みつき、右へ左へと共に走る。

美しい。そう思わされずにはいられない光景だった。進路を完璧に予想している。

今やコンピュータは無限に等しい処理能力を備え、人は事象の一千億手先までも見通せるようになった。その気になれば気象をコントロールすることもできる。日常的にやらないのは、費用のわりにメリットを感じられないからだ。

観客はいつの間にか立ち上がっており、ソウマもバルコニーの手摺りに手をかけ立った。タワーを掠《かす》めて走る、ツイスターの生む強い風と雨。

「ソウマさん」

レインコートの裾《すそ》を引っ張り、アオが心配げな表情でこちらを見た。コートのフードの中の顔は唇まで白く、風に揺れる前髪が濡れている。

「なんだ、怖いのか?」

「……そうですね。少し」

しかし、アオの二つの目がじっと見ているのはソウマだった。もしかして、ツイスターではなく、不機嫌な自分が怖いのかもしれない。

「見ろ。さっきより近づいてきた」

ソウマは襲う雨粒にも黒い眸を見開かせたまま、前を見た。

なにもかも意のままに操れるようになった結果、人は退屈し、刺激を求め始めた。いつの世も遊園地のジェットコースターに、スリルと興奮を求めてきたのと同じだ。

強く、もっと強く。雨は嫌いで、天気予報の降水確率に憂《うれ》い顔をするくせに、今はもっと強く叩いてほしいと身を乗り出す。もっと強く。

右隣のバルコニーの家族連れが、ふと目につく。フードを外して目を瞑《つむ》った少女が、心地よさげに雨粒を浴びている。強風に舞い上がるブロンドの髪。灰色の空と風と人工的な色とりどりの光に、幼い子供ははしゃいで声を上げ、両親は夏の思い出を作ってあげられたと満足顔だ。

エリオは人の欲望に応える天才だ。

判っている。だから協力を続けている。

それでも、目《ま》の当たりにすると違和感を覚えずにはいられないだけだ。

「俺は帰る」

双子のツイスターのショーが終了したところで、ソウマはエリオに声をかけた。

『はっ、なに言ってんだ？』

「おいおい、メインイベントはこれからだぞ。F5級のツイスターだ。双子と一緒に現れてくれるなんて、めったにない」

声と『声』に二重に責められながらも、レインコートを脱いだ。

「悪いが、やっぱり俺の性に合わない。古臭い考えなんだろうがな。俺はこんな遊びは好きになれないんだ」

「なんか悪かったな、俺に付き合わせて帰らせたみたいで」

帰りの車の中で、ソウマはアオに言った。

二人とも無駄話をするほうではないので、車の中はとても静かだ。静穏が標準仕様の車は、街を離れて足《タイヤ》を地面につけてもなお、ほとんど走行音を感じさせない。

「どうして謝るんですか？　僕も同じ気持ちでしたから。だから、ソウマさんと一緒に帰りたいと思ったんです」

「そうか」

「違ってても、ソウマさんと帰ったと思いますけど。一人で見ても、しょうがないです」

「……そうか」

ソウマは先程よりも少し遅れて返事を繰り返した。

エリオもいるのだから一人にはならない。それでも一人と言い切るのは、アオが一緒に見たかった相手は自分と言うことだろう。

外は夜を迎えようとしていた。未舗装の道に人工的な明かりはないにもかかわらず、日の沈んだ荒野はさほど暗く感じられなかった。

月が出ていた。星も。フロントからルーフまで滑《なめ》らかに続く車体の強化ガラスは星明かりを纏《まと》い、反射にほんのりと光って感じられる。

まるで自身が発光でもしているかのように。

街から家まで八十キロ。人の歩みでは遥か彼方《かなた》の距離も、時速二百キロ以上で走行する車であればすぐだ。

家に帰り着くと、温かな明かりの灯《とも》るドームから出てきたキューブが二人を迎えた。

「ソウマ、アオ、オカエリナサイ」

「ただいま、キューブ」

アオがいち早く反応し、ソウマはキッチンへ真っ直ぐに向かいながら言った。

「ついでだから、これからちょっと付き合え」

「えっ、どこへですか？」

目的地はすぐそこというか、どことは定まっていない。街で行くつもりだったレストランへも寄らずに帰ってしまったため、空腹を感じており、まずは二人分の軽食作りを始めた。

マイナス二十度以下で凍結保存していた紡錘《ぼうすい》型のパンを焼き、真ん中に切れ目を入れて、千切りのキャベツと挽《ひ》いた肉を羊腸《ようちょう》に詰めた保存食をボイルして挟む――ようするに、古来からホットドッグと呼んでいる食べ物だ。

ホットコーヒーはアオがボトルに入れた。

夜は昼と打って変わって外は冷える。キューブは命じられるままブランケットとレジャー用のシートを用意し、二人と一台で向かったのは夜のピクニックだった。

場所はその辺だ。畑から少し離れた開けた場所を目指した。

「自然に親しむならこっちのほうがいい」

最初から、街へ行くよりこのほうが自分らしかった。

重しも杭《くい》もなしに地面に吸いつくシートを広げながら、アオは微笑んで同意した。

「そうですね。大地を感じられて、星もたくさん見えますしね」

「まぁ、確かに星の見える場所は貴重だが」

地上も星も、いつの頃からか遠くなった。

どこの街も空へと伸びた結果、地面に触れられず星も見えない場所で暮らす人々がスタンダードになった。その昔、人が高さに憧れを持っていたことなど嘘のようだ。

明るすぎる街は夜空に星を瞬《またた》かせることはない。眩い金星の光さえをも打ち消してしまう。

シートの上では、年代物のカーバイドランプが、ホットドッグを食べる二人の手元を照らしていた。

球に近いガラスのカンテラは、昔アンティークショップで目に留まり購入したものだ。ソウマが気に入ったのは雰囲気のあるデザインではなく、水と炭酸カルシウムの鉱石を反応させ、アセチレンガスを発生させて燃焼するというその構造だった。

どこかのコレクターの棚に飾られて眠り続けるはずだったランプは、再び息を吹き返したように炎を灯らせ、ソウマは夜空を仰ぐ。

天上の光は動かないものばかりではない。

無数に行き交う航空機の、赤や青の点滅する光。

「ソウマさん、あれはなんですか?」

不意にアオが頭上の一点を指差し言った。

ゆっくりと夜空を直線で切るように進む光点がある。

「人工衛星だ。こんな時間でもまだ見られるなんて驚きだな」

「人工衛星って、たくさん飛んでるんじゃないですか?」

「そうだが、光るのは太陽光の反射だから、角度の関係で普通は宵《よい》の内か明け方しか見られない。衛星の高度が高ければ理論的には見える時間が延びるが、その分地上からの距離も出て光が弱くなるしな。だから、あいつは高いところにある反射光の強い大きな衛星なんだろう」

「へぇ、光一つでいろいろ判るものなんですね。ソウマさんはなんでも知っていてすごいな」

大した説明でもないのにアオはこちらが気恥ずかしくなるほど感心し、それから少し気落ちしたように言った。

「僕は、ソウマさんと違って判らないことばかりです」

「俺にだって判らないことはある」

「そうなんですか?」

たとえば今この瞬間も、目の前の人間の考えていることが判らない。

車の中も静かだったが、二人でいるときはいつも静かだ。高度一千キロ以上を周る人工衛星が、夜空をよぎる音さえ聞こえてきそうな密《ひそ》やかな空気。

食事を終えたアオは、コーヒーのボトルにも手をつけないまま、黒と白のブロックチェックのブランケットで覆った膝を抱え、ひたすらに空を見ていた。

ただの天体観測。星空を眺めているだけのようにも感じるけれど、ソウマは問わずにはいられなかった。

「おまえ、今なにを考えてる?」

「え……べ、べつになにも」

明らかに動揺の滲《にじ》む反応に、是が非でも知りたくなった。

「嘘はつかない約束だろう?」

アオは困ったように目を伏せ、一層強く膝を抱いてから口を開いた。

「ずっと気になってるんです。ソウマさんは、どうしてこんなところに一人で住んでるのかなって……野菜を育てたいからじゃないでしょう?」

嘘をつかない約束は、相互ではない。ソウマのほうは適当な誤魔化《ごまか》しを言えたにもかかわらず、真っ直ぐな問いに本音が零《こぼ》れた。

「街にいたってやることもなかったからだ。ラボを辞めて、研究をリタイアしたんでな」

「リタイア?」

「引退っていうか、途中放棄だな。それまで俺は、『ヴォイス』の延長で人の思考を読み取る研究をしていた」

「思考を読むって、『ヴォイス』とは違うんですか？」

「あれは脳からの体を動かそうとする信号《シグナル》を利用してるだけだ。思考そのものを読み取ってるわけじゃない」

聞かされたアオは困惑顔になった。説明が上手く伝わっていないのかと思いきや、戸惑いが返る。

「コミュニケーションなら、『ヴォイス』で充分ですよね。自分の考えていることが読まれるって、なんだか怖いです。正直、嫌っていうか……」

「そうだな。そのとおりだ、おまえが正しい。でも昔の俺は、そんな当たり前の人の気持ちも理解できなかったんだよ」

ソウマは苦笑した。シートの外まで投げ出すように伸ばした足の先には、かつて住んでいた街が眩く光り聳えている。

「愚《おろ》かな俺は、ただ難問を解くことにしか興味がなかった。だから、研究が軍事目的なことにも気づかずにいた」

「軍事……それが研究を止《や》めた理由なんですか？」

「まぁ、きっかけの一つではあるかな」

心の声が聞こえるようになり、すべては変わった。信奉者にでもなったかのように自分を持ち上げてきた大人たちの思惑を、望まずとも知ることになった。

シングルマザーの本音から、国の重要機密まで。『声』により、皮肉にも自分と他人との相違も突きつけられた。

生々しい他人の欲望や、自《みずか》らに向けられた羨望《せんぼう》からの敵意。ソウマは単純にそれらに失望したのではなく、誰もが抱える心の闇や痛みに理解の及ばないでいた自分に失望した。

幼い頃に見た母親の顔も思い出した。

母が自分を見る際に、時折見せた戸惑いの眼差し。あの季節外れのスコール。窓に不規則に並んだ雨粒に定規《スケール》を当て、メモを取っていたときもそうだった。

やがて周囲が天才とソウマを持て囃《はや》し、母の表情は誇《ほこ》らしげなものに変化したけれど、本質はなにも変わりなかったのだ。

自分は、普通ではない。

ソウマはただいつも、目に映る様々なものに興味を惹かれて止《や》まなかっただけだ。

ゼラチン菓子に触れる光の反射と散乱。母が飲む水溶液《コーヒー》に沈む結晶《シュガー》の溶解度。朝露《あさつゆ》を結んだ観葉植物の葉の裏で孵《かえ》る虫の、最初に見る世界。

ガラスにしがみつく雨粒たちのパーソナルスペース。

ソウマはなにもかもを解明したがった。知りたかった。

――『声』を知るまでは。

自分は一体なにに生まれ変わったのだろう。

身一つで種も仕掛けもなく人の心の声を聞くバケモノか。それとも、かつての自分こそがバケモノで、普通になれただけなのかもしれない。

「ソウマさん、僕はもったいないと思います」

『声』の聞こえないアオの声はひどくクリアで、そのくせいつも柔らかく耳に響く。

「ほかの研究を続けたいとは思わなかったんですか?」

「……どうだろうな」

子供が大人へ成長するように、遅かれ早かれ、研究への情熱は失せていくものだったのかもしれない。

「研究なんて、俺がやらなくても誰かがやるし、達成できたところで、どうせ夢のようなテクノロジーも実用化する頃には夢ではなくなってる」

「どういう意味ですか?」

「人間ってのは、体一つで空飛べたって感動しない生き物ってことだよ」

「翼もなしに空を飛べたらすごいじゃないですか」

「科学は飛躍するようでしない。飛べるようになるまでには段階がある。重たいエンジンを背負って、軽量化に励《はげ》んで、スタイリッシュな翼に変わって、被膜《ひまく》のようなスーツが生まれ、やっと体一つで浮く頃には、『前のスーツより五〇グラム軽くなりました』ってなもんだ」

夢は触れられない蜃気楼《しんきろう》。辿《たど》り着けない虹の出発点。指先が届く頃には、それは夢ではなくなっている。

「でも、それでも僕はソウマさんは研究を続けるべき人だと思います」

反発とも言えるソウマの畳《たた》みかけるような言葉にも、アオは珍しく反論し、ソウマは応えなかった。元と同じ静けさが、少しだけ重く感じられる。

二人は沈黙した。

星がいくつか流れた。

隕石《いんせき》か、スペースデブリ。おそらく後者だろう。流れ星が願いをかけるロマンティックなものであった時代は、遥か彼方だ。

「そういえば、一人じゃないいな」

ソウマは唐突に口を開いた。

「え？」

「さっきおまえが言っただろ。なんでこんなところに一人で住んでるのかって」

「ソウマさん……」

「一人じゃない。今はおまえもいるからな」

どうしてそんなことを言ってみようと思ったのか判らない。アオも驚いており、瞠《みは》らせた目が明かりを映して輝く。

アオの表情が笑みに変わるほどに、ソウマはバツが悪くなった。

「ありがとうございます。あっ、でも二人じゃないですよ」

「ん？」

「二人と一台です。ほら」

示したのは二人の間、少し後方に佇《たたず》むキューブだ。真っ白なサイコロのはずが、赤い染みのようなものが前面に付着《ふちゃく》している。

いつついたのか、ホットドッグのケチャップだった。アオが悪戯《いたずら》に指でなぞって広げると、二つの赤い目ができ、笑う口元が生まれた。スマイリーフェイス。

ただのケチャップにもかかわらず、それは人の目には顔にしか見えない。三つの点が集合するだけで命あるものに映る、シミュラクラ現象だ。

ロボットに顔を作るのが違法とされたわけが判る。

「随分、ブサイクな顔だな……」

ソウマが言い終える間もなく、キューブはボディが汚れたと判断したようで、急に音もなく形を変化させた。

「わっ……」

突然伸びたアームに、アオが驚きの声を上げる。身を引いた拍子《ひょうし》に薙《な》ぎ払われたカンテラの灯《あか》りが、ぐるりと回って大きく揺れた。

「アオ、危ないっ！」

「……あつっ！」

「バカっ、なにやってんだっっ！」

なにを思ったか、転がるカンテラを起こそうとアオは素手で触れた。燃える炎は作りものではない。ガラスは高温で、耐火性の高いレジャーシートは問題ないが、人間は当然火傷《やけど》をする。

「アオっ！」

右手を抱えた苦悶《くもん》の表情のアオに、ソウマは激しく狼狽した。

「大丈夫かっ、見せてみろ」

この場に怪我を手当てするようなものはない。ボトルの中身はホットコーヒーで、冷たい飲み物すらなく、ソウマは咄嗟《とっさ》にその手を舐《な》めた。

アセチレンの燃焼温度は、水素やメタンよりも高い。可燃性のガスの中で最も高温で、種火程度の炎でガラスに触れたのが一瞬とはいえ、唾液《だえき》でもなにもしないよりマシに思えた。

「ナニカオ困リデスカ？　話シカケテミテクダサイ」

気が利くのか空気が読めないのか、的外れなキューブの音声も耳に入らず、赤みの目立つアオの白い指に一心に舌を這《は》わせる。

――もっと、なにか冷えたものを！

気が動転しているのはアオより自分だと気がついたのは、早く家に帰ろうと顔を起こしたときだ。

「そ、ソウマさん」

アオはじっと自分を見つめていた。

身じろぎもせず右手をソウマに委《ゆだ》ね、眸だけを揺らがせるアオは、カンテラの熱にあてられたかのように頬や耳元を赤く染めていた。


家に急ぎ戻り、応急処置でアオの火傷は落ち着いたものの、ソウマはもっとカンテラに注意を払うべきだったと悔いた。

——迂闊《うかつ》だった。

カーバイドランプは燃料こそ危険なものではないが、今の人間には馴染みのない裸火だ。

責任を感じるソウマは普段よりも口数が少なくなり、アオも怪我のせいかやけに大人しい。

結局、戻ってからはほとんど会話もないまま、ソウマは寝室のドームに引っ込み、深夜寝つけずに起き上がった。リビングのドームに向かったのは、アオの様子が気になったのもある。

キューブもドットも眠る夜更け。リビングに入ると、アオが目を覚ましているのはすぐに判った。

「どうした?」

ソファにじっと座っていて、点《つ》けた明かりにも動かない。

「すみません、ちょっと……」

「もしかして、火傷が痛むのか？」

皮膚の修復を促《うなが》す被膜剤も貼って処置しており、これ以上この家でできることはなかった。

火傷が予想以上に深いとなると、医療機関を受診する必要がある。

——今から行くか。小型ジェットを呼べば十分もかからない。

それほど深い火傷には見えなかったにもかかわらず、狼狽《うろた》えるソウマは明らかに冷静さを欠いていた。

アオが返事をしないせいもある。

「アオ？」

「……すみません、違うんです」

「違うって、どういう……」

「体の調子が変っていうか、その」

「だから、火傷のせいだろう。見せてみろ」

ソファに項垂《うなだ》れて座るアオの手を取ろうとすると、バッと後ずさるように身を引かれて驚いた。初対面から懐《なつ》く猫のように家に入り込んできた男の明確な拒絶に、ソウマはショックを受けた自分を感じた。

アオは詫《わ》びを繰り返すばかりだ。

「すみません、火傷で……熱っぽくなることってあるんですか?」

「そりゃあ……あるだろう。火傷なんだから、患部が熱持つのは普通なんじゃないか」

答えながらも、ソウマは違和感を覚え始めた。

アオがなにかを堪《こら》えるように微かに震えているのが判る。また不用意に触れられるのではないかと、過剰に自分の動向を意識しているのも。

「……熱いの、手じゃないんです」

俯《うつむ》くばかりだった男が、こちらを仰ぎ見る。

火照《ほて》りを帯びたような表情。揺れる眼差しを受け止め、ソウマはようやく理解した。どういうわけか、アオは発情しているらしい。

「なんで……」

「判りません。ランプで火傷をして、ソウマさんに傷を舐めてもらって、それから……なんだか、そのことばかり考えてしまって」

ソファでブランケットに包《くる》まり、ずっと悶々《もんもん》としていたというのか。

火傷ではなく、明らかに自分に舐められたせいに違いないけれど、アオに自覚があるようには見えなかった。あれば原因である男を、無防備に縋《すが》る眼差しで見つめたりはしないだろう。

ソウマが男に惚れたことはなくとも、今や劣情を抱くのに男も女もない時代だ。

「じ、自分でどうにかするしかないだろう」

発情自体は、さほど恐れる事態ではない。古今東西どこの男も直面し、自己処理で対応してきたトラブルだ。

アオは困惑したように返した。

「自慰でしょうか？　行《おこな》ったことがありません」

ソウマが濁《にご》した言葉をストレートに発するかと思えば、恥ずかしげにまた俯く。

「ないって、これまでどうしてたんだ？」

冬眠の期間があったとはいえ、二次性徴も迎えていないような子供ではない。

「家では薬を飲んでいました」

「薬？」

「調べたら性欲は抑制剤《よくせいざい》でコントロールできると判ったので、購入して……」

「抑制剤って……バカか！　そりゃセックス依存症とかの患者が飲むもんだろうが」

「す、すみません。そうかなとは思ったんですけど、相談できる相手もいなかったので」

起こしかけた顔が下を向いたのは、落ち込みに項垂れたのだろう。

「べつに謝るようなことじゃない」

ソウマは声のトーンを落とした。

父親に対し、また沸々《ふつふつ》と怒りが込み上げてくる。息子を思うなら、やはりケアスクールに通わせるべきだったのだ。

「じ、自分でするって変じゃないですか？　そもそも衛生的にどうかと思いますし、排泄《はいせつ》でもないのに触れるのはちょっと……」

無知とそのズレぶりに、同情心が芽生えつつも、成人した男に一から自慰のやり方を教える趣味はない。

ソウマは溜め息をついた。

「ちょっと待ってろ」

言い捨てて向かったのは、キッチンの奥の扉から続く倉庫だ。雑多なものを詰め込むように置いた棚に目的のものはあるはずだった。

受け取ったときの姿のまま。ピンクの趣味の悪いラッピングは目立つのですぐに見つかった。

「なんですか、それ？」

ソファで大人しく待っていたアオは、ソウマが箱から取り出したものに、好奇心と恐れの入り混じったような反応を見せる。

「ホールだ。手で触るのが嫌ならこれを使え。普通に出回ってるやつだし、嵌《は》めるだけで昇天できる」

男の生理事情も時代に合わせて変化する。性具も進化を遂《と》げ、今ではメーカーの調べによると、二人に一人は補助なしでのオナニーはしないと答えるくらいだ。

まじまじと見つめ返され、問われてもいないのに告げた。

「俺は使ってないけどな」

「……どうして持ってるんですか？」

「エリオが去年の誕生日に置いて行った。独り身じゃ、さぞかし淡泊な日々だろうってな。余計なお世話だ」

手に余る大きな筒《つつ》状のものを手渡しながら、片側にある窪《くぼ》みを示した。

「ここにおまえのを当ててるんだ。センサーがついてるから、後は勝手にやってくれる」

「そ、ソウマさん」

屈めた身を起こして立ち去ろうとすると、スウェットパンツの腿《もも》の辺りを掴まれた。遠慮がちな仕草ながら、絶対に放さないという意思を感じる。

『後はサポートにでも聞いてくれ』と言いたくとも、アオなら本当にコールしかねない。

「……なら、早くズボンを脱いで準備しろ」

「ぬ、脱ぐって……」

「脱がなきゃできないだろうが。止《や》めるなら、俺はもう行くぞ」

よもやの事態に、元はと言えば火傷により自分が手を舐めたせいであることも忘れ、ソウマは素っ気なく命じた。

アオはのろのろとパジャマのズボンを下ろし始める。途中でブルーのブランケットを引っ張り上げて腰下を覆うも、ソウマも見たいわけではないので、それについてはなにも言わない。

「脱いだか？」

「はい」

「下着もだ」

「…………はい」

ブランケットの下のもぞつきが治まると、最後のステップであるかのように告げる。

「じゃあ、もう後はさっき言ったとおりだ。横になってやってみろ」

生理的欲求に負けたのか、あるいはソウマが行ってしまうのを恐れたのか。迷う素振りを見せていたアオは、ブランケットの下にホールを持ち込んだ。

『言うとおり』にしたのはすぐに判る。

「……ひぁ…っ」

突然下腹部を襲った刺激にアオの口から悲鳴じみた声が漏れ、ソファに伸びた体が捩《よじ》れた。

「あっ……なに…っ……」

「そいつは軟体機器だ」

歴史的な流れでホールと呼ばれているものの、ただの無機物ではない。一度スイッチが入れば軟体生物のように伸びて、使用者の股倉《またぐら》に吸いつく。

陰茎《いんけい》から陰嚢《いんのう》、会陰《えいん》まで。性器を中心に広範囲だ。

「どうだ？」

「なっ、なにかざわざわして……あっ、や……やっ、なに…っ、や…っ、ぁっ……」

キューブのように命じる必要もなかった。体の反応を読み取り動作するホールは、ある意味キューブを超えたＡＩを搭載しているとも言える。

「ふ…っ……」

アオは、ノーカラーのパジャマの襟元《えりもと》に顎《あご》を擦《こす》りつけようとでもするように首を左右に振った。下半身を襲うものを確認しようと、懸命に頭を起こす。

「……ふ…ぁっ……あ……」

やがて力尽き、枕に頭を落としながらも、またソウマの服を握り締めた。今度はカットソーの袖だ。ソファの手前の床に、ソウマは膝をついていた。

「あっ、や…っ、待っ……ぁっ、あっ……そこ、や…っ……」

「もっと力抜いてみろ。余計なことはなにも考えるな」

ソウマも学生時代に好奇心で使った経験はあるので、その快感は知っている。人間の手では、到底再現できない細やかな動きで、直向《ひたむ》きなまでに性感を煽《あお》り立ててくる。

上辺《うわべ》で拒《こば》んだところで、ホールには嘘は通用しない。

白い首筋を震わせながら、アオは「あっ、あっ」と規則正しい啼《な》き声を漏らし始めた。言いつけどおりに体の力を抜いたらしく、縮こまるように立てた膝がブランケットの下で緩《ゆる》んでいくのが判る。

「気持ちいいか?」

「あ…っ……ふ…ぅっ……」

「アオ、どうなんだ? 俺に嘘はつかない約束だろう?」

「……ぁっ、ソ…マさんっ…あっ、い……いい……です。気持ち、いっ……」

ちょっとからかいも含めて訊ねたつもりが、ドキリとなる。こんなときまで命令に従順で、まるでけして逆らわないロボットのようだ。

ロボットとは違い人は艶《なまめ》かしい。その吐息も、肌の色も。ひどく熱を上げてきているのが判る。

快楽に翻弄《ほんろう》されながらも心地よさげだったアオの息遣いが、急に乱れ出したのは少し経ってからだ。ほとんど音のしなかったブランケットの内から、クチュクチュと淫らな音が漏れ聞こえてくる。

「やっ、なにっ……ひ…ぅっ……」

「アオ?」

「そこっ、や……先っぽ……ぁっ……なんか、ちょっと…っ……なにか入ってて っ……」

先端を中心に弄《いじ》られているのだろう。

それだけでないのは、アオの上擦る声で判った。

ホールもニーズに合わせて様々な種類がある。

「……エリオめ。どうやらオプションがついてたようだな」

「オプション……って、なにっ？　あっ……なに、これ、ヘン…っ……やっ、いや…っ……」

「大丈夫だ。中からも少しばかりよくするだけの機能だ」

「中って…っ……あっ、待っ…っ、入って……おく……やっ、や…ぁっ……」

尿道《にょうどう》からも快感を引き出す拡張機能だ。ホールは軟体だけあって自在に形を変える。

アオの反応に、ズッとそれが沈み込む音を聞いた気がした。小さな穴を開かせ、細い道筋を蔓《つる》のように奥へと進む異物。

「ひ…ぃ…んっ……」

細い悲鳴を漏らしたきり、アオは急に静かになった。

あまりの衝撃に上手く声さえ出せなくなったのかもしれない。

反応は失せたわけではなく、ハァハァと熱っぽい吐息は間断なく零《こぼ》れ続けている。乾く間もなく唇は湿りを帯びた。パジャマに包まれた肩は小刻みに震え、閉じた目蓋の縁は瞬く間に浮かんだ涙にびっしょりと濡れる。

「アオ……」

「ソウマさんっ……んっ……」

ソウマのほうへ向けた顔の傾きに合わせ、涙が目頭《めがしら》や目尻から溢れ、じりじりと頬やこめかみを伝った。

「……おくっ……奥、うご…いて……」

「……大丈夫だ。すぐ終わる。痛くはないだろう？」

痛みを感じるはずはない。使用者の反応を敏感に察知するホールは、痛みや不快感を示せば立ちどころに動きを止める。

アオは、紛《まぎ》れもなく快感を得ているということだ。

「奥は前立腺《ぜんりつせん》が近いから、余計に感じるだけだ。なにもおかしくない」

普通の反応だと言い聞かせる。

「あ…ぁっ……」

ブランケットが波立つように揺れた。大人しくなっていたのが嘘のように激しく身を捩り、ソウマの袖を掴んでいた手も弾みに離れる。

「や……いく…っ、あっ、イク…っ……もうっ、出ちゃ…っ……」

どうやら終わりが近いらしい。

すぐに欲望を解くだろうと思った。

けれど、予想に反しアオの体は悶《もだ》え続け、ガクガクと腰ばかりが揺れた。

「あっ、あっ、やっ……なんっ、で……」

「アオ？」

「あっ、もっ、もう…っ、あ……イッてる…のにっ……や……」

「どうした、アオ?」

「出なっ……出せなっ……い……あっ、やっ、も…っ、もう放し…っ……そこ、やぁ……」

反応に驚き、ソウマは足元に放ったパッケージをバッと拾い上げた。

「……ドライオーガズム用」

「ドラ…っ…て? なに、ソ…マさ…っ……ソウマさんっ……」

射精なしにオーガズムを得るためのホールだ。ソウマも使った経験はないし、想定外が過ぎてエリオに悪態《あくたい》をつく余裕もない。

正直、動揺していた。

アオの無防備な仕草が追い打ちをかける。ブランケットをアオは無造作に捲《めく》り、中心にへばりついた物体を必死で引き剝がそうとし始めた。

ソウマは初めてその正体を見た。元の澄ました形状が嘘のように変化したホールは、性器に分厚《ぶあつ》く絡《から》みつき、ねっとりとした動きで容赦《ようしゃ》なく責め立てている。セックスはおろか、自慰すら未経験の男には刺激が強すぎるだろう。

半透明な素材は、ひくひくと揺れるアオの陰茎の色や形までぼんやりと覗かせ、あまりに卑《ひ》猥《わい》な様にも息を飲んだ。

「あ…ぁっ……」

アオは剝がれようとしないそれに絶望の声を上げた。淫《みだ》らに足を開いた腰をくねらせ、救いを求めて懇願《こんがん》する。

「ソマさっ……たすけて…っ、もう、や…っ、いや……ホントにっ、ダメ……だめ……」

「ま、待て、外してやるからっ……」

説明書を確認しなくとも、操作はなんとなく見当がついた。

「ふ…っ…ぁ……」

リズムをつけ、機器の透過していない部分を引っ張ること三回。ホールはくたりと伸びて動きを止め、ずるっと音を立ててアオの中に伸びた長く透明な蔓が抜け落ちる。

「ひっ…あ……」

解放されてもなお、張り詰めた性器から白濁《はくだく》の噴く気配はない。アオのしゃくり上げる声も治まらなかった。

「……悪かったな、よく確かめもせずに使わせて」

そっと声をかけ、頭を撫でてみる。ほかに宥《なだ》め方も思い至らない。

「ソウマさん」

不意に腕を伸ばしてきたアオに、ぎゅっとしがみつかれて心臓が大きく鳴った。

「……ソウマさん」

何度も自分を呼ぶ声。アオにそれを求められていると感じた。拒む気持ちも湧かないまま、ソウマは「俺がしてやる」と耳元へ囁き、コクコクと頷きが返ってくる。

「……あっ……」

縋るアオの上体を抱き留め、小さな頭を胸元に抱いた。大きな手のひらで昂《たかぶ》る性器をやんわりと包んでやる。痛々しいほどに硬く張り詰めたままだった。

それでもホールはエラーを起こしたわけではなく、嬲《なぶ》られながらもアオが快感を覚えていたのは確かだ。とろとろにカウパーは溢れ、根元までぬかるむほどにぐっしょりと濡れそぼっている。

ソウマはゆるゆると刺激してやり、アオは控え目な声で啼いた。包み込んだ手指で優しく擦り上げ、根元から先端へ行き交わせる。何度か促すだけで、射精は呆気なく訪れた。

「ふ……あっ……」

ぴゅっと精液が迸《ほとばし》る。一度ではなく二度、三度。我慢を強《し》いられた時間を示すように、勢いをつけて放った後も、残滓《ざんし》は止めどなく溢れ続ける。

ソウマはもう、治まるまでいくらでもアオに付き合うつもりでいた。

空いた手で頭も撫でてやる。ずっと傍にいたのに初めて触れた男の髪はさらりとしていて、けれど硬いわけでもなく、ほどよい張り具合だった。やけに触れ心地がいい。

自然と唇を押し当て、髪にキスをする。

瞬間、初めての感情が抑え込んでいたかのように溢れた。変わり者で、一回り近くも年下で、年上でもある男を「可愛い」と思った。

「いい子だ。いっぱい出せたな」

努《つと》めて冷静に声をかけると、落ち着いたはずのアオはまた少しだけしゃくり上げ、強くしがみついてきた。


「オハヨウゴザイマス、ソウマ」

翌朝、寝室からドームに出ると、心なしか声の響きが物足りなかった。

キューブだけの朝の挨拶《あいさつ》。アオの姿を探すとまだソファにいる。まるでタイマーでもセットされたみたいに早起きし、几帳面《きちょうめん》にブランケットの端もきっちり揃えて畳《たた》んで、キューブと一緒に出迎えていたのが珍しい。

もしや具合でも悪いのかと焦《あせ》った。ソファを覗いてみれば、相変わらず緩《ゆる》みのない気をつけの寝姿ながらも、ブランケットに包《くる》まるアオの表情は安らかでホッとする。

目元にかかった髪の毛をそっと指の先で払ってやろうとして、ソウマは慌てて引っ込めた。

――自分は今なにをしようとしたのか。

べつにただ髪を払おうとしただけだ。けれど、それ以上の感情が指先に籠りかけた気がして動揺した。

足早にその場を離れ、キッチンのカウンターに向かう。いつもどおり簡単な朝食の準備を始めた。

　ドームの丸い窓の向こうでは、すでに空の色が変わろうとしている。やがてアオが目を覚まし、キッチンに立つソウマに気づいてバッと起き上がった。

「そっ、ソマっ、ソウマさん！」

「オハヨウゴザイマス、アオ」

「おはよう、キューブ！　ソウマさん、寝坊をしてすみません！」

　キューブに挨拶したりと随分忙しい。ソウマは緩みそうになる頬を引き締め、近づくアオに応えた。

「まだ寝てろ。言っただろ、べつに農業は仕事じゃない。俺の趣味の延長で……」

「大丈夫です。昨日も作業を休んでますし、今日はナスの脇芽《わきめ》取りをするはずでしたよね」

　今すぐ農家に転職できる勤勉さだ。いや、なにもかもが全自動の今時の農家のほうがよほどゆっくりしている。

「あの、ソウマさん。昨晩はご迷惑をおかけして申し訳ありませんでした」

　ちゃんと覚えているらしい。酔っぱらっていたわけでもなく、素面《しらふ》だったのだから当然か。

　言いづらそうにされると、ソウマもどうにも目を合わせづらくなった。疚《やま》しさを覚えるのは、最後は義務や憐《あわれ》み以外の感情も抱いてしまったからか。

「いや……具合はどうだ？　火傷《やけど》は？」

「あ、貼ってもらったシートのおかげで痛みも感じないですし、大丈夫です」

「そうか。じゃあ、今日はこれからナスの手入れをやって、午後はちょっと手伝ってもらうとするか」

「手伝う？」

自分一人ではどうもやりづらいので、先送りにしていることがある。

宣言どおり午前中は農作業にかかり、昼食をすませた後、アオを連れて入ったのは倉庫代わりにしているドームだ。

こんなときにしか役に立たない古い三面鏡があり、折り畳みの椅子に腰をかけたソウマは、アオにハサミを手渡した。

「髪、伸びすぎてそろそろどうにかしないとと思ってたからな」

「えっ、僕が切るんですかっ？」

「そうだ。一思いにいってくれ」

軽い冗談のつもりだったが、鏡越しに見るアオは、本当に断頭《だんとう》でも命じられたかのような狼狽えようだ。

「ひ、人の髪を切った経験がありません」

「親父さんはどうしてたんだ？」

「ヘルパーの女性が切ってくれていました」

「ふうん、まぁなんでもいい。ちゃっちゃっとやってくれよ。結んでる分の長さを短くして、後は適当に梳《す》いてくれれば」

「適当って……」

「ロボットよりは加減がわかるだろ？　前にキューブに任せたら酷《ひど》いことになった。こいつはカットと言ったら直線しかできないようなやつだから」

「どうなっても知りませんよ……っていうか、なんで急に髪を切ろうなんて」

ソウマは用意したケープを首に回しかけながら、ふっと自嘲して笑った。

「変な髪型だって、あの女にも言われたしな」

「おんな？」

「昨日、エリオがイベントに連れてた女だよ」

「えっ、あの人がソウマさんにそんなことを？」

「気づきませんでした」と驚くアオの反応はもっともだ。彼女だって、自分が『声』で暴言を吐いただなんて露とも知らない。

「……ソウマさん、彼女の感想が気になって切ろうと思ったんですか？」

どことなく気落ちした声でアオは問う。

「来週、出なきゃならんパーティが街であるんだ。頭の固いジジイ共が集まる。長髪でイヤミを言われるのもなんだし、あの女の反応が一般的な感想だろうと思ってな」

「ソウマさんにイヤミを言う人なんているんですか?」

「まぁ……面と向かってってわけでもないけど」

「なるほど……判りました。イメージアップのお手伝いができるよう頑張ります」

一転、やる気を見せるアオは、ソウマの下ろした髪を指で梳き始めた。黒髪の間を通る白い指はくすぐったい。節《ふし》の目立たない綺麗な指は、男にしては指先も細く、ひんやり冷たく感じられた。

ふと、昨夜縋《すが》りついてきた手や体の感触まで思い返しそうになったところで、背後のアオがぽつりと言った。

「でも……僕はソウマさんは長髪も似合ってると思うんですけど」

「え……」

鏡に映る顔は、パッとぎこちない笑みを浮かべた。

「すみません、切りますね」

「あ、ああ」

自信がなさそうだったわりに、思い切りはいい。ザクザクと音が響く。

元々覚えがよく器用なのは農作業でも感じていたけれど、散髪は特殊な技能だ。最悪は街のサロンで手直ししてもらえばいいくらいの気持ちだったが、仕上がりは予想を裏切られた。

鏡の中には、久しぶりに小ざっぱりとした自分がいる。

「上手いじゃないか」

「そうですか？　サイドがばらついてしまって、上手くまとまらなかったんですけど」

「充分だ。これくらい、少し流しとけばいい」

髪を掻《か》き上げて試しつつ、鏡越しにアオを見ると息を飲んだような表情で固まっていた。

「どうした？」

「い、いえ、なんでもありません。あっ、床を片づけないと」

「キューブにやらせる。それより、ついでに片づけるか」

ケープを外しつつソウマは立ち上がり、キューブに掃除を命じた。家中の家電と通信可能なキューブは、すぐに床を滑《すべ》るサークル状の掃除機を呼び寄せる。

アオは雑然とした倉庫のドームを見渡した。

「ここを片づけるんですか？」

「ああ、三分の一くらいは不用品だからな。前の持ち主のものがだいぶ残されてる。捨てればスペースもできるだろう」

一連のドームはソウマが設置したものではない。物好きの金持ちが火星の簡易住居を真似て建てた別荘で、土地ごと買い取った。

別荘というより、秘密基地か。収集癖のある男が、なんでも捨てたがる嫁《ワイフ》にこそこそと隠れてガラクタを持ち込んでいたようで、三面鏡を始め、数多くの年代物の品が残されていた。

「この家はソウマさんが建てたのだと思っていました。でも、スペースを作ってどうするんですか?」

「おまえの部屋にする」

「えっ」

「いいかげんソファで寝るのもうんざりだろ。整理すればベッドぐらい置けるはずだ」

「うんざりなんて、そんな……」

「髪を切ってくれた礼と思えばいい」

言い訳のように口にする。まさか住み始めて九年も経《た》ってから、誰かのためにスペースを作ろうだなどと考える日が来るとは思ってもみなかった。

野ざらしでもよさそうなものは、とりあえず表に出しておくことにする。ゴミ収集のドローンは、呼べば二十四時間以内に飛んでくる。

重い家具や荷物を動かすには、転がるのが取り柄のようなロボットのドットが役に立った。

「ソウマさん、これはなんですか?」

棚を移動した先にあったテーブルらしきものに、アオが目を止める。埃《ほこり》を被《かぶ》ったナイロンの黒いカバーを外すと、銀色の目の詰まった梯子《はしご》のようなものが現われた。

「楽器だな」

一目見たソウマは答える。

「鉄でできているようですけど？」

「グロッケンだ。鉄琴《てっきん》とも言ったな。今じゃ珍しいが、オーケストラでもたまに見る」

「どうやって鳴らすんですか？　電気ですか？」

「電子楽器じゃない。打楽器の一種だから、叩けば音が鳴るんだ」

「叩くだけで？」

半信半疑のアオに、ソウマは楽器の脇に下がっていた袋から二本のマレットを取り出した。丸い頭のついたバチだ。

軽く振り下ろせばキンと鳴った。

涼やかに響いた音に、アオはハッとなった表情だ。右へ左へ、叩く位置を変えるごとに音階も変わる楽器に、零《こぼ》れんばかりに目を瞠《みは》らせる。

「板の長さの違いで鍵盤《けんばん》になってる」

ソウマは思い浮かんだ曲の一節を叩いた。

「ソウマさん、弾けるんですか？」

「昔、ピアノなら弾いてた」

「ソウマさんは本当になんでも知ってて、なんでもできるんですね」

「そうだな……確かに」

謙遜《けんそん》するでもなく認めるも、ソウマの口元には苦笑いが浮かぶ。

「おまえも叩いてみるか?」

「いいんですか?」

「ここがドの音だ」

興味津々《しんしん》のアオは嬉しそうにマレットを受け取り、ソウマの教えのままに鉄の鍵盤を叩いた。キンと鳴る。突き抜けた音色。ドーム状の建物は、どうやら打楽器との相性もよく、長いこと放置されていた楽器とは思えないほど、音色は美しく反響した。

丸く頭上を覆《おお》う屋根に跳ね返され、二人の鼓膜《こまく》を震わせ、味気なかった空間を別世界のように充《み》たす。

ソウマは白い横顔を見つめた。

隣で鍵盤を叩くアオの眸が、輝いて見えた。

「気に入ったなら、これは捨てないでおくか」


縦《たて》にばかり伸びたビルを寄せ集めた街が、層を作り始めたのは二十一世紀の後半と聞く。

地上千階に及ぶビルの一群。高さは四千メートルを超える。針山《はりやま》のような街では上層階に住むものの利便性の悪さが限界に達し、横への繋がりを求めてビル群を繋ぐうちに層が生まれた。さらには層間にも小さなビルが建ち並び、結果、巨大な高架下のような地域で暮らす人々が大多数となった街は、スプリングシティと呼ばれるようになった。

地上にのみ直接ビルの建った地帯は街の中央部にあり、火山のカルデラのように直径十五キロメートルほどに亘って広がっている。中で暮らせるのは限られた富裕層で、街の重要施設や高級ホテルなどの商用ビル群も並ぶ。もっとも高さのあるホテルでも三百階ほどしかない。

ロケットのように上昇していく二八〇階建てのホテルのエレベーターの中で、ソウマはガラス越しの街を見ていた。

様々な高さで街を走る道路は、高みからは土質力学《どしつりきがく》の流線網《フローネット》のように映る。衛星システムに制御《せいぎょ》された車の流れは重く雲の垂《た》れ込めた空の下でも鈍《にぶ》く輝き、まるで無数の雨粒が四方に運ばれ、振り分けられているかのようだ。

ガラス窓にへばりついた雨粒は、一度均衡《きんこう》を崩せば連結し合い、一つになって世界を作り変えるかのように流れ落ちるけれど、人工的に管理された道路の『雨粒』は、けして触れ合うことも一つになることもない。異様なまでに守られた、完全制御のパーソナルスペース。

「ソウマさん、本当に僕も行っていいんでしょうか？」

響いた声に、ソウマは隣を見る。

『頭の固いジジイ共の集まり《せいかいしょく》』こと、企業のパーティにはソウマの勧《すす》めでアオも同席することになった。明るめの青灰色のスーツは、来る途中に急遽《きゅうきょ》購入したものながら、時間をかけたオーダーメイドのようによく合っている。

「招待状に一枚一名までなんて書いてなかったぞ。みんなだいたい同伴者を連れてくる」

「それは配偶者じゃないですか？　他人ではさすがに断られると思うんですけど」

オープンなエレベーターの眺めは、気づけば雲の上へと変わっていた。目的の上層階。アオの心配を他所《よそ》に、到着を待ち侘《わ》びたかのように女性スタッフが出迎える。

「ようこそお越しくださいました。ドクター・イシミ」

一般の招待客とは違う入口から通されるソウマは明らかに特別な扱いで、同伴者を十人連れていようと止められる素振《そぶ》りもない。

パーティの主催は、近年通信事業で飛躍し、『ヴォイスネットグループ』とも呼ばれる、世界有数の企業グループだ。ソウマは技術供与で『ヴォイス』のライセンス契約を交わしている。

後に続くアオは、煌《きら》びやかな周囲を見回しつつ言った。

「ソウマさん、ＶＩＰ待遇なんですね」

「いつまで続くか知らないけどな。まぁ、ここのパーティの飯は美味《うま》いからオススメだ」

ボーイから受け取ったシャンパングラスを一つ手渡そうとすると、アオは戸惑ったような目でこっちを見ていた。

「どうした？　遠慮するな」

「すみません、ソウマさんのスーツ姿がまだ見慣れないので」

「悪かったな。馬子《まご》にも衣装だ」

「いえ、そうではなくて……とてもよくお似合いです」

真正面から褒《ほ》められ、言葉に詰まった。そういえば、髪を切ったときもこんな顔で見ていた。今は軽く撫でつけた髪だけでなく、髭《ひげ》もすっきりと剃《そ》り落とし、やや光沢《こうたく》のあるダークグレーのスーツがソウマの恵まれた体軀《たいく》を際立てている。

千人規模の人の溢《あふ》れたパーティでも、会場を歩くだけで人目を惹いた。

擦《す》れ違うドレス姿の女性が振り返る。女だけでなく、男も。ソウマがこういった場で人の関心を集める理由は、いつも外見だけではない。

『ドクター・イシミだ』

『ドクター・イシミよ』

『ヴォイスの』

『ヴォイスの！』

一歩進むごとに、四方から『声』が響く。まるで音の鳴るベビーシューズでも履《は》いて歩いているようで、自分を滑稽《こっけい》だと思う。

今は研究も放棄して荒れ地暮らしだというのに。隠居と言えばまだ聞こえがいいが、オープンな引き籠もりみたいなものだ。

慣れたはずの注目も、『声』を聞くうちに重たい泥の中を歩いているような気分になってくる。来たからには関係者と挨拶を交わさないわけにもいかず、そもそも呼ばれるのは『今後ともよろしく』という、温《ぬる》い会話を交わすためだった。

溜め息をつく傍《そば》から、知った顔が取り巻きを連れて急ぎ足でこちらへ向かってくるのが見えた。

「アオ、適当に飯を食ってろ。後で合流する」

シャンパンを一気に喉に流し込む。空《から》のグラスを通りすがりのボーイのトレーに戻す傍《かたわ》ら、新たなグラスを取って愛想笑いの時間に備えた。

「ドクター・イシミ！」

先陣を切ってCEOの登場だ。実のところ、企業のお偉いさん方と話をするのはさほど苦ではない。互いの利害が明確で、思惑はあっても、厄介《やっかい》で曖昧《あいまい》な個人的感情が入り込む余地は少ない。

面倒なのはビジネスパートナーでも友人でもないのに、顔見知りである同業者だ。

この企業パーティは、呼ばれる科学者の数が桁違《けたちが》いに多い。どこぞの学会かと思うほどだ。ソウマの『ヴォイス』で成功したこともあり、グループ企業総出で有望な研究への出資に力を入れている。

「ドクター・イシミ、久しぶりにお見かけしますね」

できれば顔を合わせたくなかった連中にも、広い会場を巡るうちに出くわし、ソウマは「どうも」と適当な相槌を打ちつつ、また新たなグラスを手にした。

研究の進捗《しんちょく》はもちろん、研究テーマすら明かそうとしない、秘密主義な科学者たちの上滑《うわすべ》りのお喋《しゃべ》り。

「ドクター・イシミ、最近はどうですか？」

「相変わらずですよ。つまらない田舎暮らしです」

九年も引き籠もっていれば、現状は知れ渡っている。父親ほどの年齢の男たちは、元々若いソウマに好感を持っておらず、お決まりの辛辣《しんらつ》な言葉が響く。

『なにもしなくても一生大きな顔して、ロイヤリティで遊んで暮らせるんだ。若造が、お気楽なもんだ』

ソウマはグラスに口をつけるのを止《や》め、眼下の男の顔に微笑みかけた。

「一生と言わず、来世も変わらない暮らしかもしれませんね」

男の下世話な『声』に応えるなら、ソウマには一生どころか、向こう千年以上贅沢《ぜいたく》をし続けても使い切れないほどの資産と収入がある。

考えを聞かれたと知らなくとも、男はしどろもどろになった。

「そ、そんなことを言って、またいずれ世界をあっと言わせるおつもりでしょう？」

「いえ、まったくそんなつもりは」

面倒なことに、少し話すうちに囲むスーツの男たちが増えて五人になった。年齢も外見も様々だ。以前から、面と向かっても不躾《ぶしつけ》な話を振ってくる赤毛の男が、ソウマの背後に視線を送りつつ言った。

「パーティに一人じゃないとは珍しいね」

「え……？」

驚き見れば、すぐ斜め後ろにいつの間にかアオが立っていた。

「あっ、お話しのところすみません。お邪魔をするつもりはなかったんですが」

色めき立ったのは、周りの男たちだ。

「やっぱり君の連れか！　実は君が入ってきた瞬間から気になってたんだ。そちらの綺麗な男の子は誰だろうってね。恋人かい？」

へらへらと笑う男は心では続けた。

『へぇ、珍しく恋人を連れていると思えば男か。しかも、若い男が好みだったとは』

同性との交際や結婚が今や一般的といっても、ネクタイの色にも難癖《なんくせ》をつけようと構えるような相手にかかれば、格好のネタだ。

しかも、『男の子』だなどと、ショタコン扱いしたくて仕方ないらしい。

「彼はそれほど若くはありませんよ。仕事の関係です」

ソウマが視線を向けると、挨拶を促《うなが》されたと思ったらしいアオが名乗った。

「初めまして。アオ・ステラブルクと申します」

妙な誤解を受けるよりは、はっきりさせたほうがいい。

「彼は、ドクター・ステラブルクのご子息ですよ」

「えっ、クライスのかい？」

アオの父親と付き合いのあった老齢の男が、目蓋の重そうな目を見開き、まじまじとアオを見つめた。

『彼に息子なんていたか？　確か随分前に離婚したはずだが……』

ソウマは『声』に驚く。

アオは喪服《もふく》で家を訪ねてきたときのように、丁寧な口調で返した。

「父が生前はお世話になりました。ご挨拶もできず、申し訳ありません」

「え、ああ……いや、大変だったね。亡くなったのはいつ？」

亡くなった時期も知らないでいたとなると、付き合いはさほど深くないのだろう。

それにしても、今の反応は気になる。ソウマはただでさえパーティ会場で雑音の多い中、男の『声』を聞き取ろうと意識を集中させたが、すでにアオとの会話に移っている。

思考を引き戻すべく、声をかけた。

「これまで彼に会われたことはなかったのですか？　父君《ふくん》の看病もしていたそうですけど」

「あ、ああ……見舞いにも行けていなかったからね。でも、そういえば……」

『やっぱり、どこかで会ったかもしれないな。顔立ちに覚えが……いや、でも……』

首を捻《ひね》る男の『声』。探る眼差しで見つめるソウマは、結論をいくらでも待つつもりだったが、思わぬ邪魔が入った。

　赤毛の男だ。

「こんな美しい青年、一度でも会ってたら忘れないでしょう！　ふうん、お父さんに顔立ちはあまり似なかったようだねぇ。その眸《ひとみ》はレンズを入れてるの？」

「えっ……な、なにもべつに……」

「なにもってことはないだろう？　変わった色の眸だ。飛び抜けた美しさには理由があるものだよ」

　イヤミったらしく問う距離がやけに近い。中肉中背《ちゅうにくちゅうぜい》ながらスーツのだらしない腹が目立つ男は、いつの間にかアオと距離を縮め、眸の奥を確認するように顔まで近づける。

　ゾッとする欲望をその『声』に感じ、ソウマは反射的に身を割り込ませた。

「な、なんだ？」

　むっとした男は顔を仰《あお》がせる。

「失礼。彼に新しい飲み物を取ってきてもらおうかと。アオ、頼むよ」

「あ、はい、ソウマさん」

　飲み干して空にしたグラスを強引に手渡し、まるで察した様子もないアオから危険人物を遠ざけた。

　後には呆気《あっけ》に取られる面々と、赤毛の男の『声』が残る。

『くそ、なんなんだ、こいつ。やっぱりデキてるんじゃないのか？』

疑いぐらい勝手に深めればいい。そう思うも、不満を燻《くすぶ》らせる男は、苛立ちを心の内で攻撃へと変えた。

『あの日、作りものか？　あんな複雑な色の目、そうそう普通に生まれるものか。そうだ、こいつと同じじゃないのか』

聞き逃《のが》そうにも、『声』は勝手に心に割り込んでくる。こちらの都合も考えず、いつもズカズカとお構いなし。出入り自由のオープンスペース。

深く傷つけてやりたいと、本音では願う男の前でさえ。

『あの噂、デザインベイビー。はっ、同類ならお似合いだ』

ドクンと心臓が鳴った。

言葉に切りつけられた体は、一息に体温が上昇して感じられた。肩で息をするソウマは、瞬《まばた》きほどの間に男のスーツの胸ぐらを摑み上げ、拳《こぶし》を振り下ろした。

——そうするはずだった。

「ソウマさん」

アオの声に我に返る。ソウマはただ身じろぎ一つせずに硬直していた。

「あ……」

言いつけのとおりにグラスを手にし、アオは背後に立っていた。

「ソウマさん？　またシャンパンでよかったですか？」

『どういうことなの、ジャレッド！』

九年前、ラボを辞めたソウマが聞いたのは、失望のあまり自分を問い詰めたがる女たちの『声』だった。

母と恋人だ。

当時付き合っていた五つ年上の恋人とは、同棲を始めて半年ほどだった。知的で落ち着いた彼女とは出会ってすぐから気が合い、ソウマがラボに籠もりきりになろうと、ヒステリックになったりはしない恋人だった。

けれど、二十歳のあの日。心の声が聞こえ始め、なにもかもが変わった。

以前にも増して取り憑《つ》かれたように研究にのめり込んだ末、ラボを辞めて抜け殻《がら》のようになったソウマに、彼女の心は失望を露《あら》わにした。

親しみを籠めたミドルネームで呼びながらも、彼女が求めていたのは『ジャレッド』でも『ソウマ』でもなく、『世界を変えた百人』のドクター・イシミだった。

肩書を捨てたソウマから、彼女は去っていった。

そして、血の繋がった母親ですら落胆は同じだった。

いつの間にか家庭を顧《かえり》みなくなってしまった父に見切りをつけた母の関心は、いつも一人息子のソウマに向けられていた。

『どうしてなの、ジャレッド』

自問自答するように、母は心の内で繰り返した。急に仕事を辞めた息子を表面上は気遣いながらも、納得できないでいる思いは会う度《たび》に伝わってきた。

ひと月、三ヵ月、半年、一年。

数年経っても。今も。

華々しい職を手放し、表舞台を下りるようにリタイヤした息子を、母は未だに本心では受け止めきれないでいる。特別な存在ではなくなってしまった我が子を。

ジャレッドというミドルネームは、母の拘《こだわ》りでつけられた名前だ。東洋系の先祖を持つ、父や義父母が名づけたラストネームでは満足できず、ミドルネームをつけたらしい。

母はいつも完全を求めていた。

幼い頃から普通と違ったソウマの行動に戸惑いながらも、大きな期待をかけていたに違いない。裕福な医者の家系で、子を持つにあたって最善を尽くせるだけの環境も整っていた。

現代の医学では、大金を注《つ》ぎ込めば子を設計することもできる。ゲノム編集技術での遺伝子の改変がそうだ。難病の遺伝子を取り除くために進化した技術は、容姿を整え、知能すらも高めるに至った。

複雑な編集ともなると必ずしも成功するわけではないが、可能性に賭ける親は少なくない。生まれた望ましい子供は『デザインベイビー』と呼ばれている。

ソウマはいわば作られた天才だ。

『ねぇ、どうしてなの、ジャレッド』

母が諦めきれないでいるように、ソウマも母の心に宿った『声』を忘れることはない。

『あなたは世界を変えた一番の人にだってなれたのに』


バルコニーは人気《ひとけ》がないだけあって、強い風が吹いていた。

地上から一千メートルも離れた高みに、風の吹かない日はない。

昔は神の領域であったはずの場所。

一瞬、気が遠退《とおの》いていた。手摺《てす》りを背に座り込んだソウマは重い目蓋《まぶた》を抉《こ》じ開け、夕焼け色に変わった空を仰ぐ。ここも雲の上だが、茜《あかね》色に染まったすじ雲はもっとずっと高いところに刷《は》かれている。

足元に光るものが転がっているかと思えば、会場の喧騒《けんそう》から逃れるようにバルコニーへ出た際、握り締めていたシャンパングラスだ。

「ソウマさん」

片膝を抱えて座るソウマの隣には、アオがしゃがんでいた。名を呼ばれて目を向けると、ものの言いたげな眼差しでこちらを見つめている。

「なんだ？　また男前に見惚《みほ》れてたのか？」

冗談で返すも、アオの憂《うれ》いを帯びた表情は変わらない。

「いえ……大丈夫ですか？」

言われてみれば、あまり大丈夫ではない感じがして、ソウマはふっと意味もなく微笑む。

「まぁいつものことだ。今日はちょっと飲みすぎた」

「人混みは苦手なんじゃないですか？　だったらどうしてパーティに……食事のためなんかじゃないでしょう？」

「ヴォイスで金をもらってるからな」

「ソウマさんは、お金に興味はありませんよね？」

迷いのない声で言い当てられ、一瞬言葉を失くした。

金にまるで関心のない人間など、そういないだろう。けれど、身に余る大金はどうかと言われれば、確かに必要としてはいない。

「俺は興味なくとも、ギリギリのところで必要としてる奴らもいる」

ソウマが特許《パテント》を放棄しないのは、様々な寄付金に回しているからだ。

さらりと発した声は風に乗って流れ去り、すぐに静けさが戻ろうとする。短くなった黒髪は細かに揺れ、ソウマは刻一刻と色を変えていくすじ雲を見つめたまま言った。

「アオ、付き合わせて悪かったな」

「パーティですか？　僕のために誘ってくれたんでしょう？」

本気でそう思っているらしいアオに苦笑する。

違うと判った。隣に寄り添って座る男の微かに触れ合った腕の感触に、やけに心を緩ませ、ホッとしている自分がいる。

「俺はおまえに傍にいてほしかったんだと思う」

やっぱりしたたか酔っぱらっているのか、そんな言葉が自然に口を突いて出た。


翌朝、一番にソウマが見たのは一面の明るい茶色だった。

目を覚ますと、アオの頭が枕元にあった。

まだ淡い光の射し始めた朝のドーム。馴染《なじ》んだベッドも見慣れた家具や丸い窓も、自分の寝室だ。途切れがちの記憶を辿《たど》ると、パーティで飲みすぎ、空のタクシーとも言える小型ジェットを呼んで帰宅したのを思い出した。

しかし、飛行機に乗ってからの記憶がない。

「……介抱《かいほう》してくれたのか」

頭だけをソウマのベッドに預けた男は、床に座って突っ伏すように眠っている。まるで夜通し様子を見守るうち、電池切れでも起こしてしまったかのようだ。

「……アオ」

変な寝姿にもかかわらず、その二文字の名前を呼ぶと、ソウマの中で確かにもぞつくものがある。もう一度呼びかけるか迷ううちに、アオの目蓋《まぶた》が震えた。

ゆるゆると開いて、あの不思議な色をした眸が現われ、ソウマの意識は強力な磁場《じば》にでも捕まったみたいに引きつけられた。

「あ……すみません、眠ってしまって……というか、勝手に寝室のドームに入ってすみません。気分はどうですか？」

だいぶいい。心の内で答えながらも、起こした行動はちぐはぐだった。無言のまま、ただ目の前の白い顔を見つめる。

「ソウマさん？」

訝《いぶか》る眼差し、虹彩《こうさい》の下部の美しい緑が揺れる。まだ淡い朝日のせいか、輝きも色も柔らかに見えた。静かな湖面のようだ。

ソウマはほとんど無意識にアオの頭を両手で捉《とら》え、顔を起こして髪に唇を寄せる。

「ソウマさ…っ……」

「ずっとここにいたのか？」

「あ、はい、気になったので……あの…っ……」

戸惑う声に構わず、夢心地に目蓋を落としたソウマは、もう一度茶色い髪に唇を押しつけた。

朝の気の迷いなどではない。堪《たま》らなくそうしたくなったのだ。

昨日の夕暮れ、バルコニーでぼんやりと覚えた曖昧な感情がなんであったか、判り始めた。

「……俺にキスされるのは嫌か？」

「い、嫌じゃないです。でも、なんでっ……？」

それを確かめるための口づけでもある。

頭から前髪を分けるようにして額へ、鼻筋を辿って脇道にでも逸《そ》れるように頬へ。

そして、唇へ──軽く触れ合わせ、柔らかな肉を押し潰《つぶ》す。

ソウマの両手はアオの頭を捉えてはいたものの、軽く添えた程度の力だ。

けれど、アオに逃げ退《の》く気配はなかった。

「……そ…っ、ソマ……さっ」

返事と解釈したソウマは、キスに角度をつけた。さらに密着させて、やけに触れ心地のいい唇を啄《ついば》む。

少し体温が低く感じられる唇。薄くて肉厚とはほど遠い。セクシーさは皆無《かいむ》だというのに、ゾクゾクとした興奮を覚えた。無垢《むく》ななにかを手に入れようとしているかのような背徳感。

ぬるっとあわいを舐《な》めて続きを促すと、ぎこちないながらもアオは歯列《しれつ》を緩め、口を半開きにしてソウマの侵入を許す。

「……ん……っ……ぅ……」

中を確かめた。唇と同じく薄っぺらな舌に、厚ぼったい舌を擦りつける。時折、チュッと弾ける水音を交えて口腔《こうこう》を掻《か》き回すうち、自然とソウマの手のひらはその細い体へと移動する。

両脇に手を入れ、アオの体をベッドに招いた。重たい荷物でも抱えるようにずるずると引っ張り上げ、スプリングの効いたベッドに敷き込むと、それだけでひどく気持ちが昂《たかぶ》る自分を感じる。

ソウマもまだ枯《か》れるには早い二十九歳だ。自慰なら排泄《はいせつ》行為のように日々淡々とすませていたものの、誰かに本気で欲情するのは久しぶりだった。

オカズとしてさえ、いつしか他人の体を思い浮かべることはなくなっていた。ブロンドやブルネットの髪色も、あらゆる眸や肌の色も、どんなに違《たが》えた想像をしたところで、『ジャレッド』と呼んで失望を露わにした昔の恋人の顔がよぎって気を削《そ》がれた。

ずっと、妄想でも女は抱いていない。

そういう意味では、とうに異性愛者をやめていたのかもしれなかった。

ただ、新たに欲する存在にも出会えなかったというだけで。

「……ソマさ…んっ……」

キスの続きに溺《おぼ》れながら、本能に突き動かされるままにするりとシャツをたくし上げる。アオはパジャマに着替えていた。頼りない薄いシャツは呆気なく捲《まく》れ、首元近くまで肌が露わになる。

華奢《きゃしゃ》だが、骨が浮くような細さとは違う体。女とは異なった筋肉の弾力があり、ここへ来たばかりの頃、滑《すべ》って転びかけたアオを支えた際、見た目より重いと感じたのを思い出した。

悪くない。それどころか――

熱っぽく愛《め》でながら大きな手で脇腹を撫で摩《さす》れば、くすぐったそうに白い裸身は捩《よじ》れ、胸元が浮き上がる。薄い胸筋を張っただけの平らな場所に、ピンク色をした粒があった。

慎ましいサイズの乳首は、補うように艶《なまめ》かしい色の乳暈《にゅううん》に囲まれている。

こんなものを隠していたのかと思った。

ペロと舐めると、「あっ」と小さな声が上がった。

「そっ、ソマさん…っ、なにして……」

「……ソウマだ」

「ソウマさん、そんなとこ…っ、なにもないです……」

いつも律儀《りちぎ》に名前を言い直すアオを、うっかりまた可愛いと思ってしまった。ぷくりと素直に刺激に膨《ふく》れた乳首も。

上唇を引っかけるようにして触れたまま、ソウマは応える。

「なにもなくはないだろう？　ほら……な？」

「……っ、あ……舐めなっ……女の人じゃないから……胸とか、膨らんでないですし……ソウマさんは、エリオさんの彼女みたいな人がっ、気になるんでしょ？」

「エリオの彼女？」

イベントで会った女なら早くも忘れかけている。けれど、エリオ好みの巨大なフルーツでも入っているかのような胸はインパクトがあり、言いたいことは判った。

「まだそんな勘違いしてんのか」

「だって、ソウマさんとは……初恋の人を取り合った仲だって、エリオさんが」

一体、いつそんな話をしているのか。

エリオはコールする度にろくでもない情報を吹き込んでいるらしい。引っ掻き回して楽しみたいのだろう。

「……あのバカ。ジュニアスクールの話だぞ？　もう顔も覚えてない。だいたい、あいつが勝手に触れ回っていただけだ」

「そうなんですか？」

「俺は昔から研究バカだったからな」

やや自虐的《じぎゃくてき》に言い放つ。確かに思春期に同じ女の子に惚れたけれど、ソウマはそうと知ったらすぐに冷めてしまい、取り合うほどの情熱を恋に覚えなかった。

頭上から見下ろすソウマを、アオはまごつく表情で仰ぐ。

「でも、女の人が好きなんですよね？」

「……そうだ」

「じゃあ……」

「今まではな」

本音で答えた。

欲望も剝《む》き出しにベッドへ組み敷かれてもなお、アオは曇《くも》りのない目で自分を見つめている。好意の理由がなんであれ、拒《こば》まずに流されてしまうような危うさがある。

「おまえは大人しすぎる。本気で嫌なら、嫌って言え。俺は今でも住み込みの従業員に手を出すほど飢《う》えてはいないつもりだ」

「ソウマさん……」

「くそ……男も、ガキっぽいのも、興味ないはずだったのに」

ソウマは悔し紛《まぎ》れのように言った。自分の行動があまりに予測の範囲外だ。

だから、これは錯覚なのかもしれない。

一度でも、アオの心の声が聞こえたなら、自分は目が覚めるのかもしれない。

ラボで取り巻いていた無数の人間のように、かつての恋人のように、母親のように。歪《ゆが》みなく見えるアオの心も、淀《よど》んだ気持ちで満たされていないとは限らない。

見えも聞こえもしない、有りもしないものを掻き集めるようにしてまで疑心暗鬼になろうとするソウマに、アオは安堵の表情で言った。

「ソウマさんが、変わってくれてよかったです」

はにかんだ笑みを浮かべたかと思えば、首筋に手を回してくる。ソウマは髪の短くなった襟《えり》足《あし》にひやりとした指を感じ、それから唇にも柔らかな感触を覚えた。

微《かす》かに唇を触れ合わせただけのキスでも、アオには思い切った口づけのようで、ぎゅっと目を閉じている。

「……なんなんだ、おまえ」

「え……」

「……ヤバすぎるだろ。人の心ん中でも覗き見してんのか？」

ソウマはぽろりと零した。

こんな風にされたら、煽《あお》られるに決まっている。健気《けなげ》なまでの好意を見せつけられ、抗《あらが》える男などいるのか。まるで自分がどうすれば陥落《かんらく》するかを読み取られ、心臓を一突きにでもされているかのようだ。

アオに心の声を聞かれていたとしても、納得するかもしれない。

などと考える自分は、相当にやられている。

「もし、ソウマさんの心が覗けたら……」

アオは言いかけて、首を振った。

「そんなことができたら、最初の日に挫《くじ》けて帰ってしまったかもしれません」

「最初?」

「ここに来た日、ソウマさんは迷惑そうでしたから。冗談じゃないって顔してて……エリオさんは楽しんでるみたいでしたけど」

「エリオの調子がいいのは口先だけだ。優しいのも最初だけで、すぐ気が変わる男だし……」

アオの口からエリオの名前が出る度、胸がざわつく気がした。

「ソウマさん」

「……ん?」

「どうして……僕を家に置いてくれたんですか?」

なにげない問いに、ソウマはついするりと視線を外した。

理由を話せば、アオは納得するだろうか。

信じるのか、信じないのか。信じたとして、自分の心の声は聞かれていないのだから構わないと、割り切ってしまえるものか。

「……少なくとも、おまえが傍《そば》にいても大丈夫と思ったのは確かだろうな」

「大丈夫……って?」

「こうなるとまでは思ってなかった」

的外れだったはずのエリオの想像は、当たっていたのだ。頭にチラつく男を追い払うように、ソウマはアオの胸元に再び唇を落とした。

「あ…っ……ん……」

コーン粒よりも小さな、愛らしい実を味わうことに専念する。唇で摘《つ》まむとピクンとアオの体は微かに跳ね、柔らかな周囲を舌でぐるりとなぞればイヤイヤと首でも振るように身が揺れた。

両脇を手で捉え、やんわりと触れた左右の乳首を弄《もてあそ》ぶ。一方を口に含み、もう一方は指の腹で。代わる代わるの愛撫に、すぐにアオの息遣いは熱を帯び、早朝とは思えない艶めいた吐息を零し始める。

「……ぁ……はぁ……あっ……」

もじもじと動く細い腰。シーツを蹴《け》ってもぞつく両足の踵《かかと》が切なげだ。

「腰、ちょっと浮かせろ」

手をかけたアオのパジャマのズボンは、中心が判りやすく膨れていた。

「あ…っ、待っ……下着も……」

一緒に剝かれるとは思わなかったらしい。アオは戸惑いの声を上げる。下ろした下着は重く湿り、性器は先走りに濡れそぼっていた。

「……ぐっしょりじゃないか」

感心したような声は、男が胸を弄《いじ》ったくらいでそれほど感じるとは信じがたかったからだ。

「だって、あの……」

「見せてみろ」

「あ…っ……ぁっ……」

衣類を抜き取った足を左右に開かせる。大した抵抗を見せないながらも、アオがひどく羞恥《しゅうち》を覚えているのは伝わる震えで判った。

膝頭《ひざがしら》はガクガクとなり、恥じらいの源《みなもと》が露わになる。

性器は高く頭を擡《もた》げていた。ソウマの視線すら感じ取ったかのようにヒクヒクと震え、先端に結んだ透明な露を茎《くき》に伝わせる。髪色と同じ淡い下生《したば》えは濡れて寝そべり、卑猥《ひわい》な眺めにソウマはゴクリと喉を鳴らした。

同性とは思えない。男を惑わす体だと思った。整いすぎた顔立ちや、普段の振る舞いは俗っぽさからかけ離れているだけに、扇情的《せんじょうてき》な姿はひどく淫《みだ》らで、情欲を掻き立てられる。

一週間前は、どうやって冷静に眺めていられたのか判らない。

——いや、冷静でもなかったか。

最後はすっかりあてられ、その気になっていた。

そして、今はもっと——

ソウマは導かれるように、アオの性器に唇を落とした。

「な……なに？　あっ、そんなとこ…っ……」

「触ったら汚いんだったか？」

「ソウマさ…っ……」

　構わないとばかりに、わざとちゅっと音を立てた。何度か吸い上げてから舌を伸ばし、潤《うる》みを帯びた鈴口《すずぐち》から根元まで、ねっとりとなぞる。

　着地したらまた天辺《てっぺん》へ向け、何度も。ただでさえ上向いていた性器はきつく張りを増し、添えたソウマの手の中でビクビクと跳ねて暴れた。

　アオは声を押し殺している。唇だけが開いたり閉じたりを繰り返し、ソウマがぬるりと先っぽを咥《くわ》えた瞬間、堪えきれなくなったように啜《すす》り泣き始めた。

「……ひ…ぁっ……やっ……や……」

「……なにが嫌なんだ？」

「くち、やっ……口、ダメっ……ソ…マさ…っ、ぁっ……だめ……ぁっ、あ…っ……」

　羞恥と快感に揉《も》みくちゃの声。ソウマはやめるどころか、ジュッと幾度も吸い上げて一層《いっそう》アオを泣かせる。

「……嫌だと言ってるわりに、随分硬くしてるな。パンパンだし、カウパーもどんどん出てる」

「……ぁんっ……」

「アオ、判るか？　ほら……おまえの体は、交尾がしたくてしょうがないみたいだ」

「ふ…っ……あっ、あっ……」

アオの性器は手のひらで包むにもちょうどいいサイズだ。弱い裏筋を親指で嬲《なぶ》りつつ、強めに扱《しご》いてやると、絞《しぼ》られたようにぴゅっと先走りが噴《ふ》いて零れる。

こんなに感じやすい体を、ソウマは男はもちろん女も知らない。

「や…だ……」

「……本当に嫌なら、また薬に頼るか？」

「……くっ、くすり？」

「抑制剤《よくせいざい》だ。こんなになっても効くのか知らないけどな」

ソウマのからかいに、アオは眸を潤ませながらも首を振った。

「もっ……もう、飲まない」

「それは、嫌じゃないって意味か？　そうだな……どうせなら違うカプセルがいい」

「違う…っ、の？」

「男同士のセックスは準備が必要だからな。ここを……使うにもいくつか濡らす方法がある」

昂《たかぶ》る中心からするりと手を解《ほど》くと、ソウマは狭間《はざま》の奥へと指を滑らせた。浅い谷間を辿り、閉じた窪地《くぼち》を探る。

「……あっ……」

「ここに、潤滑剤《じゅんかつざい》がいる。下から入れるか、上から飲むか……」

まったのか。

「のっ、飲むって……」

「経口《けいこう》カプセルは飲むと腹で溶けてくるらしい。中から自然に濡れると評判だ……それと」

一層赤らむアオの火照《ほて》った顔が、どこまでも可愛らしく映った。自分の目は一体どうしてしまったのか。

ソウマはその頬や首筋に吐息と唇を這わせながら、低い声で囁きかける。

「手頃なのは、定番の座薬タイプだろうな……こっから直接入れる……」

「あ……っ……そ、ソマさ……」

「大丈夫だ。最初は硬いが、体温ですぐ溶ける……先っぽがぬるぬるになったら入れ頃だな……指で中に押し込んでやるだけでいい……こんな風に」

「あ……やっ、待っ……て、指……っ……ソ…ウマさ…んっ……ゆび、入ってっ……」

「ああ……中、温かいな」

「……ぁ…っ……あぁ…っ」

きゅっと閉じて拒もうとする入口を宥《なだ》めすかし、指先を潜《くぐ》らせた。ズッと深く沈み込ませれば、アオは激しく頭を振る。

ビクビクとなる喉元に口づけながら、ソウマは言った。

「……指一本なら入るが、やっぱりキツイな。キューブ、なにか滑りをよくするものを取ってきてくれ」

「……きゅっ……」

「承知シマシタ」

無音でベッドの傍らに佇《たたず》んでいたキューブの声に、アオはヒュッと喉を妙に鳴らして身を竦《すく》ませる。

下りた前髪の間から、ソウマはチラとキューブに視線を送った。命令に応えるべく、ドームを出ていくロボットの後ろだか前だか判らない姿を見送る。

「起床の時間を過ぎてるから、様子を見にきたんだろう」

「きゅ、キューブに見られて…っ……」

「あいつはロボットだ。セックスは、カマキリの交尾くらいにしか認識していない」

「で、でも…っ……」

「それ以上の感情があったとしても、なんの問題がある？　主人と居候《いそうろう》が仲良くしているところを見られただけだ」

「……仲良く？」

「そう……すごく、仲良くだな」

柔らかな甘い声が出る。こんな声も睦言《むつごと》も、自分らしくないと思いながらも打ち消そうとはしなかった。

このままでいい。このまま、目の前の体を可愛がってやりたい。

「あっ……」

「……判るか、ここ。こないだホールに、前から刺激されて感じただろう?」

アオの快感を引き出すべく、アナルに埋めた指で前立腺《ぜんりつせん》に近い壁を探る。男とのセックスはソウマも初めてながら、見つけ出すのは容易《たやす》かった。壁のやや硬く張った部分。触れるとアオの声が涙声になる。

「……あっ、だめ……そこっ……そこ、すぐ……っ、ぁっ……あっ……」

すぐにもイキそうに感じるのだろう。

男性的なソウマの指は太く存在感もある。逃れようと捩れるアオの身を、体格差のある体で敷き込み、ソウマは優しく、けれど執拗《しつよう》にそこを捏《こ》ねて悶《もだ》えさせた。

「あっ……あっ、もう……っ……や、ヘン……そこ、変にっ……」

「……アオ、おまえは器用だな……ほら、もう中が柔らかくなってきた。もっと力の抜き方を覚えろ……そう、上手だ」

ベッドの上は、アオの啜り泣きと、ソウマの低く掠《かす》れた声で満たされる。

キューブが戻ってきても、快楽を受け止めるだけで精一杯のアオは、もう気がついていない様子だ。

硬く閉じた目蓋は、睫毛《まつげ》が涙に濡れ光っていた。今にも弾けそうな性器も乾く間はなく、上向いたままとろとろと体液を腹のほうへと滴《したた》らせ続けている。

キューブが持ってきたのは、料理用のドレッシングオイルだった。人体に害はない。

「……おまえに使うのは、ちゃんと理解したようだな」

「え…っ……あっ、なに……あっ……んんっ……」

ソウマはじわりと指を増やした。オイルを垂らした二本の長い指を深く沈ませ、さらに和《やわ》らぐよう奥まで開いていく。

「……痛くないか？」

アオは上擦《うわず》る涙声を上げながらも、首を横へ振った。

指を抜き取ったソウマは、服を脱ぎ捨てた。昨夜《ゆうべ》のシャツにスラックス。ネクタイはないが、アオが外してくれたのか。

「……ソウマさん」

アオの体に残ったパジャマのシャツも脱がせると、濡れた眸はソウマを映して揺れる。

「……ソウマさんの、大きいです」

恐れと照れと、生真面目《きまじめ》さの入り混じったような声で言った。

「怖いのか？」

「……ぜ、全部は……入らないかも」

「初めから全部食べるつもりか？」

「えっ……」

ソウマは笑んだ。ただからかったのではない。

「安心しろ。初心者には負担が大きすぎるだろうから、ちゃんと加減する」

どんなに慣らしたところで、すんなり収まるはずもない質量。自身にもオイルを塗りたくってから宛《あて》がったソウマは、自制心を総動員した。

「……ひ…ぁっ……」

太い切っ先で、じわりと身を開かれるアオの声や体が震える。キツイが理性を保つにはちょうどいい締めつけで、長身の背を丸めるようにして腰を入れたソウマは、軽く揺すりながら自身の屹立《きつりつ》に手を伸ばした。

すべてを挿《い》れずに、半分くらいは手で扱《しご》いてすませるつもりだった。

――傷つけたいわけじゃない

好き勝手にしたいのとは違う。

「ふ…ぁっ……あっ……」

アオの白い喉が扇情的に仰け反《ぞ》る。

亀頭《きとう》と少し竿《さお》を飲ませただけでも、『あの場所』にはもう当たるらしい。正常位で抱いた身をゆさゆさと揺すれば、「あっ、あっ」と啼《な》き声を上げ始める。濡れて艶《つや》めいた声だ。

「……ぁっ、あ…っ……ソマ…さっ……ダメ、強くしなっ…いで……」

「……苦しいのか？」

「だめ…っ……」

「ダメとか、イヤばっかりじゃ判らない」

叱られたと思ったのか、アオは両手で顔を覆った。

「……ぁっ……や……ちゃう……出ちゃ…うから…っ……」

白い指の間から零れた声に、ゾクリとなった。

言葉にも、仕草にも煽られる。余裕をなくしているのは自分のほうだと、今頃気づかされた。

「あ…ぁっ……また…っ……」

ズンと深く打ち込みそうになる。理性をかなぐり捨てて奪いたいと考えるだけで、アオの中を穿《うが》つものが嵩《かさ》も熱も増す。

初心者は実のところ自分も同じだった。

溺れてしまう。どんどん欲しくなる。アオが無心に放つ言葉のせいだけでなく、ねっとりと甘ったるく纏《まと》わりつくアオの中は、想像以上に気持ちがいい。

和らいだ粘膜《ねんまく》は、ソウマに吸いつき奥へ誘い込もうと招いていた。先があると判っていながら、堪えるのはなかなかにきつい。腰を入れる度、もっと欲深に続きを求めそうになる。

「……はっ……くそっ」

息遣いが乱れる。どうにかなりそうだ。

「や…っ、待って…っ……ソウマさ…んっ、もっ……もう…っ……」

「……キツイのは、どうしようも……ねぇぞっ……小さく、なんねぇ……から」

「……ソウマさん…っ……」

余裕がない。けれど、自分のほうがどうにかなってしまいそうだなんて、言えるはずがなく、言いたくもない。

アオの両手が首筋に回り、ハッとなった。

「……ソウマさん、いいよ？」

すべてを察したように、アオが言った。

「もっと、奥…っ……しても……」

「おまえ……」

「ちゃんと…っ……してほしい……から、僕も…っ……」

本気の求めだったのか。それとも。

たとえ違っていたとしても、突っぱねて意地を張るような愚《おろ》かしい選択を、ソウマはできなかった。

アオの両足を逞《たくま》しい腕で抱え、高く尻を掲《かか》げさせる。

「あぁ…っ……」

繋がれた一点に体重を預けた瞬間、グプッと淫猥《いんわい》な音が響いた。アオの内側をきつく擦《こす》り立てながら、ソウマは硬く凶暴なほどに張り詰めた自身を根元まですべて埋める。

「ソウ…マさん…っ……」

目眩《めまい》のするような快感が弾けた。ひょろりと伸びた華奢な腕がソウマに巻きつき、必死で縋ってしがみついてくる。

ソウマは強く抱き返した。

これは一体なんなのか。未来永劫《えいごう》、得られるとは思っていなかったものが、ポンと投げ与えられたかのような感覚。

愛《いと》しい。愛しい。大切なもの。

気紛《きまぐ》れな神が罪滅ぼしにでも与えてくれたのかもしれない。神の領域へ手を出そうとした罪人への許しか。

「……いいか？　アオ、ちゃんと気持ちいいか？」

言葉で言ってくれないと判らない。なにも聞こえない。アオだけは自分を普通でいさせてくれる。

深く覆い被さりながらの問いかけに、半開きの唇を震わせるアオは、半ば意識を飛ばしながら応えた。

「……好き」

言葉になにかが緩んだように、重なり合った腹部が濡れるのを感じた。アオの放った体液に違いない。先走りか、もう軽く達してしまっているのか。

「あっ、好き……ソウマさっ…んっ……ぁっ、んんっ……」

堪らず目の前の唇を塞《ふさ》いだ。柔らかな肉と肉を強く重ねる。不純なものなどなにも紛れ込まないよう密着させ、熱く猛《たけ》る杭《くい》で繋がった腰を揺すり、快楽を共有し合う。

「……アオっ」

欲望を解いたのは同時だった。

「ソウマさ…っ……あっ、あ……好き…です」

唇が離れた瞬間、舌足らずな声で名を呼ぶアオは、何度も「好き」とうわ言に託した。

「……アオ……俺もだ」

ソウマの声は届いたのか判らなかった。

アオは硬く抱きしめ合ったまま、安堵したのか意識を手放していた。


じわりとした熱を首から右頬にかけて感じ、ソウマは目を覚ました。

ドームの丸い窓から射し込む日差しは、昼でも迎えたのかと思うような眩《まばゆ》さだ。確認した枕元の時計は九時過ぎで、見ればどうにか日陰に収まっている隣のアオは、ベッドでよく眠っている。

昨晩は夜通し傍についていた上に、朝からサカる男に付き合わされたのだから当然だろう。

今にもアオのほうまで到達しそうな強い光に、身を起こしたソウマはベッドの傍らの窓のシェードを下げた。そのまま降りて寝室を出ようとして動きを止める。

もう一度寝姿を確認しようと振り返ったソウマは、ベッドに片手をついて身を屈《かが》ませると、アオの頭にキスを落とした。

唇を押しつけてから、まるで自分らしくもない行動にハッとなる。

アオが気づいて目覚めなかったことにホッとする辺りは、まだ普段どおりの自分か。別の意味で安堵しつつ、今度こそ寝室を出て、リビングのドームに向かった。

「オハヨウゴザイマス、ソウマ」

充電スポットのキューブが、ドットと一緒に迎える。

「ああ、おはよう。キューブ」

極自然に返事をした。

「ナニカ、オ手伝イデキマスカ?」

「そうだな……」

農作業に出ず、朝をゆっくりとドーム内で過ごす日は少ない。そこかしこの複数の窓から射し込む朝日に満たされた家は眩すぎて、知らない家にでも迷い込んだかのようだ。

石の床を朝日は躍り、木漏れ日のように煌《きら》めく。

ソウマは真っ直ぐにキッチンのカウンターに入った。気持ちは満たされていても、喉《のど》は酷くカラカラだった。水を注ごうと、シンクの蛇口《じゃぐち》にグラスを翳《かざ》す。自動で噴き出す冷たい水は瞬く間にグラスを満たし、自動で容量を計測してピタリと止まる。

ソウマはカウンターに凭《もた》れて飲もうとして、グラスの中をゆらゆらと揺れる小さな青い光に気がついた。

水に映っているのは、シンクの傍らに置いた通信機器の放つ光だ。滅多《めった》に腕に巻くこともないバンドタイプの機器を何気なく操作すると、メッセージが届いていた。

『エイベル・スミス』

知らない名だと放置しかけ、パーティで会った老齢の科学者の名だと思い当たった。

これまで個人的にやり取りをした記憶はないが、連絡先くらいは交換していたのだろう。あまり深くは考えなかった。

受信したメッセージは画像や映像と同じく、空間に投影される。足元にやって来たキューブの前面をスクリーン代わりにメッセージは映り、添えられた画像は天板へと映った。

「……アオ」

一目見て判った。

澄まし顔の家族写真の中心にアオが写っており、あの男はようやく息子の存在を思い出し、ご丁寧にも送ってきたのだろうと思った。

アオの周囲に映る、中年の男女を確認するまでは。

やや古臭くも見えるスーツにワンピース。家族の顔をして映る二人に覚えがない。男は父親のクライス・ステラブルクではなかった。

「どういうことだ？」

ソウマは初めて、この画像がただの家族写真ではないと気づかされた。

カウンターに置こうとしたグラスが倒れ、水が溢れ落ちるのも構わず、メッセージを読み取ろうと足元のキューブに飛びつく。

『ドクター・イシミ、彼を思い出しました。

彼によく似た人物を、私は昔の資料で見ていたのです。人物と呼んでいいものか判りませんが、この古い写真に写っているのは、昔ステラブルク家が所有していたアンドロイドです』

投影されたキューブの両角を、ソウマは無意識に強く握り締めた。

——言葉で言ってくれないと判らない。

なにも聞こえない。アオからだけは、心の声が聞こえることはない。

アオだけは、自分を普通でいさせてくれる。

神の領域に手を出そうとした自分を——

見つめるキューブの声が響いた。

「ナニカ、オ困リデスカ？　話シカケテミテクダサイ」

◇ ◇ ◇

サロンに響くピアノの音色に、ゲストの誰もが聴き入っていた。

ピアノは十八世紀後半に盛んに製作されるようになった楽器だが、その発明は十七世紀の終わりから十八世紀の始めと曖昧《あいまい》だ。

製作者はイタリアの楽器発明家、バルトロメオ・クリストフォリ。六百年も前で記録が少ないのも詳しい製作時期の特定できない理由ながら、ピアノもまた数多《あまた》の発明品と同じく、『夢のように』この世に突然舞い降りたわけではない。

チェンバロ、クラヴィコードなどの鍵盤《けんばん》楽器が当時すでに存在していた。弦《げん》を鳴らす仕組みは異なれど、その改良がピアノの開発に繋がったことは想像に難《かた》くない。

――この世に夢のような奇跡の産物は存在しない。

なんにせよ、ピアノが完成度の高い素晴らしい楽器であるのは確かだ。のちにモダンピアノへと変貌《へんぼう》し、フレームや部品の改良は現在まで続いているものの、その基本のメカニズムは世界を変えた大発明と言えるだろう。

オーケストラをも凌《しの》ぐ音域の広さ。力強く伸びやかな響き。様々に表情を変えるピアノの音は多くの演奏家や作曲家を魅了し、永遠に残る名曲を生み出してきた。

六百年後の現在も、千年先の未来も弾き継がれていく曲の数々。

今、サロンを満たしているのもそうした輝かしい一曲だ。

吹き抜けのように天井の高い、広々とした邸宅の絢爛《けんらん》なサロン。その中央に美術品のごとく飾られたグランドピアノの前に座り、ソウマはショパンのスケルツォの二番を弾いていた。

ピアノを習い始めたのは五歳のとき、母の好きなショパンを弾くようになったのも同じく五歳のときだ。

未発達な身体や技術的な問題はあれど、楽譜をすぐに暗譜《あんぷ》し、譜面《ふめん》どおりに弾こうと指を動かすようになった。

今は滅多《めった》に弾く機会はないにもかかわらず、気味が悪いほど両手の指は動く。頭が譜面を完全に記憶している。

鍵盤の上を自在に走る指に、幼い頃の面影はない。長く立派に成長した手指は難なく離れた白鍵《はっけん》を捉え、十本の指は技巧を感じさせないほど滑《なめ》らかに打鍵《だけん》した。

左手の華麗なアルペジオ。右手で歌う優美な旋律《せんりつ》。軽やかに繰り返していたかと思えば、終盤《コーダ》は指先に魂でも宿したかのような激しさで聴く者の心を揺さぶる。

その瞬間も、ソウマは指を動かすと同時にピアノの構造を思った。

グランドピアノの屋根の下で沸き起こるアクション。ピンと張られた二百本を超える弦を打つ木製のハンマー。一音に関わる部品は七十にも八十にも及び、そのすべてが機能して初めて一つの音を波動として空間に解き放つ。

クリストフォリの発明の特筆すべきは、ハンマーが打った鋼線《こうせん》に触れ続けることなく解放する点だ。振動を疎外《そがい》されずに生まれた音の波は、声量のあるオペラ歌手の歌声のように力強く遠くまで届く。

アクション、自由にシリアスに。アクション、朗《ほが》らかにメランコリックに。アクション、ハンマーは幾度も幾度も気の遠くなるほど繰り返し弦を打つ。

サロンを包む、美しい音の波動。刹那《せつな》の共鳴。長く、短く。音の波は、ソウマの頭の外でも内でも心地よい波形《はけい》を描く。

いつしか詰めていた息を長く吐き、ソウマは記憶から引っ張り出した譜面の最後の音を奏《かな》でた。

その瞬間、余韻《よいん》を残す間もなく、新たに湧いた力強い音が大波となってサロンを飲み込んだ。

一際《ひときわ》大きな拍手を打った金髪の男は、相変わらずの胡散《うさん》くさい笑みを口元に湛《たた》え、人の輪から真っ直ぐにこちらへ向かってくる。

「ブラボー、ドクター！『親友』の俺の知らないうちに、科学者を辞めてピアニストに転向していたのかと思ったよ！」

「おまえは心にもないことを言うのが上手だな、エリオ」

椅子から無表情に立ち上がるソウマは、素っ気なく応《こた》える。

聞こえよがしの男の声は、周囲へのパフォーマンスと取れなくもない。学生時代からの友人には違いないが、『親友』なんて鳥肌の立つ言葉は『観客』がいるときにしか耳にしない。

ここは、スプリングシティの中心部にあるエリオの家だ。部屋数も広さも定かでない大邸宅は元はソウマの家ながら、九年前にラボを辞め、街を離れた際に売り渡した。

今や調度品も集まる人々の顔ぶれも違いすぎ、懐かしさは微塵《みじん》も感じられない。

ホームパーティに招かれた客は五十人ほどはいるだろう。賛辞を送りたがる人々の視線を、ソウマは黙殺《もくさつ》することで躱《かわ》した。ピアノは譜面をなぞっているだけの演奏にすぎず、注目を浴びるのは居心地が悪い。

「珍しくリクエストに応えたかと思えば、つれないねぇ。少しは俺を見習って、サービス精神ってものを身に着けたらどうだ。理系はこれだから可愛げがない」

「ぼんやりしてて断りそびれたんだ」

「なんだそれは」

『こいつがぼんやりって、熱でもあるのか？　まさかなぁ』

本気で心配している風ではないエリオの心の声に、ソウマは苦笑する。口元に皮肉っぽい笑みを浮かべる一方、心ここに在《あ》らずになっていた原因の男を目で探した。

ピアノが終われば一番に駆け寄ってきて、『すごいです、ソウマさん！』と大げさに感心しそうなアオは、マダムのグループに捕まっていた。ぐるっと周囲を取り囲んだ着飾った女性たちに何事か話しかけられ、ぎこちなく返事をしている。頷きに明るい茶色の髪が揺れる。

ソウマは黒髪をさっぱりと短くしたとはいえ、ノーネクタイの白シャツに黒いパンツのフォーマルとは言いがたい姿だ。しかし、アオのほうは先週パーティに出席した際に着ていた青灰色《せいかいしょく》のスーツで、関心を持たれるのも納得の美青年ぶりだった。

それに、ああ見えてコミュニケーション能力も低くない。

なにしろ荒れ地に住む偏屈《へんくつ》な元科学者の家に転がり込み、ひと月も経《た》たずに懐《ふところ》に飛び込んで惚れさせたくらいだ。

ソウマは自嘲的に思った。

アオが家にやってきたときと同じ、いやそれ以上の観察の眼差しで見つめ、傍《かたわ》らでなにも知らないエリオは続ける。

「珍しいといえば、おまえがメシの誘いに乗ったところから異常事態なんだけどな」

「こんなに客がいると知ってたら来てない。おまえ、極少人数のホームパーティみたいなこと言ってなかったか?」

「ははっ」

無責任な男は笑い飛ばしつつ、『声』を響かせた。

『それでも、少し前のおまえなら来なかったよ。絶対にな。しかも、ピアノを弾くなんてありえない』

自分自身が語りかけられているわけではない。聞くのも慣れた男の『声』にもかかわらず、落ち着かなかった。

それ以上なにも言うなと心の内で念じたところで、エリオは喋《しゃべ》り続ける。

「おまえも随分変わったな。良いほうにだ。アオくんと暮らし始めたのは正解だったろう？」

「さぁ、どうだろうな」

「可愛くないねぇ。俺の見立てに狂いはなかったって認めたらどうだ？　よかったな、もう少しでロボットしか愛せない男になるところだったんだからな。ああ、もうなってたか？」

「……べつに。あれはただの居候《いそうろう》だ」

元どおり、演奏が終わればよくできた置物のように沈黙したピアノに視線を落とし、ソウマは無表情に応えた。

突き放した物言いにさすがのエリオもぎょっとした表情で、戸惑う声が返る。

「あれって、おまえ……そんなつまらん見栄を張ってると、手の早い奴にアオくんを掻《か》っ攫《さら》われちゃうかもよ？」

「どこにいるんだ、そんな奴が。はっ、美形に目のない女共《ども》か？」

「さっきデートにアオくんを誘った」

予想外の答えに、ソウマは思わず我に返ったように顔を起こした。

『なんだ、やっぱり気にしてるじゃないか』

嬉しげな男の目の輝きと『声』に、試されたと知る。

「そんな顔するなよ。オペラを観たことがないって言うから誘っただけだ。クラシックスタイルのオペラは上演も減ってきてるし、来週のコンサートは貴重な機会だ。安心しろ、おまえの分のチケットも用意してやる」

「べつにどんな顔もしてない。巨乳のモデル好きの野郎なんて、警戒するに値《あたい》しないからな。だいたい俺はあいつの保護者でも……なんでもない」

「『なんでも』ねぇ……まぁ、それならそれでいいけど。後で泣き言を言うなよ？」

『まぁ確かに俺は男に興味はないけどねぇ。あれくらい美形で気立てもいいと、たまには癒《いや》されにいっとくのも悪くないかと思えるな』

アオのほうへ視線を送る男の横顔を、ソウマは無言で見つめた。

今度は試されているわけではないだけに、なおさら質《たち》が悪い。

心の声はエリオの純粋な本音にほかならない。

「ミスター、ハートリー！」

沈黙に変わりかけた空気を、太い男の声が破った。顎髭《あごひげ》も腹周りも立派なスーツの男は、こちらへ向かいながらエリオに片手を上げて見せた。

「君の大親友を紹介してくれないか？」

『ドクター・イシミ、ヴォイスの開発者を！』

ソウマは『声』が響く頃には、もう背中を向けていた。エリオの引き留める声も無視して、するりとその場を離れる。

人の多い場所は今も好きになれない。親しい友人たちを呼んだなどとエリオは言っていたが、ビジネスを意識した集まりであるのは、そこら中で響く『声』から窺い知れた。

エリオや髭の男だけじゃない。数多の『声』が、ソウマが動けばそこら中から沸き起こる。誰もが『ヴォイス』の開発者に興味津々《しんしん》なのは、相変わらずだ。

消費社会も極まった世の中で、開発から二十年が過ぎてもなおこの状況とは、まるで覚めない悪夢だ。研究をリタイヤしたソウマには、世界を一変させた発明をした誇《ほこ》りも自負もなく、あるのはいつも虚《むな》しさだけだった。

サロンを出たソウマの足は、唯一の逃げ場とばかりに中庭を臨むバルコニーへと真《ま》っ直《す》ぐに向かう。

懐かしさは微塵もなくとも、家の主《おも》な間取りくらいは体が覚えている。

夜気に包まれて夜の静けさを堪能《たんのう》できるバルコニーは、住んでいた頃から思索に耽《ふけ》るのにちょうどいい気に入りの場所だったが、久しぶりに出てみて驚いた。

眩《まばゆ》いばかりのライトアップ。昼夜も季節感もない広い庭は、狂い咲きしたかのように色とりどりの花々が咲き乱れている。

エリオの指示で、ガーデナーが開花促進剤《そくしんざい》を使用しているのだろう。

様変わりに呆然とするソウマは、背後から不意にかけられた声にビクリとなった。

「ソウマさん」

驚きのままに振り返る。

「……アオ」

人の気配を感じ取れなかったのは、『声』が僅《わず》かも聞こえなかったからだ。

いつもどおり、このひと月前に出会った同居人からだけは。

「あ……驚かせましたか？　すみません。さっきのピアノの演奏、素晴らしかったです。それが言いたくて」

ソウマを見つめるアオは、花開くような柔らかな笑みを浮かべた。


アマリオ・ステラブルク。

あの写真のアンドロイドはそう呼ばれていたらしい。今や名づけすら法で禁止されているロボットだが、当時も生命として認められていない以上、養子縁組などはできなかった。

にもかかわらず、ステラブルク家の一員であるかのように呼ばれ、家族写真の中央に写っていたロボットは、間違いなく『家族同然』の存在だったろう。

かつてのアンドロイドを巡《めぐ》っての忌まわしい紛争《ふんそう》で、ステラブルク家が擁護《ようご》派の中心に名を連ねて活動したのも、このアンドロイドのためだったという。

先週、パーティの後に連絡を寄越してきたエイベル・スミスにメッセージを返すと、何倍もの情報が送られてきた。

ソウマもアオの存在に疑いを持ったと思ったに違いない。

病気と知りながらアオの父親を見舞ってすらいなかったようなエイベルだが、スミス家の先祖はステラブルク家と深い交流があったようだ。多くの過去の記録が残されており、画像のすべてはアオ自身を写したとしか思えないものだった。

二百年近く前に存在したロボットと、同じ家に生まれた子孫の息子が双子のように酷似《こくじ》する可能性はあるのか。

人に似せたロボットを作ることは可能だろうが——ロボットに似せた人間を生むことなどできない。

夕飯の時刻。ソウマの住居である荒れ地の果てのドームには、カトラリーと皿の触れ合うカチャカチャとした音だけが響いていた。

毎夜、当たり前に感じるようになっていた静けさが、今は酷《ひど》く歪《いびつ》なものに思える。

ヘルプロボットのキューブは配膳《はいぜん》を手伝い終え、キッチンのカウンター前の充電スポットでじっとしている。隣には、なんでも親鳥の真似をする雛《ひな》のように、キューブと同じ立方体の形に寄り集まったドット。

そして、テーブルの向こうには夕飯を共にするアオ。

静かだ。

『どれも』心の声を響かせることはない。

この家には、果たして自分以外の人間は存在するのか。

「そういえば昨日、びっくりしました」

不意に口を開いたアオに、ソウマはぎくりとなった。

「……え？」

「広間の入口に飾ってあった風景画です。エリオさんから聞いたんですけど、あの絵はソウマさんが描いたものだそうですね」

「ああ……まぁ、学生の頃にな」

「絵も描けるなんて、初めて知りました」

「中庭を写生しただけだ。エリオが妙に気に入って……ガラクタで客の目を試してるんだよ、あいつは。悪趣味な奴だからな。あそこに並んでるほかの絵は、みんな美術品のオークションで落札した名画揃いだ」

苦笑するソウマに、アオはむしろ誇らしげに応えた。

「じゃあ、僕は真贋《しんがん》を見分けられたってことですね」

「……どういう意味だ？」

「すごく惹かれる絵だなと思って見ていたら、ソウマさんが描いたものだったんです。これって、見る目ありますよね？」

「バカか、逆だろう。素人《しろうと》の絵を気に入ってどうする」

自分の絵のほうが価値があるとでも言うのか。

「でも、僕はどの絵より気になったんです」

はにかんで微笑《ほほえ》むアオは、俯《うつむ》き加減になるとスープボウルを見つめた。

「ソウマさんは本当にすごいです。科学者で、なんでも知っていて、工場でもないのに野菜をたくさん育てられて、その上ピアノを弾いたり絵も描けるなんて」

「そうだな……そうかもしれん」

ソウマはいつかと同じく、否定はしなかった。

ただの器用貧乏ならよかったのかもしれない。

身体能力、学習能力。昔からどちらも並外れて秀《ひい》でていた。どの分野でも、ソウマは幼い頃からやれば神童《しんどう》と騒がれるほど器用にこなした。

一方、苦手なのは忘れることだ。一度見たものはだいたい覚えてしまう。特に数字や記号は顕著《けんちょ》で、楽譜の暗譜もそうだ。

普通の人間は機械のように記録しないものらしい。

そう気がついてからは、自《みずか》らデザインベイビーであることを疑い始めた。周囲が嫉妬混じりに噂を立てるようになったのは、もっとずっと後になってからの話だ。

母には、『ヴォイス』の開発が認められてすぐの頃に問《と》い質《ただ》した。

「そうよ、あなたは特別な人間なの」

気まずそうに訊ねた九歳のソウマに対し、母は誇らしげに答えた。ゲノム編集で遺伝子を操作し、設計《デザイン》してまで欲した優秀な子供。

ソウマは両親の思惑どおりに才能を開花させ、莫大《ばくだい》な富と名誉を得た。

けれど、非凡であることは、果たして正解なのか。

「おまえも本当はできるんじゃないのか?」

口に運んだスープの味も分からないままソウマはふと問いかけ、アオは不思議そうに長い睫《まつ》毛《げ》の眸《ひとみ》を瞬《しばたた》かせた。

「僕がピアノや絵をですか?」

「ああ」

「できないです。小さい頃に習った記憶もありませんし」

急にできるだろうと疑われても、困惑しかないに違いない——普通であればそうだ。

しかし、ロボットなら、あらゆる未熟さはできないようにプログラミングされているとも考えられる。

——なんのために。

きょとんとしたアオの表情。ソウマがなにか新しいことをする度《たび》、その顔は『すごいです！』と手放しで褒《ほ》め称《たた》えてくる。

自己を肯定されるのは誰しも気分のいいものだ。アオの純粋そうな言葉は、ハンマーに打たれたピアノの弦の放つ音のように、ソウマの荒《すさ》んだ心にさえ深く響いた。

「あ、でも……」

「なんだ？」

ソウマは無意識に身を乗り出し、アオは慌てたように首を緩《ゆる》く振る。

「い、いえ……僕もできたらいいなと思っただけです」

ぎこちなく笑《え》んで、皿の上でカトラリーを構える。バジルでシンプルなソテーにした鶏肉を切り分ける手元。フォークで口へと運ぶ所作《しょさ》。有機物を体内に取り込めば、嚥下《えんげ》に白い喉元《のどもと》は生々しく動いた。

中性的な美貌《びぼう》ながら、男であるのを示すように隆起《りゅうき》した喉仏《のどぼとけ》が上下に蠢《うごめ》く。

自然だ。

食事を咀嚼《そしゃく》する仕草も、表情も。

ロボットならあまりにも人間らしくて脅威《きょうい》だが、それが当たり前だったのが有機化合物でできた昔のアンドロイドだ。その完成度の高さは、人に近づけることそのものが製作の目的だったと言っても過言《かごん》ではない。

アオがステラブルク家所有のアンドロイドで、五年前に目覚めたというのが本当なら、どこかに秘匿《ひとく》し続けていたのか。

処分を逃《のが》れたアンドロイドが現存しているという話は、ほかでも聞いたことがある。培養生《ばいよう》産でない肉のように闇で流通し、売買されているなんてきな臭い話も。

そうしたアンドロイドを摘発《てきはつ》しようと、逃亡犯でも追い詰めるように保安局が目を光らせ、善良な市民の知らないところで攻防を繰り広げているとかいないとか。

食事の間、ソウマはずっとアオに意識を向けながらも、会話は途切れたままだった。

後片づけはキューブも手伝う。食洗機《しょくせんき》に食器を突っ込むだけの作業は一人と一台で充分にもかかわらず、アオは所在なげにカウンターの傍らに立ち、ソウマを見ていた。

「具合でも悪いんですか？」

意を決したように問われる。

「……いや、どうしてだ？」

「先週から、ソウマさん……あまり話さなくなった気がして……」

「前から俺はこんなもんだろう」

「それは……そうだったかもしれませんけど……」

アオが家にきたばかりの頃は、そうだった。

あの頃はと言うほど昔でもない。逆戻りしたかのような警戒は、態度をあからさまに変えたつもりはなくとも伝わるものがあるのだろう。

「髪になにかついてるぞ」

観察するソウマは、頭についた白くひょろりとした猫のヒゲのようなものに気がついた。

「えっ？　どこですか……」

「違う、右のほうだ。じっとしてろ」

見当外れの場所を探るアオに、見かねて手を伸ばす。正体不明だった物体は、スナップエンドウの筋《すじ》だ。

「あ、すみません。スープに入れるのにたくさん下処理したんで、たぶんそのときに……」

夕飯のスープはアオが作った。今では調理のレパートリーも増え、土で作った野菜を洗うことすら思い至らなかった男とは思えない。

「あの、どうでしたか？」

「どうって？」

「ソウマさん、最近食欲も落ちてるみたいだし、スープなら食べやすいかと思って工夫してみたんです」

正直、気もそぞろで味わうどころではなかった。

「……ああ、美味《うま》かったよ」

話を合わせれば、適当な言葉でもアオは目を輝かせる。ソウマを仰《あお》ぎ見る眼差しは、光の加減も加わり揺らぐように煌《きら》めいた。

相変わらず不思議な色をした眸だ。

淡い茶色と、深い青緑色。虹彩《こうさい》の上で混ざり合う色の境を探すようにじっと見つめれば、不意にアオの目蓋《まぶた》が伏せられた。

何故隠すのかと、ソウマは内心ムッとした。もう一度目を開かせようとその小さな顔を両手で包み、親指で薄い目蓋に触れかけたところで気がついた。

——まるでキスでもしようとしているみたいだ。

実際、そのつもりでアオは目を瞑《つむ》ったに違いない。

あの朝、キスなら数えきれないほどした。たった一週間ばかり前のベッドの記憶が、遠い昔のようだ。

忘れたわけじゃない。ソウマは覚えておくのは得意だ。柔らかいその唇の感触も、紡《つむ》がれた声も覚えている。

ソウマはふらっと長身の身を傾《かし》げた。あの朝のように唇を寄せかけた瞬間、前触れもなしに自称『親友』である男の声が頭に甦《よみがえ》る。

『よかったな、もう少しでロボットしか愛せない男になるところだったんだからな』

ロボットしか愛せない、人間不信の哀れな男。エリオには、もう長い間そう思われていた。

今の自分はどうだろう。

「……ソウマさん?」

アオが目蓋を起こす。

人のものとは思えない、自分を映し込む神秘的な泉のような眸。

「ほら、もう取れたぞ」

強張《こわば》る声を誤魔化《ごまか》し、ソウマはアオの髪をくしゃりと撫でて身を離した。


時折星が流れるのを見ていた。

寝室のベッドの傍らの丸い窓。

ここに越して随分経つが、眠れない夜など初めてかもしれない。街から逃げて離れた八十キロ。雷の音でもなければ届かない距離は、念願どおりに孤独と安寧《あんねい》をもたらし、毎晩静かなものだった。

人どころか、動物も家畜の鶏《にわとり》くらいしかいない土地で命令を聞くだけのロボットに囲まれ、風の凪《な》いだ夜は安眠を妨《さまた》げるものなどあろうはずもない。

あるとすれば、それは自分の内にある雑音くらいだろう。

ソウマは何度目か判らない溜め息を漏らした。寝返りにベッドを揺らし、ついに観念したように起き上がると寝室のドームを出る。軽くスコッチでも一杯飲もうと思った。憂《う》さ晴らしのアルコールは癖になりそうで避けているが、寝酒でもしなくては眠れそうもない。

通路を抜けてリビングのドームへ。アオの姿は今はソファにはない。荷物を整理した倉庫の一部をアオの寝室にし、数日後には購入したベッドを運び入れた。

キッチンの奥にある扉から明かりが漏れている。倉庫の扉は自動ではないが、荷物の出し入れのしやすいスイングドアで、人の顔ほどのサイズの丸窓がついていた。

——まだ起きてるのか。

もう深夜二時近いが、ロボットなら本来眠らなくてもいいのか。

不審がるソウマは、夜間はカウンターの手前でスタンバイモードでいるはずのキューブの姿がないことに気づいた。

丸窓から漏れる、ランプのような優しいオレンジ色の明かり。そろりと覗こうとした瞬間、中から微《かす》かな声が聞こえた。

「……連携《れんけい》が大切なんだよ」

アオの声だ。

誰か……いや、どうやらキューブに話しかけている。

「あ、キューブは連携って判る?」

「連携トハ、互イニ連絡ヲ取リ合イ、一ツノ目的ヲ成スタメニ物事ヲ行ウコトデス」

「そう、正解だよ。これは僕一人ではできないし、キューブ、君だけでもできない。もちろんドットだけでもね」

一体、なんの話をしているのか。

ドットもいるらしいが、丸窓に顔を近づけても、壁際に設置したベッドの辺りは窺いづらい。

アオの声と、キューブの受け答えする古めかしい機械チックな音声だけが扉越しに聞こえる。

アオはロボット相手に優しく語りかけた。

命令と言うより、まるで仲間でも諭《さと》すように。

「だからね、僕たちみんなで協力し合って成《な》し遂《と》げるんだ」


青が深い。

雲一つない青空に吸い込まれるように上っていくドローンを仰ぐと、ソウマは軽く眩暈《めまい》を覚えた。真夏の日差しは、寝不足の身には暴力に等しい。

野菜の出荷用のドローンは大型で、その気になればどこまでも見送れる大きさだが、天頂に昇らんとする太陽の眩《まぶ》しさに阻《はば》まれ、すぐに目を背《そむ》けた。

育てた野菜にそれなりの愛情はあれど、別れを惜しむほどの感傷《かんしょう》はない。むしろ夏野菜の収穫も最盛期の今は、獲《と》れすぎて消費に頭を悩ませているくらいだ。

「こっちのコンテナの分は載せきれなかったんですけど、大丈夫ですか?」

アオがキューブの上に載った黄色いコンテナを指す。

麦わら帽子に白いTシャツ、水色のオーバーオール。農作業姿がすっかり板についた男は、出荷も慣れたものだ。

まるで何年も前からこの土地で手伝っていたかのような馴染《なじ》みようである。おまけに自分と同じく夜更《よふ》かしをして寝不足とは思えないほど元気だ。

昨夜《ゆうべ》はしばらく様子を窺ったものの、結局なにをしていたのか判《わか》らずじまいだった。

「うちでどうにか消費するしかないな。ナスはもう見るのもうんざりってくらいなんだが」

「そういえば、ナスをたくさん食べられそうなレシピをネットで見つけたんですけど、お昼に試してもいいですか？」

「……ああ、そりゃいいな。頼む」

このところアオはやけに料理に積極的だ。

手料理はレシピにアレンジが効くので確かにいい。両手いっぱいに抱えても余るほどのナスの消費なんて、全自動の調理機器には想定外の事態だ。

ドームに戻ると、早速《さっそく》アオはキッチンで準備を始めた。ソウマも大量のナスを短冊《たんざく》状に切ってサポートする。

厚く育った皮には切れ目を入れ、あく抜きに水にさらすこと数分。この時点では変化のないナスも、オイルをスプレーしてオーブンで焼き目をつければ、しんなりと嵩《かさ》が減ってくる。

醤油《しょうゆ》にみりんに砂糖。調味料は半永久的に保存の効くカプセルタイプなので、一通り揃えている。和風の味つけはパンには合わないが、くたくたのナスは甘辛い仕上がりで、ざく切りのレタスと合わせサラダ風に食べることもできた。

食事はいつものテーブルで取る。

「どうですか?」

「暑い日にはさっぱりしてていいな」

素直に感心しつつも、その顔をテーブル越しに見つめるソウマは不意に尋ねた。

「そういえば、昨日は夜更かししていたようだが、なにしてたんだ?」

ぶつけたのはストレートすぎる問いだ。たとえ納得できる返事がなくとも、反応を見ることはできる。

「昨日ですか?」

「日付は今日だな。寝つけなくて、夜中に喉渇《のどかわ》いてこっちにきたら、おまえんとこの明かりがついてたから。キューブもそっちにいただろう?」

「ああ……僕も寝つけなかったので、倉庫の掃除をしてたんです。キューブにも手伝ってもらって」

アオは笑んで答えた。落ち着いた返事は、普通ならば嘘偽《いつわ》りがないからだと受け止めるのだろうけれど、ロボットとなれば別だ。

機械だからこそ、心拍数が上がることも視線を泳がすこともなく、どんな状況でも自然な回答ができると考えられる。

「ドットにも？　ろくに役に立つとは思えんが」

「ドットは……重いものを動かすのに役に立ちます。転がるので」

「ふーん」

ソウマは真っ直ぐに視線を外さず応え、アオは一時停止でもしたみたいな微笑んだ表情のまだ。

「キューブとは随分親密になったんだな」

「いろいろ手伝ってくれるので助かってはいますけど……親密ってどういう意味ですか？」

「いや、おまえはロボットが好きそうだからな。親父さんはロボットが嫌いだったんじゃないのか？　家にはヘルプロボットすら置いてなかったって言ってたろう」

アオは瞬《まばた》き一つせずに答えた。

「置きたがらなかったのは確かですが、嫌っていたわけではありません。父はロボットについては不憫《ふびん》だと言ってました」

「……不憫？」

「はい。本来出せる能力を、人の都合で封じられて可哀想だと。昔に比べて、知能も外観も極端に制限されてるのが、そう感じるらしくて……手足を奪われたようだなんて。それで、今のロボットを置く気がしなかったんだと思います」

確かに人は勝手だ。

しかし、ロボットは生物ではない。無機物である以上、仕様の変更は野菜の品種改良ほどにも罪はなく、ただ物の形を生活スタイルに合わせ整えたにすぎない。

アオの父親の考えはまるで——

ロボットを人と錯覚する行為。先祖と変わりなく、優しさは一歩間違えば禁じられた危険な思想そのものだ。

「ナニカ、オ困リデスカ？」

テーブルの傍らにいるキューブが、ソウマの視線に反応する。

手足もなければ目鼻もない、どちらを向いているのかさえ判らない白い軀体《くたい》は、その不自然なまでに簡素化された外観に反し、人の要望に応えようと常にセンサーを張り巡らせている。

「いや、特にない」

突っぱねれば、アオがフォローするかのように言った。

「じゃあ、僕は水のおかわりをお願いしようかな」

「了解シマシタ」

天板《てんぱん》にグラスを載せたキューブは、すいっとカウンターのほうへ移動した。まるで仕事を得てイキイキとした犬のようだ。

アオの口元も、子供におつかいを頼んだ母親みたいに微笑んで見えた。

「ちょっと先に行っててくれるか。返事を急《せ》かされてるメッセージがあってな」

食事の後、アオにそう声をかけた。

今日は午後も農作業が残っている。麦わら帽子を被《かぶ》るアオは特に疑った様子もなく、「じゃあ、コーン畑にいます」と吹きつける乾いた風の中へと出て行った。

「キューブ、おまえも残れ」

ソウマは後に続こうとするキューブを引き留める。

メッセージは言い訳で、用があるのはキューブだ。自分のロボット相手にこそこそするのも変だが、アオの姿が遠退《とおの》いた頃合いを見計らい、招き入れたキッチンのカウンター裏で問う。

「キューブ、答えろ。夜中にアオの部屋でなにをやっていた？　今日の午前二時頃だ」

キューブには一年分のログが残されている。人並み外れた記憶力のソウマですら、具体的には覚えていないような日々の行動記録。農作業なら、作物の生育具合からその日の気温や湿度。食後に飲み物を頼めば、種類やグラス、注《つ》いだ量まで記録している。

しかし、キューブは期待外れの返答を寄越した。

「対象ノ記録ガアリマセン」

「は？　記録がないって、どういうことだ？」

「プライベートコードヲ入力クダサイ。オ問イ合ワセノ期間ハ、プライベートモードガ選択サレテイマス」

ソウマは瞠目《どうもく》した。

プライベート、つまり非公開ということだ。

隠居暮らしとはいえ、キューブが盗まれて悪用されないとも限らないので、過去の自身に関わる記録へのアクセスは制限している。しかし、キューブがユーザーである自分以外の命令を聞くことまでは制限していなかった。

アオが、命じた内容を公開しないよう設定することもできる。

「おまえのユーザーは俺だ、記録を出せ」

「プライベートコードヲ、入力クダサイ」

「ふざけるなっ！」

ソウマは見た目より遥かに重い箱のようなロボットを揺さぶり、勢いのままに右手を上げた。

天板に拳《こぶし》を振り下ろそうとして、我に返る。

「……悪い」

ロボット相手に感情的になるなど、どうかしている。

感情を持たないロボットは、ソウマの苛立《いらだ》ちに怯《おび》えたりはしない。同時に、詫《わ》びの意味も解さず、ただいつもどおりの音声をなぞって返してくる。

「ナニカ、オ手伝イデキマスカ?」

「……いや」

ソウマは言葉に詰まり、静かになったドームには微かな振動音が響いた。

カウンターの上に置きっ放しの通信機器だ。確認する前から相手は十中八九判っていた。

バンドを手に取らなくとも、キューブの白いボディをスクリーン代わりにメッセージは勝手に映し出される。

『先日お送りしたデータはご覧いただけましたか? そちらにいるアンドロイドについて、ドクターの意見をお聞かせください』

――エイベル・スミス。

返事を急かすメッセージが来ているというのは、嘘ではなかった。


「プライベートコードヲ、入力クダサイ」

一週間が過ぎた。聞き慣れてしまったキューブの返答に、いつもどおりの溜め息をつく。

今夜はアオは留守で、広いドームのソファにいるのはソウマだけだ。スプリングシティでのオペラコンサートの誘いはソウマも含まれていたが、適当な理由をつけて断った。

キューブのデータを調べるにはうってつけの機会だ。

しかし、手持ちのパソコンを使い、暗号化されたキューブの内部データに直接アクセスを試みるも、解析は阻《はば》まれた。通販で購入した家庭用のヘルプロボットながら、なかなかに手強《てごわ》いセキュリティで、『安心、安全、快適にあなたの生活をサポート』なんてチープな謳《うた》い文句に偽りはなかったらしい。

足元では、ドットがからかうようにコロコロと絶え間なく転がっている。掃除を中断させられ、身動きの取れなくなったキューブの代わりに床を磨《みが》いているのだ。

「キューブ、もういい。閉めろ」

内部のボード類を露出させた側面《そくめん》のパネルを閉じるよう命じれば、何事もなかったかのようにいつもの継《つ》ぎ目も前後も判らない、滑《なめ》らかな白いサイコロ状の物体に戻る。

判ったのは一つだけ。

アオは、今も夜中にロボットを部屋に招き、毎晩のようになにかをやっている。自分に夜更《よふ》かしを気づかれたと知ってか、明け方近くのさらに遅い時刻だ。内容は判らなくとも、非公開《プライベート》の時間の存在がそう示していた。

アオがこれ以上プライベートモードを使わないよう、設定を変えるのは簡単だ。しかし、同時に自分の疑いが知れることになる。

「……バレたらなにかマズイってのか?」

ソファの背もたれに深く身を預け、ソウマは自問自答した。

どうやら、この期《ご》に及んでも自分は関係が変わるのを恐れているらしい。

「……随分、遅いな」

ドームの天井を仰げば星が見える。中央には丸い天窓が嵌《は》まっており、星影でおよその時間も知れた。

もう十一時を回っているだろう。

エリオのことだ。歌劇《かげき》に酔いしれた勢いで、『どうせなら美味《おい》しい酒でも酔いたいね』などと調子良くバーやレストランに誘う姿は容易に想像がつく。

それにしても、連絡の一つもなかった。

ソウマは左の手首に触れた。いつもはそこらに置きっ放しの通信機器のバンドを装着《そうちゃく》しており、コールがあればすぐに気がつく。

返事を保留にしたままのエイベル・スミスから、新たな情報が送られてこないとも限らない——なんて、身に着けた理由が言い訳めいているのは自覚していた。

沈黙したそれに目を向けると、キューブが応《こた》えるかのように騒いだ。

「車ガキマス。車ガキマス。ゴ注意クダサイ。ナンバーXA、87885」

エリオの車だ。

——飲んでいないのか。

自《みずか》ら車で送るとは意外だった。アルコールが入らなくとも、夜間の運転をエリオはしたがらない。自動運転のできない場所なら、車でもプライベートの小型ジェットでも、専属のドライバーやパイロット任せだ。

ソウマは開かない戸口を見た。昼と違い鶏《にわとり》たちも放しておらず、人の近づく気配は判《わか》りづらいが、それにしても音沙汰《おとさた》もない。

キューブの報《しら》せからしばらくが経《た》ち、ソウマは入口を見据《みす》えたままふらりと立ち上がった。

導かれでもするように扉を開けば、夜の闇の中に停車した車が見えた。星夜のわりにやけに湿った温く重たい空気を感じながら、月明かりを纏《まと》った車へと近づく。

内からぼんやりと発光するかのような明かり。厚いガラス越しに漏れる光は柔らかな黄味色で、まるでトパーズの輝きのようだ。

フロントからアオの姿が見えた。同時にエリオも。表情は窺えず、ゆったりとしたオフホワイトのドライビングシートの上で、二人は上体を重ねるようにして顔を寄せ合っていた。

まるで、別れ際のキスでも名残惜《なごりお》しく交わすみたいに。

アオは後頭部をこちらへ向け、自ら運転席側へと身を乗り出している。

急速に膨《ふく》れる苛立《いらだ》ち。踵《きびす》を返した動きで、ソウマは自分が動揺を覚えていると気づいた。

「ソマさん…っ……」

車のドアが開く。アオの声が、星夜の静けさを突いて裂いた。

そのまま飛び出してくる気配を背中で感じる。

「ソマさんっ！」

焦《あせ》って、立て続けに名前を言い損《そこ》ねる声。いつしか微笑《ほほえ》ましささえ覚え始めた呼びかけにも、今は神経を逆撫《さかな》でされる一方だ。

そのくせ、ドームの入口で振り返ったソウマの声は落ち着き払っていた。

「遅かったな」

「あ、あのっ……」

「なんだ？　ああ、邪魔したんなら悪かった。デートとは聞いてなかったしな」

幸か不幸か、エリオが車から降りてくる気配はない。そのまま帰るつもりか。

ドームに入ればキューブが「オカエリナサイ」と出迎えるも、アオは珍しく足元の存在にも気がついていない様子だった。

「デートなんかじゃありません」

「……だったら、今のはなんだ？」

「あれは……」

言い淀《よど》む姿に苛立つ自分は、アオがすぐに否定すると思っていたらしい。

「エリオはおまえに気があるようだ。あいつは筋金入りの女好きだから、男に興味持つのはよっぽどだろう」

「違います。エリオさんもそんなつもりじゃありません」

「はっ、おまえはエリオの気持ちまで判るのか？」

皮肉にも自分は判る。エリオが車を降りなかったのは、やはり幸いだった。今余計なことを聞いたら、なにを言い出すか判らない自分にぞっとする。

「じゃあ、ソウマさんには判るって言うんですか？」

ソウマは言葉に詰まった。

「僕には、エリオさんの考えも言われたことくらいしか判りませんけど……今のソウマさんがなにを考えているのかは、もっと判りません。そんな風に怒るのに、どうして今日は一緒に行ってくれなかったんですか？」

アオの目は真剣に映った。しかし、どんなに力強く見据《みす》えられようと、眼差しに物理的な熱はなく、まやかしの仮想現実と大差ない。

よく動いて喋《しゃべ》る、本当はこの世界には存在しないものと。

「ソウマさん？」

「俺もそう思うよ。おまえがなにを考えているのか、さっぱり判らない」

ソウマは強張る表情のままで言い、返事を待とうとはせずに奥のドームへ向かった。

寝室に引っ込むつもりが、すぐにアオが追いかけてくる。鍵をかけてまで締め出そうとはせず、納得できない様子のアオは部屋の中まで入ってきた。

「僕、なにかしましたかっ？　ソウマさんの気に障《さわ》るようなこと。やっぱりあの朝の……」

寝室は眠るだけのドームなので、家具も少なくさっぱりとしている。円形のドームに合わせて設《しつら》えたベッドと、手触りが好みでたまに開く書物の棚。今では愛好家向けの一部の本しか、植物繊維《せんい》を用いたペーパーでは発行されていない。

ベッドには、キューブにメイキングを頼むつもりで忘れた替えのシーツが載っていた。

ソウマは自ら替えようと広げ、背を向けたまま応える。

「約束はどうした?」

「え……」

「嘘は言わない約束だったろう。バレなきゃ、嘘の内に入らないとでも思ってるのか? それとも、俺が寝静まった頃にまたキューブと掃除をやってるとでも?」

「あ……」

まるで予想外の指摘だったかのような、間の抜けた反応だ。

「えっと……すみません」

「それだけか?」

「あっ、いえ、すみません。でも、疚《やま》しいことはなにもしていないつもりです」

「ご丁寧に、キューブのデータをロックまでしてか? プライベートにしなきゃならない掃除ってのがなんだか、俺には想像もつかんな」

つまらないきっかけで感情的になる自分が信じられない。

「すみません。ソウマさんが嫌がるようなことは、本当になにも……」

バサリと音を立て、ソウマは長い腕をいっぱいに使って真っ白なシーツを広げた。

「ソウマさんっ」

聞く耳を持たないと思ったのだろう。掲《かか》げた手に、アオは条件反射のようにしがみついてきた。強い力だ。普段であればなにもつけていないはずの、白いシャツの袖口《そでぐち》から覗いたソウマの手首にしっかりと触れる。

薄く肌にフィットしたバンドが反応し、青い小さな光が流れる星のように広げたシーツの上を走った。

「あっ、すっ、すみませんっ！」

アオが驚きに力を緩《ゆる》めるも、ロックを外していた通信機器は動作を続ける。ソウマが何度もアクセスし、確認を繰り返したファイルを前触れもなしにパッと開いた。

真っ白なシーツをスクリーン代わりに映し出された、あの『家族写真』。中央のチェアに座っているのは、静かに微笑みを湛《たた》えたクラシカルなスーツ姿の美青年だ。

「これは……誰ですか？」

スーツを身に着けた今夜のアオは瓜二《うりふた》つ——生き写しにもかかわらず、惚《とぼ》けた反応が返る。

「昔、ステラブルク家が所有していたアンドロイドだそうだ」

「僕の家が？」

「今も所有はしていたようだけどな」

「え……どういう意味ですか？」

訝《いぶか》るアオの眸《ひとみ》を、ソウマはじっと見つめ返した。

美しい青緑色を虹彩《こうさい》の下部に湛えた眸は、動揺のためか波立つ湖面のように揺らいで見える。

「ソウマさん……ま、まさか僕がロボットだと疑っているんですか？」

シーツを掲げた両手を下ろしても、バンドの投影する画像は消えはしない。スクリーンが今度はドームの壁へと移るだけだ。

「こないだの企業パーティで会った男から送られてきた写真だ。調べた限り、事実だった」

「事実って、なにがです？　僕の家に、そのアンドロイドがいたことですか？」

「そうだ」

「昔はどこの家にだっていたんでしょう？　規制される前は……僕の家が規制の反対運動をしていたから疑ってるんですか？　だから、写真くらいで……」

「写真くらい、か。じゃあ、どうしてこれほど似てるんだ？」

「それは……判りません。でも、僕がロボットじゃないことくらい見れば判るでしょう」

食い下がるアオの言葉を、ソウマは一蹴《いっしゅう》する。

「アンドロイドを見た目で判断するのは難しい」

アンドロイドはヒューマノイドとも呼ばれる。ヒューマノイドとは、人ではないにもかかわらず人に近しい姿形や知性を持つものの総称だ。ロボット、エイリアン、フェアリー、なんでもいい。

そして現実に存在したのは、未《いま》だアンドロイドだけ。

人の手で生まれた、人らしきもの。

自らの意志で行動し、個性を持ち、簡単な怪我なら自己修復もできる。脳を除いて人と同じ有機化合物で構成されたその体の中身は、今も医療分野で使われている人工臓器だ。

「なにが目的で俺のところにきた？　父親の影響で俺に会ってみたくなったようなことを言っていたが……引退した科学者でも、役に立つと思ったか？　まぁ確かに、今でもそれなりの地位も金もあるにはあるが」

「僕はロボットじゃありません！」

アオは強い口調で返した。感情のままに叫んだとしか思えない声。けれど、そんなときでさえも、アオの『声』は聞こえない。

まるで美しい姿形や知性を持とうと、心だけはそこにないと示すかのように。

閉じた唇を震わせ、アオは再び開いた。

「エリオさんに、キスしようとしたのは理由があります」

「理由？」

「そうしたら、あなたの気を引けるって教わったからです」

大それた陰謀《いんぼう》や企《たくら》みからかけ離れた、俗っぽい訳に一瞬拍子抜《ひょうしぬ》けした。

「ソウマさんの様子が変だって、僕がエリオさんに話して……あの朝から」

「朝って……」

「僕がなにかしてしまったのかと……っていうより……なにもできなかったから、きっとそのせいだと思ったんです。セックス、下手だったでしょう?」

ソウマは呆然と見返す。

あの朝、そんなことは問題にもならなかった。

確かに上手かったとは言えない。けれど、ただ触れるだけで満たされ、反応をくれるだけで純粋に愛《いと》しさが溢れた。

忘れていた感情。二度と自分には蘇《よみがえ》らないとばかり思っていたものが、呼び覚まされたのだ。

たった一枚の写真に、現実を突きつけられるまでは――

『もう少しでロボットしか愛せない男になるところだったんだからな』

エリオのあの言葉。

ソウマは脱力し、ベッドの端に腰を落とした。手首のバンドを外し、床へ打ち捨てるように放れば、壁の写真は浮かんだときと同様に一瞬で消える。

後には、同じ面差《おもざ》しの男だけが残った。

「それで、あいつにキスの仕方でも教わったのか?」

「お、教わってません、振りをしただけでっ……エリオさんも、それで反応あるはずだからって……その、ソウマさんが見たら……」

なにも知らないエリオは、本当に焚《た》きつけようとしただけかもしれない。車体を覆《おお》う強化ガラスは、操作一つでミラーシールド効果を持たせることもできる。

自分に見られぬようキスをするくらい、本気なら簡単だ。

「ソウマさん、ごめんなさい」

ソウマは、感情の抜け落ちたような眼差しで、詫《わ》びるアオを仰《あお》いだ。

「ソウマさん……」

アオはもう一度呼びかけ、身を屈《かが》ませる。

懺悔《ざんげ》のように、そろりと触れ合わさった唇。ソウマの唇は渇《かわ》いていたが、アオのそれはしっとりとしていて柔らかだった。

あの朝と変わりない。少しひんやりと体温が低くとも、無機物にはほど遠い柔らかさと艶《なまめ》かしさ。色気も技巧《ぎこう》もないキスながら、何度も重ねるアオは、反応をどうにかして引き出そうと一生懸命に感じられた。

閉ざした唇を緩めれば、おずおずとした動きで舌は中へと伸びてくる。罠《わな》でも容易《たやす》く嵌まりそうな素直さだ。

ソウマは目蓋《まぶた》も落とさないまま受け止め、口腔《こうこう》へと潜《もぐ》り込んでくる舌は、触れ合う熱を求めてぎこちなく動いた。

「……ん…っ……」

悪戯《いたずら》に舌を奥へ逃げ退《の》かせると、慌てたように追ってくる。体ごと迫《せま》られ、ソウマはベッドへ沈みながら長く逞《たくま》しい両腕で華奢《きゃしゃ》な男の体を抱き留めた。

見た目より重たい体。女とは違う筋肉量のせいか、それともこの中にはなにか未知なるものでも詰まっているのか。

「……ん…ぅっ」

深く伸びた舌を、不意に強く吸い上げる。

吸って、根元のほうをやんわりと噛んで。薄く頼りない舌を戯《たわむ》れに嬲《なぶ》れば、アオの体はソウマの身の上でビクビクと揺れて震える。あっけないほど刺激に弱い。

口づけを解く頃には、四肢《しし》で身を起こすのもままならない力の籠《こも》らない表情で、舌足らずな声を上げた。

「ソ…マさん…っ……」

不快ではなかった。

思いがけない呼び名が、その唇から零れるまでは。

「……ジャレッド……さん」

聞くはずのなかった自身のミドルネームに、ソウマは凍りつく。

「なんで……」

「名前……『呼びづらいなら、そう呼んだらいいよ』って、エリオさんが……恋人はみんな『ジャレッド』と呼んでいたって」

「その名前で呼ぶなっ！」

アオは驚いて身を竦《すく》ませ、瞠《みは》った眸は見る見るうちに曇《くも》った。

「すみません、僕にそんな資格はありませんよね。あなたの恋人でもないし……それどころかロボットだって、疑われてるぐらいなのに」

「関係ない。その名前は……」

ただ、誰にももう呼ばれたくないだけだ。

聞きたくない。いつでも脳の片隅でスタンバイしているみたいに、母やかつての恋人の『声』は蘇る。

『どうしてなの、ジャレッド』

失望を露《あら》わにした、あの『声』――

「ソウマさん、ロボットが人を好きになったりしますか?」

拒絶を疑いのためと思い込んだアオは、悲壮な目をしてソウマを見下ろす。

「……キューブは俺のことを好いてるだろう。忠犬か雛鳥《ひなどり》みたいに俺の後をついて回ってる。あれは、ユーザーに忠実であるようプログラムされてるからだ」

「僕も同じだって言うんですか？　プログラムで行動してるだけだって」

「アンドロイドの場合は、単なるプログラムじゃない。人工知能を使って導《みちび》き出した『答え』だ。なにが自身にとって得策《とくさく》か、どうあるべきか」

並外れた知能は、人の思考と酷似《こくじ》している。

同じと言っても過言《かごん》ではない。違いは、基礎となるプログラムが入っているかどうかだが、人もそれを本能と呼び、遺伝子に太古から脈々と組み込んできている。

「こんなことまでするからには、それなりの理由があるんだろう？　言えよ、目的はなんだ？」

堂々巡りだ。ソウマは身を反転させ、二の腕を掴んだアオを仰向《あおむ》けにベッドへ押さえ込んだ。

「も、目的なんてありません。僕はただ……あなたに信じてもらいたくて」

「信じてもらいたいのに、約束を破ったのか？」

「キューブたちのことは……掃除だなんて言ってしまって……すみません、でもいずれ本当のことは…っ……」

見下ろすソウマの表情はぴくりとも変わらず、冷えた心を察したアオは息を飲む。

「ソウマさんは、誰も信用できませんか？」

「信用？」

「どうしてそんなに簡単に人を疑うんですか。僕は……あなたに好かれてるんだと思ってました。少しくらいは……だって、あんなこと、好きでもないのにする人じゃないでしょう？」

「……いい、そんなことはどうでも。大した嘘じゃないっていうなら、今すぐに正直に話せ」

アオは首を横に振った。

「話せません。だって、ソウマさんはすごく……淋しい人だって判ったから」

自分のためだとでも言うつもりか。理解しがたい言葉に、ソウマは苛立ちを覚える。

結局、人でも、そうでなくとも、自分はこのアオ・ステラブルクという男を前にすると、心がざわついてしまうらしい。

「あ…っ……」

スーツのジャケットの下へ、ソウマはするっと大きな手を這《は》わせる。胸元で指を立てた。シャツの下に感じた小さな尖《とが》りは、爪先《つめさき》で弄《いじ》れば反応もよく膨《ふく》れてくる。

「信じてもらうのに、体を差し出そうってのか？　それとも、俺が淋しそうだから慰めようとでも？」

「……っ、ひ…ぅ……」

「そのわりに、おまえのほうがキスくらいで感じてるようだけどな」

「ちっ……ちがっ……」

「わけもなくこんなに乳首を立ててるような体だったら、設計ミスだろう」

「違うっ、僕はロボットじゃ…なっ……」

シャツの上から弾《はじ》くように掻《か》いてやると、それだけでベッドの上の肢体《したい》はビクビクと胸を浮かせる。

右も左も同時に摘《つ》まんで、軽く揉《も》みしだいた。声を詰まらせ身を捩《よじ》るアオの姿を、ソウマは冷ややかに観察するかのような眼差しで見つめる。

閉じようとする両足の間に膝を割り込ませ、その白い顔を覗き込んだ。

耳朶《じだ》や頬がほんのりと赤い。

「なんだ、もう別のところまで勃《た》たせたのか」

「だって……ソ…マさんがっ……」

「俺のせいか？　まぁそうだな、確かに」

「あっ……あぅ……やっ、あっ……」

スラックスを膨らませたアオの中心に、ベッドへついた自身の膝をじわりと宛《あて》がう。

「……ぁ…ん…っ」

やわやわと揉めば、次第に切ない声色に変わる。動きを止めると、自《みずか》ら中心を摺《す》り寄せてきた。

「……中がもうぬるついてそうだ。脱がせてやるから、スーツまで汚すなよ。せっかくよく似合ってるんだ」

「そ、ソウマさ…っ……」

言葉にアオは眸を潤《うる》ませ、頬は一層赤らむ。

恥ずかしそうにされると、もっと苛《いじ》めてやりたい願望が芽生えた。自分の中に、こんな暗い欲望や、嗜虐心《しぎゃくしん》が潜《ひそ》んでいるなんて思いも寄らなかった。

アオのせいだ。妙に清潔そうな顔をしているからよくない。

フルオーダーのように体に添うジャケット。首元のネクタイ。清廉《せいれん》に見える白いシャツ——ストイックに映るスーツ姿は、剝《は》ぎ取る行為に背徳感を覚える。

「エリオにも褒《ほ》めてもらったか？」

「な……なに……っ……」

「こないだマダムたちにスーツを褒められていただろう。今夜は、あいつにもべた褒めされたんじゃないのか」

自虐にしかならない問いまで繰り出す。

衣類を一つずつ剝ぎ取りながらの言葉に、露《あら》わになるアオの白い肌は色づいた。その下に通う血を示すように、どこもかしこもほんのりとピンク色だ。

「そんなこと…っ……」

「言われなかったのか？」

「……え、エリオさんはっ……今度……自分もプレゼントするって……」

こんなときこそ嘘をつけばいいのに、馬鹿正直だ。

「へぇ、プレゼントか。あいつは俺と違って口が上手いし、一緒にいて楽しいだろう」

「でも……僕はソウマさんがいいです」

仰ぐ眼差しが揺れる。宝石のような美しさを秘めた眸。不安いっぱいの顔をして、縋《すが》るように揺らすくせして、言葉だけは迷いなくはっきりと響いた。

こんな状況でも真《ま》っ直《す》ぐで、大人しそうに見えて意外に頑固《がんこ》だ。

嫌いじゃない。むしろ、従順なだけの人間よりも好みだ。

——俺の好みに合わせてきているのか？

容姿も、性格も。異性愛者であったことも忘れたように、アオには早いうちから心を惹《ひ》きつけられた。

感度のいい体に、初心《うぶ》な反応。どこまでがプログラムなのか。

一つ疑えば、すべてが疑わしく思えてくる。

「そんなに言うなら、本当に俺がいいか確かめるといい」

「あ…っ……」

最後に脱がせた下着は湿りを帯《お》びていた。

予想どおり、滴《したた》るほどの露《つゆ》に潤んだ性器が飛び出してくる。

「や……ぁっ……」

「足を抱えていろ」

「……ソ…マさんっ」

「尻のほうまで、よく見えるようにだ。人間かどうか判るかもしれないぞ」

「ふっ……う……」

『人間』と殊更《ことさら》強調して言えば、素直に応じるアオは両足に手を回した。

されるがまま、膝頭《ひざがしら》を体へ引きつけるようにして足を開かせる。

「……あっ、あ…んっ……」

感じやすい性器は、何度か扱《しご》いてやっただけで、手のひらで変化が判るほど硬く張ってきた。敏感なだけでなく、やけに濡れやすい体だ。先走りが多い。愛撫の続きを期待して、もの欲しげに揺れる性器にソウマはもう触れようとはせず、関心は狭間《はざま》へと移った。

「……あぁ…っ」

浅い肉の谷間で震える窄《すぼ》まりへ、滑《ぬめ》りを纏《まと》った指を穿《うが》たせる。異物を拒《こば》もうと中は締まるも、先走りに濡れた指は滑らかで、抵抗はあまり感じられなかった。

「あ…っ、や……まだ、そこ…っ……あっ、はぁ…っ……」

「足から手を離すな。ちゃんと、開いてろ……ああ、そうだ。ここをどう使うかは、もう覚えただろう？　それとも……本当は最初から知ってたのか？」

「しらっ……知らな…いっ……あ、ひ…ぅっ……」

ぬちゅぬちゅと音を立てて抜き差しを始めれば、アオの唇からはもう意味をなさない音しか洩れなくなる。か細く響く声。比較的浅いところにある、内壁の張り詰めたスポットをゆるゆると指の腹で摩《さす》ってやった。あの朝、ひどく感じていた部分だ。

頭を振るアオは閉じた目蓋の縁《ふち》を涙に光らせ、「あっ、あっ」と啜《すす》り喘《あえ》いで、すぐに腰を揺らめかせ始めた。

ソウマの指を飲んだ入口は、快感を受け止めると同時に、幾度もきゅうっと恥じらうようにきつく締まる。

本当に不慣れとしか思えない反応だ。

「……アオ、知ってるか？　どうしてアンドロイドが人に酷似するほど進化したか」

「……しん…かっ？」

「そうだ。最初はＡＩを使って、ペットの犬や案内係を作っていたのが、あるときを境に急激に進化した」

「あっ……ぅ、ん…っ……」

「セクサロイドだ。ロボットが性処理に使えるようになってからは、より人間らしさの追求が加速した。肌の触れ心地、愛撫への反応……ここに、挿《い》れたときの具合も……」

辱《はずかし》める言葉を並べたてながらも、ソウマも息を飲んだ。

体温が低いくせして色づきやすい滑らかな肌も、外見とは裏腹に淫《みだ》らに吸いつく中の反応も、認めたくはなくとも自分の理想どおりだった。

冷ややかな声を作るにも、理性を総動員しなければならない。

「性欲は人の三大欲求の一つだからな。人間を動かすには、シンプルで強い原動力だ」

「あぁ…っ……」

「おまえがこんなに感じやすいのも、もしかしたら名残《なご》りかもしれないな。不感症よりは感じやすいロボットのほうがなにかと使い道もあるだろう」

「や…っ、ロボットじゃな…っ……あっ、あ…っ……やっ、もっとゆっくり…っ……」

穿たせた長い指をリズミカルに動かし、内壁を擦《こす》り立てた。

「人間の男がこんなに尻で前を濡らすか？　まぁ、人が男同士で当たり前に愛し合うようになってだいぶ経つからな。そういう進化が始まっても驚きはしないが……」

「あっ、あ……ぁっ……ふ…ぁっ……」

「……ああ、もう腰がガクガクだな。アオ、気持ちいいか？」

「……ぅんっ……や、そこ…っ……」

「こうすると、前まで響くだろう？　性器の根っこでも中から弄《いじ》くられてるみたいじゃないか？」

「や……や…っ、ソマ……さっ……あっ、あぁっ……そこ、だめ…っ、だめ……あっ、あっ、もう、しな…っ……」

酷《ひど》くいたぶってでもいるかのようだ。しゃくり上げるアオの声が、ドームの天井に反響するように響く。

助けがいるとでも、察知したのだろう。入口からベッドの傍《かたわ》らに白い物体がすいっと近づいてきたのをソウマは察した。

「や…っ、や……こんな…っ、もう……」

「本当に嫌か？　やめたいなら、そう言え」

「ふっ、ぅ……」

二本に増やした指で掻き回してやると、アオの腰は天を突くみたいに激しく揺れ、嫌がるのは言葉ばかりで、実際は射精が近いのだと知らしめる。

「……言えよ。やっぱり俺のほうがいいってのは嘘だろう？」

「ソウマさん…っ……」

「どうする？　やめてほしいか？」

「ふっ……あ…ぁ……」

触れられないまま放置された性器は、もういくらも持ちそうにない。切なく擡《もた》げた頭を揺らし、透明な糸を腹まで垂《た》らして伝わせている。

「……つっ……続けて」

アオは葛藤《かっとう》の間ののち、消え入りそうな声で告げた。

「……なにを？」

「そっ、それ……なか……もっと…っ、続けてくださいっ……そっ、ソ…ウマさんのっ、で……してほしい」

ソウマは黒い双眸を細めた。

愛しさか、得体の知れないものを支配する歪《ゆが》んだ喜びか、判らないままに微笑む。

「キューブ」

ベッドの傍らに佇《たたず》んだロボットに声をかけると、そこにいるとは思いも寄らなかったらしいアオは、ヒッと裸身を竦《すく》ませた。

「やっ……」

「こないだのオイルを持ってこさせるだけだ。なんだ、仲間に見られるのは恥ずかしいのか？」

乱れた息遣い。熱っぽい吐息を零《こぼ》しながらも必死で頭を振るアオに、ソウマはふっと笑った。

キューブに命令を伝える。

「了解シマシタ」

反応は素《そ》っ気《け》なくとも、的確に仕事をこなすロボットは、主人のセックスも快適にサポートすべく、あの朝と同じオイルをキッチンから取ってくる。

ソウマは、身に着けたままの自身の服に手をかけた。

「アオ、俯《うつぶ》せになって腰を上げろ」

「あ……」

「男同士は本来このほうが楽なはずだ」

自ら服を脱ぎながら、アオに命じる。シャツのボタンを外し始めるも、面倒になって途中で放棄し、黒いズボンの前だけを寛《くつろ》げた。

「……ソウマさん、これで……」

「それじゃ全然足りない。もっと高く……アオ、やめておくか？　やっぱり俺がいいなんて嘘だったろ」

「うそじゃない…っ……」

アオは上半身をベッドへ俯せ、ソウマの望みのままに腰を掲げた。尻を高く上向かせる卑猥《ひわい》な格好だ。張りかけのシーツは身の下でぐしゃぐしゃになっており、羞恥《しゅうち》のあまりそれを縋《すが》るように握り締める。

微かに震える指。苦痛を与えたいわけではないのに。自分でもなにを求めているのか、判らなくなってくる。

ソウマは震える白い背に、そろりと大きな手のひらを這わせた。

「……いい子だ」

「ひ…ぁ……」

指を抜き取ったばかりの綻《ほころ》びは、切なくヒクつく。キューブの持ってきたオイルを垂らし、二本の指で奥へと滑《ぬめ》りを運ぶと、歓喜して纏わる中がねっとりと吸いついてくる。

「……挿《い》れるぞ」

ソウマの低い声は掠《かす》れ、いつしか喉がカラカラに渇いていた。

欲望に飲まれているのは、たぶんアオよりも自分のほうだ。

もっと泣かせたい。もっと悦《よろこ》ばせたい。もっと。

――自分を欲しいと言わせたい。

嘘か本当かなんて、考える余裕はとうに失せていた。

ベッドに膝をついたアオの両足を、割り込んだ足で左右に開かせる。差し出すように眼前に曝《さら》け出された狭間へ自身を宛《あて》がうのは簡単で、狙いを定めるまでもなかった。

「あ……あぁ…っ」

なだらかながら大きく張った先端を、じわりとアオの中へ沈める。

「は…っ、随分と熱いな…っ……」

頭を飲ませただけで、ぶわりと快感は溢れた。気持ちいい。軽く入口で揺すり、もっとも嵩《かさ》のある部位で慣らしてしまえば、後を埋《う》めるのはそう難しくはない。

「あ…っ……ソ…マさっ……深い…っ……」

「……ああ、深いな。きついか？　馴染《なじ》むまでゆっくりしてやる」

「ふ…っ……あっ……」

方向を転換して引き返すように、穿たせたものをじわじわと抜き出す。開きっ放しの入口が震えるほど太い切っ先まで戻り、再び時間をかけて中へ。

「あっ、は…ぁっ……ソマ…さっ……あっ、ヘンっ……もうっ、前…っ、あぅっ……」

「……出そうなのか?」

「んっ……あっ、や……触ったら…っ……」

背後から手を回してみれば、アオの性器はシーツに染みを作るほど先走りを滴らせていた。

「シーツ、洗ったばかりなんだがな」

「あっ、あ……ごめっ、ごめんなさ…い…っ……あっ……は…ぁっ」

「謝っても我慢できなきゃ意味ないだろ。どんどん垂れてる」

「あ…っ、も…っ……ソウ…マさっ……もう……」

「……イキそうなのか?」

アオは頷いた。コクコクと首を振り、茶色い髪の頭が揺れる。

「もう少し、我慢しろ。俺はまだ……」

「ふ…っ……うっ、あ……あっ、あっ……」

頷きかけたアオは、不意に腰をガクガクと揺らした。

「もっ、もう……あっ、いくっ、あっ、イク…っ、あっ、ソ…マさっ……あっ、だめ、出…るっ……」

中がソウマを持って行きそうなほど強くうねり、シーツにしがみつくアオの啜り泣きが零れる。

根元を軽く締めつけてやろうとしたが、間に合わなかった。ソウマの手の中でアオの昂《たか》ぶりは勢いよく跳ね、びゅっと白濁《はくだく》を噴いた。

「あ……ぁ……」

自身にとっても予期せぬ射精だったのか、アオは言葉にならない声を漏らし、突っ張らせた身を硬くしている。

繋がれた体を解《ほど》き、一旦アオの体をベッドに仰向かせた。

酷《ひど》く叱られるとでも思ったのだろう。覗き込んだ顔は、快感を享受《きょうじゅ》したばかりの男とは思えない表情で、両目からは壊れたようにポロポロと涙が零れる。

「……アオ?」

「ごめんなさ…いっ……僕だけ、先に……」

失望させたと詫びるアオに、胸の辺りが痛んだ。

罪悪感か、ほかの理由か。ソウマの昂ぶる熱は冷めないままで、むしろ泣き顔にさえも情欲は掻《か》き立てられ、重たくベッドに伸びたアオの足を両腕で抱えた。

柔らかに蕩《とろ》けたままのそこへ、滾《たぎ》ったものを宛がう。

「ソウマさ…んっ……まだっ……まだ、イッたばかりで……あっ、あ…ぁっ……」

ぐぷっと淫猥《いんわい》な音を立てて屹立《きつりつ》を沈めた。

再びいっぱいに咥《くわ》え込まされたアオは、なにかが決壊《けっかい》したみたいに啜り泣き始めた。

「もっ……きつくしなっ……いで……意地悪しないで、ソウマさん…っ……ぼく、僕は……ただ……」

泣き濡れた顔。途切れ途切れの声は、しゃくり上げる呼吸も加わり、聞き取りづらい。

ソウマは低く掠れた声で告げた。

「……いいから、力抜いてろ」

宥《なだ》める意図はなかった。甘い囁きのつもりも。けれど、耳元に吹き込んだ声は柔らかで、自然とそのまま唇を押しつけていた。

耳朶や、涙に濡れたこめかみや、湿った淡い色をした髪の毛にも。

頬に押し当てる頃には、もうキスとしか呼べないものに変わっていた。

「は…っ……ぁん……」

クイと挿れた腰に、アオの上擦《うわず》る喘ぎが零れる。重ね合わせた唇でそれも吸い取り、ソウマはゆるゆるとその身を貫《つらぬ》いた。

もっと酷くすればいいのにと、自分でも思う。もっと壊れるくらいに激しくして、嘘でも本当でも、自分を慕《した》う気持ちなど粉々に砕《くだ》いてしまえばいい。

そうすれば、迷いはなくなる。

計算とは裏腹に、ソウマはアオの快感を引き出すべく、深い愛撫とも呼べる抽挿《ちゅうそう》を繰り返す。

「ふ…っ、ぁっ……」

重ねた唇の間から、吐息が零れる。

ゆったりと奥をノックするような動きは、ちょうどいいのか、アオは感じ入った声を上げ、ソウマがベッドへ押さえ込んだ両手をぎゅっと握り返してきた。

欲望をその身の奥へと放つまで、何度もキスを繰り返した。

達したばかりのはずのアオの性器も、また射精し、放たれた体液に濡れ、ソウマの腹の辺りはひどく温かい。

深く交わっていても、その手や肌はさらりとしていて、そこかしこが冷たいのに中は熱い。

口づけを解《ほど》けば、目が合う。

「ソウマさん、好き……」

まるで覚えたての言葉でも繰り返すように、アオは言った。

「ソウマさん……好き」

ソウマは開きかけた唇を閉じる。

「ソウマさん……？」

出てはこない言葉の代わりに、互いの額をこつりと押し合わせる。その瞬間、ソウマの脳裏《のうり》に聞こえたのは、アオの『声』ではなく、燻《くすぶ》り続ける記憶だった。

『もう少しでロボットしか愛せない男になるところだったんだからな』

『親友』のあの言葉。まるで、廃墟になりかけていた心に棲《す》みついた亡霊かなにかのようだ。

「…………ない」

「え？　ソウマさん？」

「なにも聞こえないんだ」

目蓋を落としたソウマは、額を重ねたままのアオにくぐもる声で告げた。

「おまえからは、なにも…っ……心の声が、聞こえない」


雨の音がしていた。

久しぶりに聞く雨音だ。今年の夏は夕立ちも極端に少ない。南からコーン畑にどんな風が届こうと天気は崩れず、太陽が燦々《さんさん》と輝き続けていただけに違和感を覚える。

真っ青な空に吸い込まれるように上って行くドローン。昨日も出荷で見た光景が、脳裏《のうり》からも遠退《とおの》く。しとしととした雨の打つドームの天窓には、淀《よど》んだ雲の色だけが覗き、床まで届くのもやっとの弱々しい光が射すばかりだ。

普段は日中は開け放しにすることの多い入口の扉も閉じており、ドームは緩《ゆる》く密封《みっぷう》されたみたいな息苦しさに包まれていた。

——こんな日に限ってか。

そう感じるのは、自分が昨晩の行いを悔《く》いているからだろう。

焦《あせ》りや苛立《いらだ》ちをぶつけるようにアオを抱いてしまった。

雨で畑仕事も休みになり、やることもなしにドームで強制的に顔を突き合わせれば、息の詰まる空気に責められている気分になる。

「思ったんですけど……」

やけにのろのろとした動きで口に運んでいた朝食のサンドイッチを、アオはちょうど食べ終えたところだ。先に食事を終えたソウマが、淹《い》れたコーヒーのカップを手にテーブルへ戻ると、考えが纏《まと》まったように問う。

「ソウマさんは、ずっと前から……僕がここに来たときから、疑っていたんですか？」

「……いや、写真を見るまでは」

「でも、前に夜中に僕の脳波《のうは》を測《はか》ろうとしましたよね？」

「あれは……」

ロボットだと疑ったわけじゃなかった。『声』の聞こえない理由を探ろうとしただけだが、もしあのとき脳波を調べていれば、すぐにも異常に気がつけただろう。

言い淀《よど》むソウマはカップを二つ手にしていた。コーヒーを差し出すも、アオは受け取る素振《そぶ》りを見せずに言った。

「測ってください」

「え？」

「そうすれば、はっきりするんじゃないですか?」

真剣な表情と、きっぱりした声音に戸惑う。

「あれは、もうここにはない。キューブに返品させた」

温かな湯気の立ち上るカップをアオの手前に置き、ソウマは溜め息をついた。

「キューブに聞いたのか?」

「聞いてません。知りません、なにも。僕がここにないと知っていて、それで言ってると思ってるんですか?」

「……どうだろうな」

あの夜、脳波を調べ損《そこ》ねた理由。

自《みずか》らの意思で測るのを中止した。けれど、あれは本当に自分の考えだっただろうか。

就寝中に脳波計を頭に装着《そうちゃく》されるという理不尽な状況にもかかわらず、受け入れようとしたアオに後ろめたさを覚え、身を引くように止めたのだ。

すべては、アオの予測の範疇《はんちゅう》だとしたら——

人工知能は、蓄積《ちくせき》した膨大《ぼうだい》なデータからあらゆる可能性をシミュレートし、結果を導き出す。

竜巻の進路さえも読み抜く、正確無比の気象予報と同じ。

判っていたのかもしれない。受け入れる素振り一つで、止めさせられると。

「アマリオ」

ソウマは不意に呟いた。

「え？」

「あの写真のアンドロイドの名前だそうだ。そう呼ばれたことは？」

「いえ、ありません」

いつも慕《した》うように自分を見ていたアオの眼差しが、冷ややかに映る。

「僕は生まれたときから、アオ・ステラブルクです」

「実際に生まれたときの記憶があるわけじゃないだろう？」

「どういう意味ですか？　だからおかしいとでも？　みんな赤ん坊だった頃の記憶なんてないですよね。幼児の記憶だって、ほとんど……」

ソウマは淹れたコーヒーにも手を伸ばさず、覚えた違和感の核心に触れた。

「十五歳のときに事故で冬眠したというのは本当なのか？」

二十歳そこそこの年齢に見えるアオだが、二十歳は生活年齢で、実年齢は三十歳だという。十五歳で医療目的で冷凍睡眠《コールドスリープ》であるハイバーネーションに入った。十年後、十五歳のままの体で目覚め、病気の父親を看取《みと》るまでに五年の歳月が過ぎた。ゆえに体の外見は現在は二十歳
——辻褄《つじつま》は合っている。

けれど、それは現実に起こった出来事なのか。

「ソウマさん……全部、僕の作り話で嘘だと？」

「違う。おまえも、そう思い込まされてるだけじゃないかと言ってるんだ」

「僕の記憶が作りものだというんですか？」

ソウマは今度は否定しなかった。

アオが嘘をついていないとするなら、疑うべきはその記憶ということになる。

違法の今では信じがたいが、昔のアンドロイドは、自分がロボットであるという自覚のないものがいた。『家族同然』が過ぎ、家族そのものをロボットに求める人間がいたからだ。

「自分の記憶を疑ってみたことは？」

「ありません」

「親父さんは、亡くなる前に『禁忌《きんき》を犯した』と言ったそうだな。それはおまえに長い看病をさせたからじゃなく、アンドロイドを目覚めさせたことを悔《く》いてたからじゃないのか？」

本来は、介護《かいご》などの生活サポートこそ、ロボットが得意分野とするところだ。

アオの反応は鈍《にぶ》った。受け入れがたいのか、なにも映さなくなったような目をして、じっとこちらを見ている。

「親父さんは……おまえを一人残すことに不安は覚えなかったのか？　母親は？」

人間ならば、一人息子の将来を案じるのは当然だろう。

「僕が眠っている間に離婚したと聞いています。今どこにいるかは知りません。でも、生活なら、父は家もお金も充分に残してくれましたから」

生活に困ってはいない。

なんでもいいから雇《やと》ってほしいと、職を求めてこの家にきたのと矛盾しているが、最初から金銭に興味がないのは薄々判っていた。

「引っかかるのは、親父さんの言動だけじゃない。車を運転していたってのも、現実的じゃないだろう。普通、システム制御《せいぎょ》の道しか走らないからな。俺やエリオがここへ走らせているのは……私有地だからだ」

最も近い街、スプリングシティから東側はソウマの土地だ。ドームを中心に、半径八十キロ。誰のものでもない土地なんて、この地球上にはもうほとんど残っていない。月や火星でさえ、区分けされて、地価高騰《こうとう》だのとニュースになる時代だ。

言葉少なになるアオは、突然スイッチでも入ったかのように口を開いた。

「ソウマさんは、どうして僕をロボットだと思うんですか?」

これまでの会話を無に帰《き》する言葉に驚く。

「写真やスリープや父の行動のせいだけじゃないと思います。僕は……少し普通の人と違うのかもしれません。学校にも通わず、目覚めてからもケアスクールにも行かず、父とほぼ二人だけで暮らしてましたから。でも、いくら僕がヘンだからって、ロボットだなんて……」

まるで堰《せき》を切ったみたいな勢いだ。思いの丈《たけ》をぶつけるように、アオは問い質《ただ》した。

「ソウマさんが、そこまで疑う理由はほかにあるんじゃないですか?」

ソウマは不意を突かれ、言葉を失った。

「聞こえないって、なんですか？　昨日、ソウマさんは言いましたよね。『心の声が聞こえない』って」

「それは……」

「ぼうっとしてたから、聞き間違いかと思ったんですけど……やっぱり、そう言われたとしか思えなくて」

あの後、アオはなにも言わず、気に留めなかったのだと思い込んでいた。

応《こた》え合ったのは、互いの荒くなった息遣いだけ。繰り返した吐息と、汗ばんだ額を夢中になって押しつけた感触を、覚えている。

あのときなにもかもが、一瞬些末《さまつ》などうでもいいことのように思えた。

今も。

「言葉のとおりだ。心の声が聞こえない。アオ、おまえからだけいつも聞こえないんだ」

ソウマは体裁も整えずに告げた。

「……え？」

「俺には人の考えていることが判る。察しがいいとかじゃなくてな。もう十年近く前、ラボを辞める少し前から……ずっとだ。二十四時間、三百六十五日、休まずずっと」

予想だにしないであろう言葉。アオは身じろぎもせず、両目だけをゆっくりと瞬《まばた》かせた。

「そ、それって……ソウマさんの研究は進んでいたということですか？」

以前、ラボでは人の思考を読み取る研究をしていたと話した。

「研究は関係ない……いや、もしかしたら、まったくないわけじゃないのかもな。思考を読む研究をしていた奴が、『ある朝目が覚めたら、突然心の声が聞こえるようになりました』なんて笑える」

自嘲するぐらいしかできない。実際、フッと笑いまでもが零《こぼ》れる。

「でも、俺には結局判らなかった。因果《いんが》関係も、聞こえる理由も。はっ、本当に呆れた話だ。たかが通信技術《ヴォイス》で『心を読む技術を開発した』なんて持《も》て囃《はや》されて、いざ本当にその研究を始めたら、結果も出せず、とり憑《つ》かれたみたいに『声』だけが聞こえるようになったなんて」

独り芝居でもやっているような気分だった。

受け止めるだけで精一杯に違いないアオは強張《こわば》る表情で、ただソウマを見つめ返している。

「心の声なんてありえないと思うか？」

「……判りません。信じがたいのは確かです」

「エリオでも呼んで試してみるか？　あいつは考えに裏も表もないから、聞いても無意味なことが多いけどな」

「エリオさんは知ってるんですか？」

「昔、勢いで話したことはあるが、酔っぱらいの戯言《ざれごと》ですませられた。それっきり……ほかは誰にも話していない。だいたい、心の声が聞こえるなんて、信じたら自分の考えていることもすべて筒抜けだって認めなきゃならなくなるからな。みんな嫌だろうよ、そんなこと」

「……それが、僕だけ聞こえないと言うんですか？」

アオは戸惑いにバラバラになりそうな思考を掻《か》き集《あつ》めるように、ゆっくりと言葉を並べた。

「そうだ。今も聞こえない。おまえからはなにも……ただの一度も」

「ソウマさんは、その理由を僕がアンドロイドだからだと思ってるんですね」

「……そうだ」

これまで散々断定的に語っておきながら、ソウマは躊躇《ためら》いがちに頷いた。

人であることを否定しただけじゃない。

「もしかして、一緒に住んでくれたのも……最初から、そのためだったんですか？　あの脳波計も」

「理由が知りたかったんだ。俺もこの状態から解放されたい。いくら慣れたとはいえ、九年間ずっとだ。エリオには人間不信だって言われてる。それが……おまえは違った。アオ、おまえといるときは昔の自分に戻れたような気もして……」

皮肉な話だ。特異な存在であるはずのアオといる間だけ、普通になれた。

「アオ？」

「判りました」

いつの間にか、こちらを見ていたアオの視線がテーブルに落とされていた。

「普通ではなかったからなんですね。最初から。ソウマさんが僕に関心を持ってくれたのも、一緒に過ごして……優しくしてくれたのも」

もう一度『判りました』と静かに繰り返し、立ち上がる。ソウマも『アオ』と繰り返したが振り返らなかった。

キッチンの奥のドームに引っ込み、まごつくことを知らないキューブがいつもの音声で問う。

「コーヒーハドウシマスカ？」

テーブルに残ったアオのカップを、運ぶべきかの確認だ。

「いい、忘れたわけじゃない」

ソウマは答えた。アオは追いかけて「どうした？」と問われるのを、望んでいるわけじゃない。そもそも、アンドロイドの望みとはなんだ。

味も判らないままズッとコーヒーを飲み、半分ほど減ったところで結局立ち上がった。

なんの物音も伝えてこないキッチン奥のドアをノックする。反応はなく、扉を開けてもアオの姿はなかった。入ってすぐの壁際のベッドにも、棚の並んだ倉庫の部分にも。

動く者の気配はなく、代わりに湿った空気の流れがソウマの黒髪を撫でる。

「……アオ」

外へ向かう奥の扉が開いていた。向かおうとして、なにかを足先で蹴飛《けと》ばす。つるりとした石床を滑《すべ》るように転がったのは、丸いガラスの物体だった。

一夜のピクニックで使ったカーバイドランプだ。

あの夜が、随分昔のことのように感じられる。美しい星空と、燃えるランプの明かりと。隣には、他愛《たわい》もない話をした白い横顔。時折、はにかんだように笑ったりもした唇が頭にチラつく。

表は日がだいぶ高く上っているとは思えないほど薄暗く、仰げば灰色の空は重くぼんやりと霞《かす》んで見えた。止《や》む気配もない雨の中へと、ソウマは倉庫にあった古い傘を手に歩き出した。

アオを見つけたのは、コーン畑だった。

背丈を越えるほど真っ直ぐに伸びたスイートコーンの壁は、身を隠すにはちょうどいい。

収穫期も終わりにさしかかり、てっぺんの茶色に変わった雄穂《ゆうすい》が雨を重たく吸ったように垂《た》れる。ピンと張った緑の葉は、雨音を冴《さ》えない音楽に変えるかのように、そこら中でバタバタとなり続けている。

ソウマは、アオの横顔を目にした。

傘も差さず、俯《うつむ》き加減に緑の合い間に立ち尽くす横顔。遠目であっても、泣いているのが判った。

声も立てずに泣くアオは、左手の甲でぐいと顔を拭《ぬぐ》う。

「あ……」

畑の中へ飛び出そうとして、ソウマの足は止まる。

多くのアンドロイドがこの世界から消えた理由。人の形をしたロボットが何故禁じられ、顔を持つことも、名で呼ぶことも許されなくなったのか。

ソウマの心はたった今、その答えを思い知らされた。

胸が苦しい。心がグラグラに揺さぶられる。

その涙を、作りものだと認識することは不可能に等しかった。


幼い頃、ソウマには変わった友達がいた。

この世のあらゆる事象に心奪われ、物心ついてすぐから研究の真似事を始めたソウマに、普通の友人はできづらかった。

ソウマの友達は、仮想世界の住人だった。

通信機器のコールを模《も》したオモチャの中にいた。普通のオモチャは、すぐに飽きるどころか触れる前から仕組みを理解し、興味すら持てなかったソウマがどういうわけか気に入った。

コールをすると、ピンク色のウサギのラディが『ハロー』と姿を現わす。

デフォルメの効いた可愛らしいウサギに、三歳のソウマが真顔でした質問は、『何故ピンク色なのか?』だった。ピンクの動物の代表格といえばフラミンゴだが、野生下ではβ《ベータ》カロチンの豊富な藻類《そうるい》の摂取《せっしゅ》が原因で、ウサギの食べるニンジンにも体色に影響するほどのβカロチンが含まれているのかと思った。

『ピンク色でいたいから』

ラディの返答に、小さなソウマは黒目がちな眸《ひとみ》を二、三度瞬《またた》かせ、「そうなんだ」とだけ応えた。論理的とは言いがたい答えにもかかわらず、何故か納得させられた。

『そうありたいから』

動機づけで現実のウサギはピンクにはならないだろうけれど、仮想世界のペイントのウサギが変わるには充分だ。

ラディはよく喋り、よく学習し、ソウマを理解して本当の友達のように振る舞った。そこらのロボットのAIよりもよほど優《すぐ》れていた。実在すればロボットだが、仮想現実ではただのピンクのウサギだ。規制の対象にはならない。

毎日コールし合った。この世にいないはずのフラミンゴ色のウサギは、この世にいないながらもどこかに存在しているかのようだった。

最後の会話はいつだったのか。

ソウマは覚えていない。いつしか大人顔負けの研究に没頭《ぼっとう》するうち、オモチャのコールを手に取ることもなくなっていった。

今も、あのオモチャがどこかに眠っていたなら、ウサギはコールに応答するだろうか。

『ハロー、ソウマ。ごきげんいかが？』

いつものように。

――何事もなかったかのように。

『出て行ったって、どういうことですか⁉』

テーブルに放ったバンドからは、焦《あせ》った男の声が大きく響いた。

リビングのドームの殺風景《さっぷうけい》な壁には、ピンクのウサギではなく、パーティで会った老齢の男の姿が映し出されている。

エイベル・スミス。ソウマは受け取った資料の返事をのらりくらりと先延ばしにしており、ついに男のほうから業《ごう》を煮やして連絡が入った。

「元々、この家にいつまでもいると決まっていたわけじゃありませんしね」

ソファに腰を掛けたソウマは応《こた》える。

アオは、この家を去った。

もう一週間ほど前、コーン畑で泣いていた翌日だ。

どういうつもりか現れたときと同様に真っ黒な喪服姿に戻ったアオは、キューブやドットに見送られ、空のタクシーである小型ジェットで去った。

熱風と舞い上がる砂ぼこりに、鶏《にわとり》たちさえもが激しく騒いで、抗議だか見送りだか判らない鳴き声を上げる中、ソウマだけが無言だった。

かける言葉があるはずもない。

自《みずか》ら追い詰め、追い出したようなものだ。

『そんな……じゃあ、彼は今どこに？』

絶句したのち、エイベルは問う。

「……知りません。行く先は確認しませんでしたから」

『し、知らないって、大変じゃないか！　どうして急に……もしかして、彼は君がアンドロイドだと気づいたのを知って、それで逃げたんじゃないのかっ？』

「いや、べつに逃げたわけじゃ……」

男がどうしてこれほどアオに関心を持ち、動向を知りたがるのか判った気がした。

おそらく、アンドロイドを今も危険な存在とみなしているのだろう。平和を脅《おびや》かし、何事かが起こると危惧《きぐ》している人間は少なくない。

煙《けむ》に巻くように判らないの一点張りのソウマに、男はなおも訊ねた。

『そもそも、彼はどうして君の元にきたんだ？』

ソウマには本当に判らないことだった。


季節の移ろいを告げるように、曇天《どんてん》の日が急に増えた。

雨は降らなくとも曇《くも》りがちなせいで湿度が高く、畑仕事はじわりとした汗が不快だ。しゃがんだ動きだけで、こめかみから顎《あご》へと伝い落ちる。

「ソウマ、飲料ヲ取ッテキマシタ」

ソウマは白いTシャツの袖《そで》をグイと引き寄せ、無表情に汗を拭《ぬぐ》いながらキューブのほうを振り返った。

「ああ、もうそんな時間か」

十時だ。時計などない畑の真ん中であってもキューブは正確で、昨日も今日も運ばれる時刻に変わりない。

一本きりに戻った銀色のボトルも、もう見慣れた。

なにもかも、アオが来る前の日常へ戻ったにすぎない。日の出前に起床し、午前中を中心に作物の世話をして、残りの時間はデイリーニュースや本を読み、何度見たか判らない映画の鑑賞に費やし、食事はフルオートの調理機任せ。ルーチンワークのように日々をこなす。

まるで折り癖のついた生地だ。生活が元に返るのは簡単だった。料理は面倒になり、暇つぶしにも作らなくなったせいで、野菜はさらにもたつく。

収穫もせずに腐るに任せてしまっているものもあった。そろそろ秋野菜の植え付けを考える時期だが、日に日に緑の輝きを失う畑を横目に、昼にはドームへと帰る。

キューブ相手の独り言も減り、ドームは静かになる一方だ。

久しぶりに賑《にぎ》やかになったのは、昼食の後だった。リビングのソファへ移動し、淹《い》れたコーヒーのカップに口をつけようとしたそのとき、嫌がるタイミングを計ったかのようにエリオからコールが入った。

壁面に映し出された男は、いつものニヤけた面構《つらがま》えで、映像越しでも決まり文句を言う。

『相変わらずか、嘆《なげ》かわしいな』

「用がないなら切るぞ。俺は機嫌が悪いんだ」

『つれないねぇ、ドクター。出張先からわざわざかけてやってるってのに』

エリオはブルーにも見える紺色のスーツ姿だった。高級ホテルのラウンジのような背景は、こちらは真昼間にもかかわらず窓に夜景が広がる。

出張帰りの空港だとエリオは言った。

国内でも海外でもなく、月だ。静かの海にある宇宙空港で、二十世紀に人類が月面着陸に成功した場所は、今では主要な月の玄関口。日に何本も宇宙船が行き交う。土産の定番はフルムーンサブレにハーフムーンゴーフレットと、そこらの田舎町と変わりない。

『アオくんがいなくなって、そろそろ淋しがってる頃かと思ってな』

アオにもコールをしたのか、出て行ったのを知っているらしい。

驚きはなかった。深刻とは程遠いいつもの顔からして、理由までは伝わっていないのだろう。

「月まで行って他人の心配か。ほかにやることはないのか」

『ビジネスで来ただけだしねぇ。それほど刺激的な場所でもないしな。それより、おまえにはがっかりだ』

「……なにがだ」

『惚《とぼ》けるなよ。こないだ遠慮してやったのは、大間違いだったか』

車で送った夜のことを言っているのだろう。

ソウマは努《つと》めて表情は変えずにカップを口へ運ぶ。

『アオくんのなにが気に入らないんだ。百戦錬磨のテクニシャンなんて、おまえの好みじゃないと思ってたけどな』

コーヒーを噴きそうになり、どうにか堪えた。

「テクニシャンって……」

『気に病《や》んでるみたいだったからな。「僕が未熟で技術が身についていなかったんです」って、真面目すぎて農機具の話かと思ったね。可愛いじゃないか。綺麗で可愛いなんて、最高だ』

「勝手にそう思っていればいいだろう」

『勝手にねぇ……まぁ、それでもいいが。アオくんの居所は知らないのか？』

ソウマは惚けるつもりはなく答えた。

「たぶん家だろう。家も金も、父親が充分に残してくれたと言っていた」

『まさかそれで追い出したのか？』

「かもしれないな、もう切るぞ。居場所を知りたいなら、アオに直接聞けばいいだろう。俺にコールするくらいなら……」

『知りたいなんて言ってない。その必要はないしねぇ。俺は、おまえは知ってるのかと確認しただけだ』

ソウマは逸《そ》らしていた視線を壁のエリオに向けた。

「……どういう意味だ？」

「べつに。言葉どおりだよ」

意味深に言い、エリオは微かに笑った。

食い入るように見ても、心の声は聞こえない。月なんて途方もなく隔《へだ》てられた距離のせいではなく、たとえ隣室であっても通信を介せば『声』は聞こえなくなる。

「ああ、そろそろ出発だ。もう切らせてもらうよ。土産も買ったし、早く家に帰ってやらないと」

立ち上がる男は、サブレの袋を掲《かか》げ見せる。広大な邸宅は使用人が山ほど出入りしているが、束縛を嫌って結婚も同棲もしない主義のエリオは、ずっと一人暮らしのはずだ。

「エリオ……」

ソウマが言葉をかける間もなく、通話は切れた。殺風景な白壁に戻った空間を、どのくらいか無意味に見つめ、ハッとなったようにコーヒーを飲む。

ようやく落ち着いて飲めたにもかかわらず、求めるものが違っていた。

与えられたストレスに、昼間から強い酒が飲みたくなった。


エリオがスイッチを入れてくれたおかげで、翌日から昼も仕事が終わると飲みたくなった。アオがエリオの元に行っていようと、自分にはもう関係がない。そう思うも、いちいち頭で確認をするということは、理解と納得が別物だからだ。

一週間と経《た》たないうちに、仕事の後は冷えたビールに手を伸ばすのが習慣になった。意欲を失ってしまえば開店休業、昼間っから終わったことにもできる農作業はまるでストッパーにはならない。

「そういや、仕事でもないしな」

向こう千年生活に困ることもないソウマの農作業は、趣味のようなものだ。

夜になると、ちびちびと飲むのはスコッチウイスキーに変わる。

「キューブ、暇なら晩酌《ばんしゃく》の相手でもするか？」

ソファの傍《かたわ》らに佇《たたず》むキューブは、どんな表情も浮かべやしないが、じっと寄り添われると咎《とが》められている気がしてならない。

「所要時間ハドノクライデスカ？」

融通《ゆうずう》の利かないロボットだ。いつだって現実的に検討してみるキューブに、ソウマは苦笑し頭を巡らせた。

「所要時間って……まぁ、好きなだけとしか。昨日は夜中まで飲んでたっけな。気がついたら日付も変わってて」

満足したというより、酔い潰れた時刻だ。

「スミマセン、該当ノ時刻ハ作業《タスク》ガ入ッテイマス」

「タスク？　夜中に仕事なんて頼んでないぞ。間違いじゃないのか」

「重複デキナイタスクデス。ゴ容赦《ようしゃ》クダサイ」

ソウマは困惑するも、キューブの返事に迷いはなかった。

アオがいなくなり、深夜の非公開《プライベート》の時間は消えた。今更、新たな設定を入れる者もおらず、キューブの勘違い以外にありえない。

ロボットのミス、すなわち不具合。だいぶ以前から、反応が鈍《にぶ》ったりと寿命の兆候《ちょうこう》が表れてきている。耐久年数をあえて短く設計されたロボットは、これまでの八台の『キューブ』と同じく、もうまもなく動かなくなるに違いない。

——九台目も。

幾度となく繰り返してきた廃棄処分にもかかわらず、見た目も性能もさして変わりないロボットを前に浮かない気分になる。

酩酊感《めいていかん》を覚えるソウマの目には、その白いボディに、いつかアオが赤いペイントで描いた顔が見えるような気がした。

——ああ、ケチャップだ。

ピクニックのあの夜。

「判った、晩酌はいい。もう休んでろ」

「承知シマシタ」

視線を戻した左手のロックグラスの中で氷がカラリと音を立て、キューブは音もなく充電スポットへと移動した。

そもそもロボットと晩酌なんて、本気で言ったわけではない。アンドロイドのように飲食ができるわけでもなく、せいぜいいつもの配膳係《はいぜんがかり》を務めるくらいだ。

今夜こそ、深酒にならないうちに止《や》めようとも思っていた。しかし、新たに開けたスコッチはエリオからもらった高級品で、独特の重くスモーキーなピート香は癖になる。

ついまた飲みすぎ、気づけば昨夜《ゆうべ》と同じくソファで眠り込んでいた。

堕落《だらく》を自覚させられるような目覚め。起きたのも自発的ではなく、起こされたためだ。

「ソウマ、タスクノ時間デス」

キューブは揺さぶったりはしない代わりに、鳴り続ける目覚まし時計のベルのように繰り返す。

「タスクノ時間デス」

「……ん?」

ソウマが重い目蓋《まぶた》を抉《こ》じ開け、呻《うめ》きを漏らせば満足げにすいっと離れた。

俯《うつぶ》せの息苦しさに顔を起こすと、キッチンのカウンターの手前に、鈍く光を反射する見慣れないものがあった。こんなところに出した覚えも、出す予定もないものだ。

銀色の短冊《たんざく》状の音板《おんばん》が、無数に鍵盤として並んだ楽器。いつだったか、倉庫で偶然見つけた鉄琴《グロッケン》だ。

「これは、どういう……」

問う間もなく、踏み台のようにやけに低く設置された鉄琴の向こうへキューブは回った。

白い天板を開かせ、いそいそとした動きでアームを伸ばす。

まるで指揮者が厳《おごそ》かにタクトを構えるような仕草だ。

二本のマレットを使わずとも、キューブが打てばキンと突き抜けるような高い音が鳴った。

最初はドの音。続けてドレドファミ。ドドレドソファ——ぎこちなく始まったメロディはすぐに滑《なめ》らかになり、ドームの天井に反響する音にソウマは目を瞠《みは》らせた。

誰もが知る曲だ。今も昔も、世界中でもっとも歌われているとされる祝福の歌。

ハッピーバースデートゥユー。

八月の終わり。日付が変わって始まったばかりの今日は、ソウマの三十歳の誕生日だ。

呆然と見つめるソウマの前で曲は二巡目に入り、演奏にはドッドまでもが加わった。連弾《れんだん》になる。銀色の音板の上で、跳ねる無数の銀の球。高く、低く。水たまりを打つ雨の雫《しずく》のような動きで、澄んだ音を奏《かな》でる。

すべてが奇妙な夢でも見ているかのような光景だった。

五一二個の球体で成り立つクラスターロボットであるドットは、結合により自在に形も変える。曲の終わりにはコロコロと床を転がり、アルファベッドの文字を描いた。

『HAPPY　BIRTHDAY　SOUMA!』

誕生日を祝うメッセージが現われ、ソウマは身動《みじろ》ぎさえも忘れてそれを見た。

「……アオ」

キューブらには、自発的に主人の誕生日を祝うような機能はセットされていない。誰かが、タスクを入れておいたかは明らかだった。

そして、それがこの家を去る間際に突発的に用意されたものなどではなく、時間をかけて準備された『計画』であったことも。

「キューブ、非公開の時間はこれだったのか?」

キューブは答えず、録音されたメッセージを再生するように告げた。

「誕生日オメデトウゴザイマス、ソウマサン」

普段どおりの抑揚《よくよう》のない音声ながら、『さん』づけのせいかアオの言葉に感じた。

ソウマはバッと立ち上がると倉庫へ急ぎ向かった。

勢いよく扉を開き、ドームを見渡しても、アオが暮らしていた痕跡は壁際のベッドぐらいしかない。最初から、荷物は極端に少なかった。

ソウマはそれでもなにかを探さずにはいられず、畳まれた布団やカバーを捲《めく》った。ベッドと壁の間に、一枚の紙が滑《すべ》り落ちるように挟まっており、見ればバースデーソングの楽譜だった。

極短い曲だろうと、ロボットに演奏させるのは容易ではない。キューブは歌えない。楽器を弾《ひ》く能力もない。人と慣れ合わないよう、コミュニケーション能力は制限されている。

それでも、打楽器は叩けば音になる。一音一音を繋げれば、メロディが生まれる。叩く音板、時間の間隔《かんかく》、気の遠くなるような手間だが、すべて指示をして覚えさせれば『弾く』ことは可能だ。

楽譜にはびっしりとメモが書き込まれていた。曲の始まりから、次の音を打つまでのコンマ数秒単位の時間も、すべての音符に添えられている。

「あ……」

言葉にもならず、ただ楽譜を握り締めたソウマは脱力してその場に腰を落とした。ベッドに座ろうともせず、床へ。なにも考える余裕がなかった。

アオのこと以外は。

計画は陰謀などではない。毎夜、アオがロボットたちを集めて行っていたのは、自分の誕生日を祝うための演奏の練習だったのだ。

秘密にして、少し驚かせたかっただけの他愛《たわい》もないサプライズ。友人や恋人ならば珍しくもない——アオはただ、自分と普通に恋人になりたかっただけではないのか。

それ以外の理由を示す痕跡などなにもない。

なのに、自分は——

言葉が思い起こされる。ジャレッドと呼ばれて拒絶した際の、アオの淋しげな表情。

「ソウマ」

キューブの声が傍らから響く。

ソウマは無意識のうちに楽譜を強く握り締めていた。グシャグシャになるほど握り、顔を埋《うず》める。酒臭い息に眉を顰《ひそ》める余裕などなく、呻くような声を上げた。

「……くそ…っ」

アルコールで感情の制御が効かなくなっているのか、驚くほど簡単に涙が零《こぼ》れた。目頭《めがしら》が、頬が熱を持つ。

ソウマは生まれてからほとんど泣いた記憶がない。涙は情動により副交感神経が活発に作用した結果で、流したところで問題は解決しないからだ。人だけが感情により涙を零す。人だけが、いつも無駄なことをする。

合理性を追求するあまり情動を否定する自分のほうが、ロボットよりもよほど人間味に欠け

ている。

「ナニカ、オ手伝イデキマスカ?」

キューブの言葉に、俯《うつむ》いたソウマは首を振った。

「……大丈夫だ。悪い、ちょっと気が昂《たかぶ》ってしまっただけだ」

「昂ッテイルノデスネ。気持チヲ落チ着ケマスカ?」

キューブは思わぬ返答をした。

家のどこかにある気分を晴らすサプリでも探しに行くのかと思いきや、唐突に数字を読み上げるように言った。

「2」

「……キューブ?」

「3」

カウントにドキリとなる。ついに故障したかと白いサイコロのようなボディに慌てて目を向けるも、そうではなかった。

「5、7、11、13、17」

すぐにソウマは理解した。

素数だ。

「19、23、29、31、37、41、43、47」

そう言えば以前、特技は素数と答えたキューブに、アオが言った。子守唄や、気持ちを落ち着けたいときに役立ちそうだと。

「覚えてたのか……」

戸惑う間も、キューブの声は途切れず続いた。

「53、59、61、67、71、73、79、89、97、101、103、107、109、113、127……」

ドームの丸窓から覗く夜空のように深く、果ても終わりもない、どこまでも続く数字の羅列《られつ》。

飽きることも、疲れることも知らないロボットは、ソウマの隣でただひたすらに素数を語った。

ソウマは止めようとはしなかった。聞き続けることに支障はない。

一人きりの夜は長い。

どうせ時間だけはたくさんある。

『だってソウマさんはすごく淋しい人だって判ったから』

誕生日のサプライズをアオが止《や》めようとしなかった理由。あの言葉の意味が、今ようやく判った気がした。

落ちつけるはずのキューブの素数にも、涙だけは静かに溢れ続けた。

夜明け近くまでアオの部屋で過ごし、うとうととした眠りについた。素数は、結局五ケタを超えるまで聞いていた。

目覚めたのは日も高く昇ってからで、頭も目蓋《まぶた》も重いものの気分は悪くない。

「また気が滅入《めい》ったら数えてもらうのもありか？」

素数効果か、その日は昼食の後もアルコールは一滴も飲まず、午後からも健康的に農作業に勤《いそ》しんだ。

夕方、家に戻ると、カウンターの手前に出したままのものに気がついた。

屈《かが》んで触れた鉄琴《グロッケン》はひやりとしている。

冷たくて、気持ちがいい。柔らかさはまるでないのに誰かの肌を思い出しかけ、突然キューブが上げた声にドキリとなった。

「車ガキマス。車ガキマス。ゴ注意クダサイ」

いつもどおりエリオの車かと思った。

しかし、キューブはその後に続くはずの番号を言わない。

「ナンバーは？」

「車両情報ノナイ車デス。ゴ注意クダサイ」

「情報がないって、そんなまさか……」

キューブが受信しているのは衛星システムからの情報だ。一般車両はすべてシステムに識別番号や所有者を把握され、位置情報を発信している。

識別番号を公開せずに走る車は、警察などの限られた特殊車両だ。

一つの可能性が頭を擡《もた》げた。

やがて鶏《にわとり》たちの騒ぐ声が聞こえ、開け放った戸口から二人の男の姿が覗いた。特に制服のようなものは着ていない、普通のスーツ姿の中年の男たちだ。

「ドクター、突然失礼します。我々は、国際平和安全保障局の者です」

初対面ながら、ソウマを見るとハッと緊張した面持《おもも》ちで『ドクター』と声をかける男たちは、身分証を提示した。

国際平和安全保障局。通称、保安局と呼ばれる組織は誰もが存在は知りながらも、所在地は地図上になく、まして親戚が就職したなんて話も聞かない活動の秘密めいた機関だ。

「そちらにいたアオ・ステラブルク氏について伺いたいのです」

手詰まりになったエイベルが、ついに保安局に情報を流したに違いない。

確認したいことがあり捜していると告げる男たちに、ソウマは自《みずか》ら「アンドロイドですか?」と切り出した。

アオは自宅にはいなかったらしい。保安局がどれほど優秀な機関か知らないが、対人ではソウマの情報収集力には敵《かな》わない。なにしろ、『声』が聞こえる。

ドーム内を見せて欲しいというので、ソウマは嫌な顔も見せず案内し、他愛《たわい》もない雑談を振りつつ状況を探った。

帰ろうとする男たちを、日暮れの空の覗く戸口で引き留めた。

「スイートコーンはお好きですか?」

「……え?」

謎の暗号でも投げかけられたような奇妙な顔で二人は振り返る。

「いや、趣味で栽培してるんですが、食べていきませんか? 育てすぎて余って仕方がないんです。なんなら、土産に持って帰ってもらっても」

「我々は、ものをもらうわけにはいきませんので」

「じゃあ、食べていってください。あと、お尋ねの彼ですが、たぶんコールすれば戻ってくるでしょう」

「えっ?」

「私にはよく懐《なつ》いてますんで」

ソウマは意味深に笑む。

「彼とはどのような関係で……」

途端に下世話な想像を巡らせ始めた男たちをリビングに戻し、テレビの賑《にぎ》やかな映像を壁面に映し出した。

「誰かいるのを知られると警戒されそうですから。あちらで連絡してみます。ちょっと機嫌を取るのに時間がかかるかもしれませんが……実は、アレで出て行ってしまったんです」

『痴話ゲンカ』『浮気』『性の不一致』、勝手な理由を男たちは思い浮かべる。ソウマはキッチンの奥のドームに向かい、キューブに声を潜《ひそ》めて命じた。

「キューブ、あいつらにコーンを食わせて、適当にお喋《しゃべ》りをしてろ。趣味とか特技とか、いろいろ訊くんだ。困ったら素数でいい」

「了解シマシタ」

任務の重大さにかかわらず、キューブはマイペースに応《こた》え、ソウマはリビングに戻る白い姿を見送る。

自身はコールをするのではなく、裏口から表に出た。


スプリングシティに入ってすぐのところで乗ってきた車はパーキングに停め、放棄した。車の動向はすべて国家の手のひらの上だ。システムに制御《せいぎょ》を任せる自動運転では、流れに乗って走行しているつもりが、そのまま保安局のお望みの場所へ運ばれないとも限らない。知り得た情報からすると、アオが見つかるのは時間の問題だった。

出し抜きたければ急ぐしかない。

タクシーに乗り、街の中央部へ向かった。富裕層ばかりが暮らす地区で、ソウマの目的地は区画をいくつも跨《また》ぐほどの敷地と、美術館や博物館のような外観を持つ豪邸だ。

「随分、遅いお越しだな。あれから何日経《た》ったと思ってるんだ。もう土産のサブレも食べ尽くしたぞ」

広間のような吹き抜けの玄関口で、出迎えの黒い球体ロボットの案内を無視して中へ入ろうとしたところ、エリオが姿を現わした。

『今頃来てどういうつもりだ』

自宅であっても革靴に小奇麗な身なりの男は、不機嫌そうな『声』を響かせる。

「エリオ、帰ってたのか。まだ仕事かと」

「いないと思っているのに、入るつもりだったのか？」

「悪い、急用なんだ。用はおまえじゃなくて……」

人の気配を感じ、ふと顔を仰《あお》がせた。吹き抜けの二階、バルコニーのように張り出した手摺《てす》りに手をかけ、整った顔立ちの男がこちらを見下ろしている。

久しぶりに見る顔に、自然とホッとしている自分がいた。

「……ソウマさん」

「アオ！」

立ち竦《すく》んだように動かないアオに叫ぶ。

「来い！　アオ、おまえを探しにきたんだ！」

緩《ゆる》やかなカーブを描いて伸びる階段へ向かおうとすると、エリオの伸ばした腕に遮《さえぎ》られる。

「今更なんの用だ。おまえのチャンスタイムはとっくに終わってる」

「エリオ、事情が変わったんだ。今はとにかく時間がっ……」

『このノロマが。来るのが遅いんだよ』

辛辣《しんらつ》に響く男の『声』。険《けわ》しい表情を、エリオはすっと緩めて言った。

「一人じゃ心配だから、うちにおいでって誘ったんだよ。まぁ、俺も主義を曲げてまで家に住まわせるからには、無償でってわけにはいかないけどね」

ソウマがアオを探しにきたのは、純粋にその身を案じたからのはずだった。

なのに、エリオの言葉に心が波立つ。突き放したのは自分のくせして、勝手なことを言うなと苛立《いらだ》つ。

「なにが言いたいんだ?」

挑発に乗せられるなと思いつつも、口を開いていた。

身長の変わらない男の金髪頭が近づく。黒髪のソウマとは性格も髪色も対照的な男は、露悪《ろあく》的《てき》に耳元に吹き込んだ。

「サブレは食べ終わったって言ってるだろ。デザートの前に、メインディッシュはしっかり味わったに決まってるだろうが」

「おまえ……」

「アオくんのおねだりで、マニアックな道具も用意したところだしな。そういや、俺が昔誕生日にやったアレもアオくんに使ったんだって？　新しいオモチャも気に入ってくれるといいけど……」

　勝手に体が動いた。

　沸き起こる感情を、ソウマは上手く言葉にできず、代わりにエリオのシャツの胸ぐらを掴み上げた。自分でも、どこにこんな激しさを潜めていたのかと思うような衝動だった。

「く……苦しいんだが？」

「……エリオっ！」

『ほらみろ。これがおまえの本心だ』

　パッとひらめくように響いた『声』。ソウマはぴたりと動きを止める。振り上げた右の拳《こぶし》を引っ込めながら、自分がなにをしようとしていたのか理解した。

「……ソウマ？　なんだ、殴らないのか？　待ちに待った姿が見られるかと思ったのに」

「待ちに……待った？」

「ああ、天才が凡人に落ちてくる瞬間だよ」

『恋に狂ってね』

　ソウマは何事か言おうと口を開きかけたが、今はそれどころではない。

「事情は後で話す。時間がないんだ。俺がここにきたのは、保安局にはすぐ知れる」

「保安局？」

「追われてるんだ」

ニヤついていた男の表情が途端に強張《こわば》る。滅多にない真顔を見せるほど、真っ当に生きていれば関わりのない機関だ。

「テロでも企《くわだ》てたのか？　そういう話なら、俺は関わらんぞ」

「違う。追われているのはアオだ」

エリオは変わらず理解不能の表情ながらも、アオは話を察した様子で、階段をこちらへ向け降りてきた。

「ソウマさん、僕は……」

「行くぞ、アオ。エイベル・スミスが保安局におまえのことを通報した。ここにいたら危ない……」

呆然と突っ立つ男の華奢《きゃしゃ》な腕を引っ掴む。手繰《たぐ》り寄せるようにして、その手をぎゅっと握りしめた。

急ぎ連れて出ようとするソウマを、再び伸びたエリオの長い腕が遮る。

「手と手取り合うのは結構だが、徒歩で逃げるつもりか。車を使え。名義がおまえの車じゃなけりゃ、少しくらい時間が稼《かせ》げるだろ」

『ナンバーXA、87885。応答しろ、裏口へ行け。東の通用口だ！』

エリオは鋭い『声』を響かせる。ソウマに言ったのでも、ただの心の声でもない。地下のガレージの車への『ヴォイス』を使った命令だ。

「キーをやる。今、東の出口に車を回した」

「……助かる。ありがとうな」

ユーザーでないソウマは、動かすには普通に鍵がいる。取りに行く男の背中に声をかけると、苦虫《にがむし》を嚙《か》み潰《つぶ》したような顔で振り返られた。

「素直な礼なんて似合わないからやめろ。今生《こんじょう》の別れみたいだ」


星の疎《まば》らな街から、星の失せた街へ。

外はもう、宵闇《よいやみ》に包まれていた。

スプリングシティの外周に出ると、空は人工物で覆われる。街が階層化した地区だ。巨大な高架下のような街は、月さえ限られた場所からしか見えず、目に入るのはすべて人工的な光だ。星明かりを知らない街。暗がりを怖がる子供が、すべての部屋の明かりを点《つ》けてしまったかのように、なにもかも強く光り輝いている。

光る海を渡るスロープのように、道路は流線を描いて無数に走った。ソウマとアオを乗せた車が通過しているのは、地上にもっとも近い下層の地区だ。

「ソウマさん、どこへ行くつもりなんですか?」

「どこにでも」

ソウマは迷いなく答えた。

「どこでもって……」

「とりあえずスプリングシティを出る」

街中では車は衛星システムの制御から逃れられない。

「出ても位置情報は把握されます」

「動いているうちはな」

「えっ」

「停車して電気系統をすべて切ってしまえば、ただの置物だ」

「でもっ……」

「車を隠すのにちょうどいい場所がある」

闇雲に走らせているわけじゃない。

街を出るとようやく車は手動に切り替わり、足を下ろすようにタイヤを出して、ソウマはハンドルを握る。抜けた街の西側は、ソウマの家のある東側と変わらない乾燥地帯が広がっているが、荒野の果てには目立つ建造物が聳《そび》え立っている。

エリオが『グレートナチュラルショー』に使っているスタジアムだ。スイートコーンのような独特の形状の四つの塔は、高さが約五百メートルほどあり、だだっ広いだけの荒野では圧倒的な存在感だ。

赤く点滅する航空障害灯。普段は無人の塔に、それ以外の明かりは灯《とも》っていない。街から遠く離れた建造物は、夜空に瞬《またた》き始めた星々に照らされ、巨大なシルエットを形作っている。

星明かりは、分《わ》け隔《へだ》てなく地上のものを包んだ。いつかの夜のように、街を離れてポツリと走る車をも艶《つや》やかに照らし出す。

「ソウマさん、あそこって……あんなところに隠れるつもりなんですか？　戻りましょう」

車は迷わず塔を目指すも、助手席のアオは水を差した。

「今夜だけだ。明日までにどうにかする。俺はこれでも長いこと社会貢献してきたからな。おまえ一人ぐらい、コネでなかったことにできるはずだ」

「コネって……やめてください、ソウマさんのキャリアに傷がつきます！」

「傷どころか、とっくにカビが生《は》えてるよ」

自虐的《じぎゃくてき》に言い放つソウマは笑うも、アオはくすりともしなかった。ちらと見た顔は、ただひたすらに心配げな表情でこちらを見つめていた。

「ソウマさん、どうして急にこんなこと……僕がアンドロイドだったら、受け入れられないんじゃなかったんですか？」

「そうだな……人がロボットに自然の摂理《せつり》を無視した感情を抱くのを、俺は正しいとは思えない」

自分の考えに嘘はつけない。ハンドルを握る手に力を籠《こ》めながら、ソウマは正直に答える。

「だが、そんなことはもうどうでもいい」

「どうでもって……」

アオは戸惑う声を発した。

絶句したのか口を噤《つぐ》み、少ししたところで不思議そうに言った。

「なにかおかしくないですか？」

「え？」

「ソウマさん、あれっ！」

アオが指で示したのは、フロントガラス越しの光景だった。

おかしいのは自身の言動ではなく、目の前の眺めだ。

スタジアムへはしばらくは簡易舗装の道が続くも、途中で切れる。舗装のない更地に入ると、減速しても揺れが加わり、視界の違和感はそのせいかと思っていた。

「動いてる」

目指す巨大な黒い影が、左右に流れるように動いて感じられた。スピードを落としたと言っても、元が時速二百キロを超えて走る車だ。怪しむ間もその距離はぐんぐんと縮まり、ある瞬間、時間を畳《たた》んだみたいにグイと塔は迫《せま》ってきた。

「嘘だろ……」

向こうから近づいてきたのだ。

「ソウマさんっ！」

地上百階建て以上の建造物にもかかわらず、まるで対向車かなにかのように塔はするすると動いた。

発生場所も進路もその時々によって変わるツイスターを観覧するためのスタジアムは、次のショーに向け移動中だった。

「アオ、摑まってろっ！」

ソウマは叫んだ。一つを避けても、右からまた別の塔が現われる。

衛星を使った自動制御だろう。無人の塔は動きに遠慮がない。地を揺るがす音は感じず、耳を澄ます余裕もなかった。深く根を張っているはずの大木に牙《きば》を剝《む》かれたかのように、襲いかかる塔をハンドルを切って避けるだけで精一杯だ。

幼い頃からなんでも器用にこなし、数年弾かずともピアノが演奏できるようなソウマだが、カーアクションの経験はない。車を自ら運転すること自体も稀《まれ》なこの時代に、そんな経験をする羽目になるとは予想もしなかった。

あまりに巨大な相手は、目の前に迫れば視界のすべてを塞《ふさ》ぎ、奪う。右も左も星空もない。

さらには四棟もある。

「くそっ……」

二棟を上手く避けたと思ったところで、囲まれているのに気づいた。

光のない塔は廃墟か墓石のように暗く感じられるも、昼は銀色に輝くその剝き出しの構造材は金属だ。

接触したと思った瞬間、激しい火花が散った。擦《こす》れ合《あ》う不快な音が、身を削《けず》るように響く。

「アオっ‼」

ソウマは、隣を確認する間もないまま叫んだ。視界が一瞬白く覆われたのは火花のせいか、脳への衝撃で起こった幻覚か。

車はぶつかったと同時に圧倒的な力に跳ね返され、地面にごろごろと鉄屑《てつくず》のように転がった。

飛ばしかけた意識を一瞬で戻したソウマは、状況を把握すると同時に表に這い出し、すぐに助手席側へと向かった。

「アオっっ‼」

何事もなかったかのように動き去る塔のゴーゴーとした音の中で、ソウマは何度もアオの名を呼んだ。車体を覆う強化ガラスは蜘蛛《くも》の巣状に割れており、助手席の扉は引っぺがして力任せに開けた。

逆さまになり、ボディもひどく歪《ゆが》んだ車の中で、アオは体を挟まれ身動きが取れずにいる。

「ソウマさん……」

「今、出してやる」

無我夢中で動かす手が濡れていることに、ソウマは気づいた。

「ソウマさん」

車の内部からかひたひたとした液体が漏れ、重力に引かれるままシートやフレームを伝い落ち、最後は地面に吸い込まれていく。

「ソウマさんっ！」

「……急《せ》かすな、ちょっと待ってろ」

「ソウマさん、車から離れてくださいっ！」

アオは急かしているのではない。

判っていた。自分だけが判り、アオが気づかなければ都合がよかったのに。

今の車の主流は、循環型バイオ燃料を使った電気自動車だ。半液体の燃料は漏れない構造のはずだが、どんなシステムにも完全はない。漏電《ろうでん》や火災の可能性は残る。

ほぼ事故がない現代の環境下で設計されているだけに、一度トラブルが起こると脆《もろ》い側面もあるのは、今目の前で滴《したた》る液体が示していた。

「ソウマさんっ、僕は大丈夫ですから」

「動けないくせして、なにが大丈夫だ。説得力がないにもほどが……」

「僕はアンドロイドです。だから、本当に大丈夫なんです」

車内にめり込んだ邪魔なフロントの強化ガラスを剝《は》ぎ取《と》ろうとしていたソウマは、言葉に動きを止めた。

「……認めなかったくせして、なにを今更。だいたい、アンドロイドなんて人間と大して変わらん。有機化合物の人工臓器なんてやわだしな。血だって赤い」

「か、体がどうにかなっても、頭があります。データさえ残れば、僕の体はいくらでも再生できますから……」

「アオっ、いいから、少し黙ってろ！」

昂る感情のままに、声を荒げた。

ソウマを支配する感情は怒りではない。不安や、焦《あせ》り。目の前で今は動いて喋《しゃべ》っているアオを失うかもしれないという恐れだ。

「ソウマさん、どうしてです。僕は……あなたになにかあったら困るんです。だから、早く離れてください」

天地のひっくり返った車の中、不自然な姿勢で頭をルーフに預けた男の顔は、いつもより白く見えた。動く唇までもが、やけに白い。

星明かりに輝く二つの眸《ひとみ》。荒野を抜ける夜風にそよぐ茶色の髪。ソウマは、一瞬その顔を食い入るように見つめる。

この世界には決まりごとがある。いつの間にか人間が生み出し、そして守るようになったルールだ。

ロボットは二つの目を持ってはいけない。

ロボットを名前で呼んではいけない。

ロボットを、愛してはいけない。

——それでも。人は不合理なものもこの世に残し続けてきたように、愛《いと》しいと思う気持ちを消し去ることなどできやしない。

何度も思い返した、エリオに言われたあの言葉も、今は構わないと思えた。

ロボットしか愛せない男になろうとも。

——それでもいい。なんでも構うもんか。

「アオ、なんでってな……おまえが大事だからだ。なにより、大切だから……それだけだ」

空間を作ろうと、しゃがんだソウマは助手席に手を突っ込み、柔らかなレザーシートをぐいと力任せに押した。

「これで、這い出られないか？」

声をかけるも、返事がなかった。

「アオ？」

首を捻《ひね》り、応じない顔を至近距離で目にしたソウマはどきりとなった。

アオは目蓋を落としていた。

眠りについたのではない。白く見えた唇は、内から滲《にじ》む血液に赤く色づいていた。

木漏れ日がキラキラと舞っていた。

ガラス越しの廊下を。並んだ白いレザーのソファを。横になった身を覆う、皺《しわ》だらけの白いシャツを。黒い前髪が下りた額や、閉じた目蓋《まぶた》の上を。

風に揺れる中庭の木々に光は散らされ、そこら中を穏やかに音もなく舞う。無数の白く発光する蝶《ちょう》のように。ふと止まっては、また羽ばたく。

ソウマはハッとなって目を覚まし、バッとソファの上の身を起こした。

安堵の息をつく。立ち上がって覗いた背後のガラス越しの部屋は変わりない。アオは病院の集中治療室のベッドで、今は安らかな表情をして眠っていた。

まだ朝の八時くらいか。病院へ搬送《はんそう》されたアオの緊急手術が終わったのは真夜中だった。ソウマは警察の事情聴取《ちょうしゅ》が終わってからも夜通し付き添い、ようやく安心してうとうとしていたところだ。

事故の衝撃による多臓器損傷《そんしょう》。アオの内臓の八十パーセントは、耐久性の低い人工臓器だった。

残り二十パーセントは、人工ではない。

本物の人間の臓器だ。ソウマはどういうことなのか瞬時に理解が及ばず、「脳は人工なのか?」と確認して、医者をポカンとさせた。

「脳が人工だったら、人間じゃないでしょう」

そのとおりだ。

つまり、二十パーセントしか天然《ナチュラル》でなくとも、アオは人間なのだ。

愕然《がくぜん》となるソウマは、己の勘違いに気づかされた。そして、皮肉にもアオがすぐに救い出されたのは、衛星システムがいち早く事故に気づいたからだった。

病院に駆けつけた保安局の二人は、ソウマの行動に不信感を抱きつつも、アオが人間であるという紛《まぎ》れもない状況に帰って行った。『報告書が面倒だ』なんて内心のボヤキを、『声』にしながら。

木漏れ日が躍《おど》る。

キラキラと、ひらひらと。

昨夜《ゆうべ》の出来事が嘘であるかのように、空は青く眩しく、木々の緑は柔らかな風にそよぐ。病院の廊下のソファにぼんやりと座るソウマは、幻でも見ている気分だった。

アオが目覚めたら確認したいことは山ほどある。けれど、なにも訊かずとも自分はもう判っているはずだ。

十五歳のときの父親の起こした事故も、冬眠も、すべて本当だった。アオは事故によりハイバーネーションを選択し、人工臓器になり――

「だいじょうぶ?」

不意に傍《かたわ》らから幼い声が響き、ソウマは驚いた。

小さな女の子がいた。

五歳くらいだろうか。パジャマ姿で、ピンクのウサギのぬいぐるみを抱いた子供は、ソウマの顔を覗き込んで問う。

「おにいちゃん、どっかいたいの?」

「いや、痛くないよ。平気だ、ありがとうな」

どうやら自分は通りすがりの子供に心配されるほど、危ない表情をしていたらしい。

ソウマは笑いかけ、しっかりと両腕で抱かれたぬいぐるみに目を止めた。

「かわいいでしょ? このコは、ラディ。いっしょに入院してるの」

「ラディ……」

偶然にも、馴染みのある名前だ。

「懐《なつ》かしいな、俺も同じ名前のウサギの友達がいたよ」

「そうなの?」

「ああ、体も同じ色をしてた」

ラディを抱いた女の子は、突然前触れもなくその小さな体を弾《はず》ませた。

「ママがよんでるっ、いかなきゃ!」

「え？」

「しらないの？　ヴォイスよ」

ふふっと笑い、ツインテールの長い髪が揺れる。『ヴォイス』には小児用もあり、いつ何時《なんどき》でも連絡が取れて安心だと幼いうちからつけたがる親もいる。

それ自体は珍しくもなかったけれど、ソウマは驚きに目を瞠《みは》らせた。

――今、聞こえなかった。

「ちょっとっ……」

慌てて立ち上がる。『ヴォイス』の会話も、女の子の『声』も、一度もソウマの耳に聞こえていない。

「ちょっと、待ってくれっ！」

前を行く女の子の後ろ姿からは、ピンクのウサギの長い耳がひょっこりと覗いて見えた。まるで見失わないための目印のように。

するりと角を曲がり、隣の診療科のフロアへと入って行く。

『心臓血管外科』

案内プレートはそう表示していた。小さな背中とウサギの耳を追ってふらりと迷い込んだソウマは、待合室の患者たちの関心を集め、そして気がついた。

女の子だけじゃないことに。

そこには、心の声の聞こえない者が何人もいた。

「こんなとき、僕も『ヴォイス』を入れてたら楽なんでしょうね」

ソウマが車椅子を押して表に出ると、風を感じたのかアオは目を細める。

事故から一週間が過ぎた。大きな病院で、広い中庭には車椅子の患者もたくさんいる。誰の助けも借りず、操作パネルすら触れずに、すいすいと意思で命じるままに車椅子を動かしている。

そこには、ソウマの本来目指した『ヴォイス』の姿がある。手足が不自由な人、閉じ込め症候群のような意思疎通《そつう》の困難な人が、快適に過ごせるよう発明したのが始まりだった。

「アオ、本当にすまなかった」

ソウマは詫《わ》びた。アオはようやく状態が落ち着き、長く話したり動けるようになってきたところだ。

アオは戸惑った反応だ。

「もう事故は気にしないでください」

「事故だけじゃなくて……俺がおまえをアンドロイドだと疑って、決めつけたことだ」

アオの心の声が聞こえない理由が判った。

人工心臓だからだ。心臓血管外科の人工心臓を移植した患者からは、いずれも『声』が聞こえなかった。

心の声とは、脳の思考ではなく、心臓の語る声ということだ。

心臓は生命を維持《いじ》するために最重要の臓器であると同時に、繊細《せんさい》な器官でもある。他者からの移植が一般的だった過去には、提供者《ドナー》の記憶が受給者《レシピエント》へ転移したような現象が稀《まれ》に起こると言われていた。科学的には未確認ながら、脳のような働きを持っている可能性はある。

いや、誰もがそう知っている。

心と言えば、みな心臓を示す。

「あのとき、アンドロイドの振りなんかして、俺が信じたらどうするつもりだったんだ」

ソウマは、ずっと気になっていたことをアオに問い質《ただ》した。アオは自分を車から遠ざけるために、嘘をついた。

人の命は再生なんてできやしないのに。

「どうもしません。きっと後悔はしませんよ。それに……ソウマさんの話で、もしかして本当に僕の記憶は作られたもので、人間じゃないのかもってちょっと思い始めてたんです」

「……すまない」

何度でも詫びるしかないソウマに、アオはなにか思い出したような笑いを零《こぼ》した。

「そういえば脳波計、せっかくエリオさんに買ってもらったのに、使わずじまいです」

「あ……」

「どうかしました？」

「……いや」

エリオの言った新しいオモチャ。自分を煽《あお》ったあれは脳波計のことだろう。

車椅子を押し続けていたソウマは、眺めのよさそうな場所で止めた。

この病院はスプリングシティの中心部にある。入院患者の多く利用する中庭は緑豊かながら、三十階に位置する。

端のほうまで行くと、木々の向こうに街並みが見え、高台にでも立っているような気分だ。

「エリオさんの家に行ったのは、人探しを手伝ってもらったのもあるんです」

「人探し？」

「音信不通の親戚と連絡が取りたくて……あの写真のアンドロイドのこと、気になって調べてたんです」

「アマリオ・ステラブルク？」

「はい」

「実は、俺も気になって調べた。亡くなってたんだな、あのアンドロイドによく似た息子が」

アマリオは、アオの先祖が幼いうちに亡くした息子に似せ、成長した姿に作らせたロボットだった。アンドロイドに似た人間を産むことはできないが、逆ならば可能だ。

家族を亡くした喪失感《そうしつかん》を埋《う》めるために、家族に似たロボットを迎える。悪趣味かもしれないが、そうせずにはいられない人の気持ちも想像くらいはできる。

アオに容姿が似ているのは先祖がえりだ。亡くなった息子とは血が繋がっているのだから、不自然ではない。

「ソウマさん、どうしてあなたのところへ行ったのかって訊きましたよね」

アオは、一つずつ残した質問へ答えるかのように言う。

「ああ」

「淋しかったからです。ほかの理由も考えてみましたけど、やっぱり一番はそれしか考えられなくて……父がいなくなって、いくらお金や家があっても一人は淋しくて、話に聞いていたあなたのことを考えるようになりました」

車椅子に座ったままのアオは、傍らに立つソウマを仰《あお》ぎ見ると緩《ゆる》く笑んだ。

「すみません」

「なんで謝るんだ?」

「いえ、つまらない理由だなって思って……会ったこともまだない、他人のあなたに僕は甘えてたんです」

どうしてアオが喪服《もふく》を着て現われ、去るときも身に着けていたのか判ったような気がした。

決別の気持ちの表われでもあったのだろう。

そうしなければ、自分を保っていられないほどの思い。淋しさ。

熱の和《やわ》らいだ秋の風に黒髪を揺らしながら、ソウマはポツリと告げる。

「俺も同じだ。本当は淋しいんだと思う」

「え……」

「ジャレッド……好きじゃないんだ、そう呼ばれるのは。今呼んでるのは母親だけだ。昔そう呼んでた恋人は、研究所を辞めてただのロクデナシになった俺に愛想《あいそ》を尽かして去って行ったよ。母親は、今も会う度《たび》に俺に失望してる。なんのために産んだんだってね」

「そんなこと……」

「デザインベイビーなんだ、俺は。判るか？　作りものなんだよ」

自分だって不自然な存在のくせして、アンドロイドがどうとか言える立場じゃない。

「……判りません」

突っぱねるように言われ、ソウマは驚き隣を見た。

すぐ近くにベンチもあるにもかかわらず、突っ立ったままのソウマのだらりと下ろした手に、アオはそっと触れてきた。

昔はラボに籠って生白い肌をしていたとは思えないほど、農作業で日焼けした手。

「ソウマさんは、作りものなんかじゃありません。ロクデナシでもないです」

アオは重ねた手を包むように握り締め、言った。

「僕の大切な……尊敬する人です」

まるで祈るような響きだ。傷を癒《いや》したいと、心から思ってくれている。

嬉しい、愛《いと》おしいと思う一方、淋しくもある。もうその口から、無邪気に好きだという言葉を聞くことはない。

アンドロイド呼ばわりし、事故で肉体的にも傷つけた自分に、その資格があるはずもなかった。

それに——

ソウマは、そっと手を解《ほど》きながら尋ねた。

「アオ、そういえば移植手術はいつの予定になったんだ？」

「……来週です」

アオは、心臓の移植手術を受けることになった。腎臓《じんぞう》や肺など、ほかのいくつかの臓器も一緒にだ。

アオは現代の医学だからこそ、生きながらえている。八十パーセントの内臓の機能を失ってもなお、生きていられるなど、昔ではありえなかったことだ。

そして、今でも人工の臓器はけして完全ではない。

人工臓器は自己修復力が著《いちじる》しく弱く、先週の緊急手術では最低限の処置ができたにすぎない。

今のアオには、息の上がる運動どころか、立って歩くことすら困難だった。

元の生活に戻るには、損傷した臓器を新たにする必要がある。そして、アオには人工ではない自《みずか》らの臓器を取り戻す手段があった。

クローン再生だ。

以前の事故で、十年以上の長期のハイバーネーションを選択したのは、心臓などの重要で時間のかかる臓器のクローンを作るためだった。

アオは、最初からそう話してくれていたのに。

「本当はもう少し先になりそうだったんですけど、確認してもらったら、もう移植できる状態まで僕の心臓《クローン》は育ってるそうです」

「そうか、よかったじゃないか」

ソウマは力強く応《こた》えた。このタイミングで、クローンが存在するのは本当に運がいい。

どことなく浮かない顔でアオは応える。

「もし、手術が成功したとして……」

トーンダウンした声は、手術に不安があるからなのか。移植そのものは、今では難しい手術ではなくなっている。

「そんなに心配するな、大丈夫だ。おまえが冬眠してた間に、医学もますます進歩してるからな」

「そうですね。じゃあ、成功……して、僕が生身の心臓を取り戻したとして……僕の心の声もソウマさんに聞こえるようになるんでしょうか?」

ソウマは一瞬言葉に詰まった。

不安の在《あ》り処《か》は、手術そのものの結果ではない。

「もし……いや、そうだな。聞こえるようになるだろう」

適当な嘘は言えなかった。アオのクローンの心臓がどんな作用を及ぼすかは、ソウマも想像した。

そして、覚悟もした。ほかの人間が自分と平然と付き合っていられるのは、聞かれていることを知らないままだからだ。

元より、自分に傍《そば》にいる資格があるとは思っていない。

「アオ」

ソウマは、風に乱されるアオの髪を押さえる素振りで、そろりと頭を撫でた。

「……はい」

「手術は不安だろうから、それまでどんなサポートでも必要なら俺がする。毎日来たほうがいいならそうするし、用意して欲しいものがあればなんでも言え」

「なんでも?」

「ああ、そうだ」

手術までは——それまでは。

許される時間は、長くない。

「それから……誕生日、祝ってくれてありがとうな」

笑いかけるソウマは言った。アオの応える笑みに安堵し、時間がゆっくりすぎることをつい願った。

願いつつも、叶わない望みであることも知っていた。

秋がくる。今よりずっと冷たい秋がきて、その後は育てる作物も限られる冬だ。

ずっと、例外なくそうだった。ソウマが生まれる前から、この星はずっと。


「ありえないだろう」

『ありえない』

勝手に家に押しかけてきて、ドームのリビングを苛《いら》ついた様子でうろつく男は、ただでさえ目障《めざわ》りなのに声まで二重に響かせた。

マイペースに自分の分だけホットハーブティをカウンターで淹《い》れようとしていたソウマは、招かざるエリオに溜め息をつく。

防寒服はまだ早いが、最近はすっかり昼も肌寒い日が増え、温かい飲みものに限るようになった。

アオの移植手術からひと月以上が過ぎた。

「アオくんがやっと退院なんだぞ？　なのに祝いにおまえが来ないって、ありえないだろ」

なんでも派手好きのエリオは、手術が成功したその日から、退院したらパーティを開くとはりきっていた。

得意のホームパーティで、今日がその日だ。

「後でコールするよ」

「コールって……おまえやっぱり、アオくんの心の声とやらが聞こえるのを気にしてるんだな？」

応えないソウマに、エリオはどっかりとソファに腰を落として溜め息をつく。

「手術の後、一度も見舞いに来てないって聞いて怪しいとは思ってたが……いや、絶対そうだと思ってたけどな」

「しょうがないだろ。自分でコントロールは効かないんだ。おまえだって聴力はどうにもできないだろう」

アオの手術の前に、エリオにも心の声が聞こえることを説明した。今度こそ、もちろん酒が入っていないときにだ。

知らなければ、自分がアオに置く距離を理解してもらえないと思った。

「アオくんが聞かれるのは嫌だって言ったのか？」

「……いや」

「だったら……」

「聞かれて平気な人間なんているわけがないだろう。俺だって、逆の立場だったら嫌だ。そう簡単に受け入れられるはずがない」

「むっつりだからなぁ、おまえは」

挑発的な言葉にもソウマは反応せず、「そうかもな」とだけ答えた。

「エリオ、だから退院はおまえが祝ってやってくれ。人数がもの足りないなら、ホームパーティの客でも招くといい。あのときいたマダムたちなら、喜んで飛んできてくれるだろう」

エリオの返事代わりの二度目の溜め息を、カップに注《そそ》ぐ湯の音で掻《か》き消す。

「主役のおまえがこなきゃ意味がないんだよ」

「主役はアオだ」

「主役を立てる脇役……ああ、もうなんでもいい。この薄情者が！　せっかく元気になっても、おまえに縁を切られたんじゃ傷つくだろうが！」

「サポートは今後も続ける。それに、アオは……彼はそこまでやわじゃないよ。これから表に目を向けていけば、いい出会いもたくさんあるはずだ」

恋も、友情も。アオはすべて得られる。人をロボットだと疑ったり、心を読み取る妙な力に侵された男に振り回されたりしなくていい。

三度目のエリオの溜め息は塞《ふさ》ぎきれなかった。

「おまえは自分が傷つくのが怖いだけじゃないのか？　アオくんからなにを聞かされるか判ったもんじゃないからな。剝《む》き出しの本音ってのを知るのが恐ろしいんだろう？」

「……そうかもな。それでいいよ」

「なんだよ、その投げやりな……張り合いのない返事は。だいたい、心の声とやらが聞こえるのを気にするなら、俺のこともっと気にしろ」

『こっちだって、筒抜《つつぬ》けだってのに遠慮はなしか！』

聞こえているのを意識してか無意識か、エリオはじっと睨み据《す》えてくる。

ソウマは苦笑した。

「おまえは裏も表も一緒だろうが。それに、親友だしな」

「……はっ？」

親友なんて初めて自《みずか》ら言葉にした。

それも、冗談でもなんでもなく。

「いや、えっ、なにそれ……」

からかう意図もないからこそ、エリオは狼狽《うろた》える。それにしても動揺しすぎだ。ソウマも顔を見返すのを躊躇《ためら》うほどの照れた『声』が響いた。

「そ、ソウマ、俺で遊ぶのは……」

気まずい空気のドームに、キューブが救いの声を上げる。

「車ガキマス。車ガキマス。ゴ注意クダサイ。ナンバーTA、62717」

「え……」

「車ガキマス。ナンバー、ティー、エー、シックス、ツー、セブン、ワン、セブン」

知らない識別番号だ。驚いて戸口のほうをソウマは見つめ、キューブは繰り返す。覚えのないナンバーであるのも当然で、『TA』はタクシーを示す。

ドームにタクシーが来ようとしている。

「確かにおまえの言うとおり、彼はやわじゃなかったようだな」

エリオは肩を竦《すく》め見せた。カウンターでカップを盛大に転がした音が鳴ると、いつもの調子を取り戻した男はニヤけた表情だ。

なみなみと注《つ》いだばかりのハーブティが、カウンターから零《こぼ》れ落ちる。ソウマは構わずに、ふらふらと戸口に向かった。

街のほうから近づく光と微《かす》かな砂煙。秋晴れの高い空の下、強化ガラス張りの車体のルーフは陽光に輝き、土埃《つちぼこり》を上げて走るタイヤの音は真《ま》っ直《す》ぐにドームへと向かってくる。

ソウマのいる家へと。

毎朝卵を一個産むだけが仕事の鶏たちは、思わず表に飛び出した主人に散らされ、不満げにクワックワッと声を上げた。車は畑の出入り口付近で停車し、後部シートから若い男が急《せ》いた様子で降りてくる。

明るいベージュのスーツ姿だ。

「ソウマさん！」

アオの笑顔にホッとしつつも、ソウマの足は竦みそうになる。

「……アオ」

「ソマさ…んっ……」

懐かしい響き。名前を言い損《そこ》ねるアオは、自ら駆け寄ってきた。まごつく長身のソウマに、伸び上がるようにして両手をするりと回し、久しぶりに会えた喜びを素直に形に変える。

温かい。肩口の辺りに押しつけられた額。

恐る恐る長い両腕を回し、ソウマが抱き留めると、言葉より先に『声』が返った。

アオの心の声が。

「ああ……」

――いつからか感じていた。

人はたとえ身一つで空を飛べても、『夢のようだ』なんて思えやしないんだって。

どんな斬新なテクノロジーも、美しい音楽を奏《かな》でる楽器も、生み出したのは魔法ではない。

無邪気な子供の感動を知らないままに、大人になってしまった自分は思えやしない。

ずっと、そう信じていた。

「アオ、俺もだ」

ソウマは言った。

「ああ、夢みたいだ」

空は青く輝き、風は優しくそよぎ、腕の中には大切なものがあった。

『ソウマさん、好きです。あなたが、大好きです』

夢ヲ見ル言ノ葉

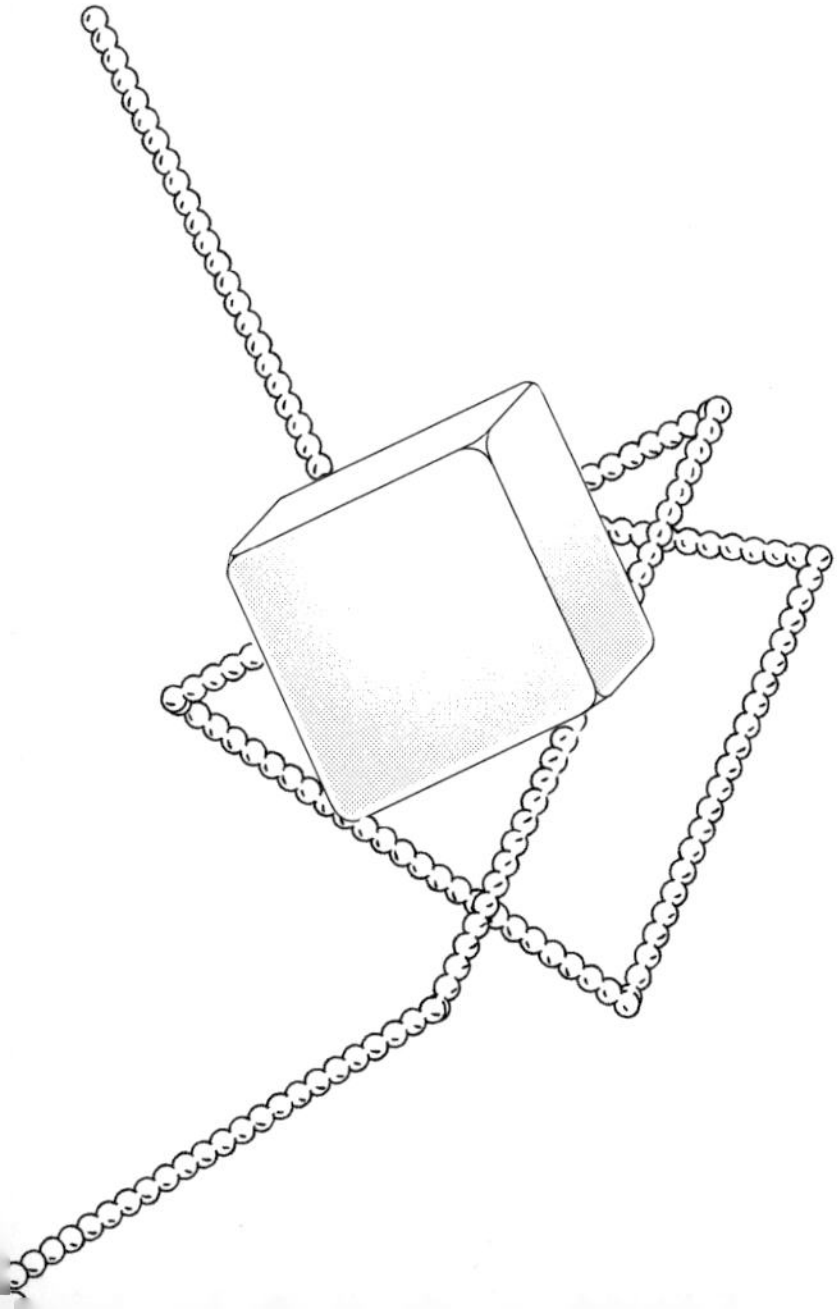

『だいたいドームを増やそうって考えが判らない』

無視しがたい『声』がソウマの耳に響いたのは、ショップのルームセットの中だった。

真っ白なエッグフォルムの天蓋《てんがい》つきベッドの高さを確認しようとしたときだ。

退院したアオが家に戻って一ヵ月あまり。再び共に暮らすことになり、ソウマはドームを増《ぞう》設《せつ》してアオの部屋をちゃんと作ってやろうと思い立った。

倉庫の隅にベッドを置いたような粗末《そまつ》な寝床ではなく、家具も丸ごと新調した洒落《しゃれ》た部屋だ。我ながら、ただの居候ではなくなった途端に甘すぎやしないかと呆れるけれど、エリオの反応はどうやら違っていた。

『普通、恋人ができたら選ぶのはシングルじゃなくダブルベッドだろう。コイツ、同棲の意味わかってんのか？』

ソウマは無言でソファのほうへ移動した。

ベッドにソファなどの基本的な家具から、フロアのカラーや素材、ラグの有無《うむ》、自動採光の窓にはレトロなカーテンをかけるか否かまで。ショップのルームセットは、そっくりまとめて提案してくれるので助かる。

天然ファブリックのターコイズブルーのソファは、モノトーンのシックなコーディネートの中で良い差し色になっていた。少々小さめながら、アオは小柄で問題はなさそうだし、円形のドームにはコンパクトな家具のほうが――

『これだからラボに籠《こも》って研究ばっかやってたような奴は。おまけに十年近くも恋愛ブランクがあるんじゃな』

気を取り直して家具選びを続行しようと、エリオの『声』は容赦《ようしゃ》なく聞こえる。

『そういや昔っから女の扱いが雑な男だったな。記念日も綺麗さっぱり忘れるもんだから、彼女の愚痴《ぐち》は俺が聞いてやってたっけ。今頃、アオくんも戻ったのを後悔してるんじゃないのか？　だから家具選びにだってついて来ないで……』

ソウマはついに背後を振り返った。

「おい、全部聞こえてんぞ。少しはほかのことも考えたらどうだ」

「おまえに言って聞かせてんだよ。それもどうせお見通しなんだろ？　ああ、『聞き通し』か？」

腕組み姿で突っ立つ男は、待ち兼ねたとでもいうようにニヤと笑って見せた。相変わらず心の底から性格が悪い上に、驚異の順応力《じゅんのうりょく》だ。

「心の声を聞かれんのも慣れれば便利なもんだな。喋《しゃべ》る手間が省《はぶ》ける。天然の『ヴォイス』ってか。おまえの功績を讃《たた》えて神様とやらがプレゼントしてくれた力かもしれんぞ、ドクター」

「……エリオ、おまえみたいな神経図太い奴ばかりなら、世の中もっと単純なんだろうな」

「アオくんだって、なかなかの肝《きも》っ玉《たま》だろう。なにしろ聞かれるのを承知で恋人になろうってんだからな。まぁ、おまえも愛想《あいそ》尽かされないように、こうやってゴキゲン取ってるのかもしれないけど？」

　エリオは肩を竦《すく》め見せ、ソウマは思わずむっと唇を引き結ぶ。

「で、どうして彼は来なかったんだ？」

「収穫途中の野菜のほうが気になるそうだ」

「自分の部屋よりか？」

「俺と暮らせるだけで充分だから、ほかにはなにもいらないんだと」

『けっ、ノロケかよ』

　間髪入れずに響いた『声』は、聞かせるためなどではない本音に違いない。

　ソウマ自身、惚気《のろけ》の自覚はあった。エリオがあまりに煽《あお》るようなことばかり言うせいだ。

　ろくでもない友人である男はじっとこちらを見返したのち、急にぐるっと部屋を見渡し両手を大きく広げた。

「ダメだダメだ、なんだこの葬式みたいなコーディネートは。新婚なんだから、もっとハッピーになれる部屋にしろよ」

「べつに新婚じゃ……」

「へイ、『ルケア』！　もっとロマンティックな部屋を寄越せ。エロティックでもいい。こう、部屋にいるとホットな気分になれるやつだ」

「バカ、ふざけるなっ！」

エリオの操作で、ルームセットからはモノトーンの家具が失せていく。ベッドもソファも、床や天井さえも。すっと消しゴムをかけたみたいに一瞬にして消え去り、代わりに空間に現れ始めた趣味にそぐわないピンクのインテリアに、ソウマは慌てて強い声を発した。

「もういい、やめだ！　全部クリアにしてくれ、クリアだ！」

幸いユーザーは固定されておらず、ロマンティックかつホットな部屋は現れた傍から跡形もなく消滅する。

「オ気ニ召スオ部屋ハ、見ツカリマセンデシタカ？　ワードヲ変エテミテクダサイ。今日ノ人気ワードハ、フォレスト、クール、フェミニン……」

後に残ったのは、部屋の中心に転がる握り拳《こぶし》大ほどの球体のショッピングアシスタントだ。『ルケア』こと『ルームケア』は仮想の部屋を投影するロボットで、専用の手袋を嵌《は》めれば手触りまで確かめることができる。

実際に二人がいるのは、エリオの広い屋敷の一室だった。

富豪かつ浪費家でもあるエリオの元には、販促用のショッピングアシスタントがひっきりなしに届く。その気になれば、家に居ながら別荘からロケットまでご購入だ。

「まったく、家具選びにおまえの家なんかにノコノコきたのが間違いだった」

「元はおまえの家でもあるだろ。なんなら、アオくんと二人でこの家に住んでくれたっていいぞ？　部屋はいくらでも余ってる」

「笑えないジョークだな」

「おまえの恋人の愚痴を聞くのは俺の役目だからちょうどいい。いつでも連絡くれってアオくんに伝えておいてくれ」

「自分で言え、コールで連絡取り合ってんだろうが……」

「あと、別れるときも知らせてくれよ。気兼ねなくアオくんを口説《くど》ける」

「また笑えない……」

『それもラッキーかもしれないな』

ソウマは息を飲んだ。面白くもないジョークの続きのようであろうと、心の声を聞けば本気の度合いは察せられる。

「なんだ、ソウマ?」

「……いや」

異性愛者のはずのエリオが、アオには興味を示しているのは判っていた。中性的な容姿の美しさだけでなく、アオには不思議と人を惹きつけるものがある。

そして、エリオは欲しいものはすべて手に入れてきた男だ。地位も名声も、富も女も。

その気になれば、おそらく男も。

「安心しろ。俺はビジネス以外では卑怯《ひきょう》な手は使わない。欲しいものは正々堂々と奪い取るさ」

「胸を張って言うようなことか？」

ソウマは苦笑いでやり過ごし、エリオは言った。

「これでもおまえには気を遣ってるんだ」


「ソマさん、おかえりなさい！」

『ソウマさん、おかえりなさい！』

「ソウマ、オカエリナサイ」

アオの戻ったドームは、以前よりも賑《にぎ》やかになった。帰宅の出迎えは、アオとキューブ、そしてアオの心の声までもが揃って響く。

相変わらず名前の発音は時々怪しいけれど、言ったつもりだったのは確かなようで、心ではちゃんと『ソウマ』と呼んでいる。

声も『声』も、ソウマが反応に困るほどの喜びいっぱいの慕《した》う響き。

「ああ、ただいま」

つい素っ気ない低い声が出るのは、正直照れくさいせいだ。

あまりにも長い間、こんな感覚からは遠ざかっていた。仕事だけでなく、人づきあいからも引退したような自分がまさか、再び恋人と暮らす日がくるなんて。

まったく人生なにが起こるか判らない。

「ソウマさん、どうでしたか？」

「あ、ああ、やっぱりおまえがいないとダメだな。いくらルームセットがリアルでも、住むのはおまえなんだから」

「すみません、本当にあんまり興味がなくて」

「部屋はあって困るもんでもないだろう。今度見に行くときはついて来い。あー、いや、エリオの家はもういい。うちにも『ルケア』を送ってもらうか」

「エリオさんの家でなにかあったんですか？」

ソウマは「べつに」と言葉を濁《にご》し、アオは首を捻《ひね》る。

エリオと意気投合されてピンクの部屋になっても戸惑う。しかし、今のアオが、モノトーンのしっくりくる喪服《もふく》の美少年のイメージから遠のいたのは確かだった。

アオは明るくなった。表情豊かになった。それが成功した移植手術の成果よりも自分にあるのを、ソウマはよく知っている。

「食事にしましょう。シチューとカルツォーネを作ってみたんです。温めなおしますね」

「先に食べてろって言ったのに。飯はあったかいうちに食べるのが一番なんだぞ。手作りならなおさら……」

『ソウマさんと一緒に食べるのが、一番美味《おい》しいから』

笑みを浮かべたままのアオから響く『声』。甘い言葉と見つめる眼差しに、ソウマは視線を泳がせずにはいられない。

「そうだな……じゃあ、食うか。キューブ、皿を……」

「ソウマ、アオ、ツープレート」

配膳《はいぜん》を命じるまでもなく、足元のキューブは察してすいっとキッチンへ向かった。会話力は低くとも、学習能力は高いロボットだ。キューブにとっては、アオの戻ったこの生活が当たり前になっている。

——慣れないのは自分だけか。

手際よく皿に食事を盛るアオは、料理の腕も上達した。もう土で栽培した野菜を洗わずにサラダにするようなこともない。

テーブルに向かい合い、食事を摂《と》る。

「美味《うま》い」

程よいキツネ色に焼き上がったカルツォーネを食べるソウマは、このときばかりは素直な感嘆の声を発した。

「本当ですか？」

「ああ、包み焼きで野菜の甘みがよく出てる」

「よかった。なにかレパートリーを増やしたいと思って。カルツォーネは思ったよりも簡単で、生地から作ったんですよ」

「えっ、マシンじゃなくて、手で捏《こ》ねたのか？」

「はい。生地は小麦粉だけのシンプルなレシピで、なんだか工作みたいで楽しかったです」

『ベネットに教えてもらった甲斐《かい》があったな』

嬉しげに語るアオの『声』に、ソウマはつい反応した。

「病院で隣の病室だったって人か？　レストランをオープンしたっていう……」

言いかけてハッとなる。テーブルの向こうの表情にもう驚きはないものの、アオはフォークの動きを止め、こちらを見ていた。

「すまん、うっかり」

「いえ、大丈夫です。そうなんですよ、ソウマさんと野菜を作るのは楽しいけど、穫《と》れすぎて困ったって話をしたら、教えてくれたんです。シチューはこれからの冬野菜の消費にもいいからって、アレンジもいろいろと」

「そうか、なら今年の冬は楽しみだな」

もう十一月も終わる。昼も肌寒く、夜は冬が始まったかと思うほどに冷える。

温度や湿度を管理するシステムに守られた畑は、その気になれば年中スイートコーンやトマトを作ることだってできるものの、やはり季節に合わせた野菜のほうが味わい深く感じられる。

アオは、率先《そっせん》して野菜作りを学ぶようになった。空いた時間は農学の本を読んだりもしているようだけれど、正直なところ身につけてほしい技能はほかにある。

「そういえば、アオ……もうあの本は読み終えたのか？」

ソウマはさりげなく問う。

「『心の在《あ》り処《か》』ですか？　生き方について考えさせられる本でした。書かれた方の伴侶《はんりょ》への深い愛情を感じます」

「いや、そういう感想じゃなくて……」

人の心の声が聞こえるという非現実的な状況に陥《おちい》ってから、ソウマは自身で解明を試《こころ》みるだけでなく、ありとあらゆる文献を読み漁《あさ》ってきた。学術的な論文はもちろん、眉唾《まゆつば》ものとしか思えないオカルト記事さえも。

最近になって再び視点を変えて探してみたところ、読み落としていた本を見つけた。

三百年近くも前に書かれた、古い本だ。著者が大学教授にもかかわらず漏れていたのは、完全なフィクションに分類されていたからだ。

無理もない。発生遺伝学や分子生物学、進化生物学と幅広い生物学の研究に携《たずさ》わっていた著者とはいえ、内容は研究成果を纏《まと》めた論文でもテキストでもなく、まるで随筆だった。人の心を聞く特殊能力のある、同居人《パートナー》との日常を綴《つづ》ったエッセイだ。

読み物として面白くとも、以前の自分であれば役に立たないと一蹴《いっしゅう》しただろう。しかし、アオと暮らし始めてからの目線では、あまりにも符合《ふごう》する点が多く感じられた。

もしや本当に、彼が共に暮らしていたのは自分と同じ能力を持った人間ではないのか。ソウマはこの能力が自分一人にだけ備わったとは思っていない。唯一無二の事象は起こりえない。たとえどんな突然変異であろうと、確率が天文学的に低かろうと、必ず同例は存在する。

ようやく探し当てたような気がした。

三百年も前の本では、確認することは不可能だけれど。

著者名は、『Yukitaka Fujino』。理学部生物学科の教授だ。

オリジナルの紙の本を手に入れることができ、アオにも読ませようと渡した。今や紙の本は一部のマニア向けか、アンティークでしか出会う機会はないが、ソウマは気になる本は探すことにしている。装丁からもなにかヒントを得られるかもしれないという、淡い期待もあった。

「アオ、試さないのか？　本に書いてあっただろう、上手く心の声を聞かれずに済む方法が」

意識を逸《そ》らすという単純な方法だが、聞かれたくない事柄から都合よく気を逸らしつつ、会話は続けるというのはなかなか難しい。

「あ……はい、載ってましたけど」

「試してみろ。慣れれば呼吸をするように簡単にタイミングをつかめるそうだ」

『必要なのかな』

「は……？」

アオの心に浮かんだ素朴な疑問に驚く。

「必要に決まってるだろう。一緒に暮らすのに、なにもかも筒抜《つつぬ》けってわけには……もちろん、俺も原因の究明を諦めたわけじゃないが」

心臓が関わっていると判っただけでも大きな進展だ。場所が特定できれば、物理的に『声』をシャットアウトすることも将来的には可能かもしれない。

「三百年前と今は違います。昔の人は、パートナーであってもすべてを知られるのは抵抗があったのかもしれませんが」

「いやいや、今だって同じだ。誰だって聞かれたくない。アオ、おまえが変なだけだ」

ソウマは『なにを言ってるんだ』という、奇異なものを見る眼差しになった。

アオはきょとんとしている。

「たしか、おまえも前は知られたくないと言ってなかったか？　俺が昔、国のラボで人の思考を読む研究をしてたって話をしたときだ」

「ああ……はい。でも今は、ソウマさんならいいかなって思えてきて」

「俺ならって、いくらなんでも……」

「ソウマさんだって言ってくれましたよね。僕がアンドロイドでもいいって、なんでもいいって」

「あれは……すまん、今も悪かったと思ってる。アンドロイドと誤解するなんて」

表情を曇《くも》らせるソウマに、アオは慌てたように首を振った。

「違うんです。嬉しかったんです」

『だから、僕もソウマさんがソウマさんなら、なんでもいいかなって思えるようになったんです』

聞こえることを意識してか、真っすぐにこちらを見つめて『声』を響かせたアオに、テーブル越しのソウマはまごつく。動揺を知られたくないばかりに、思わず「そうか」と短い頷きだけを返した。

不快だったのではない。逆だ。

ソウマは、正直自分の心の声が聞かれずにすんでよかったとさえ思った。これではエリオからの『ムッツリ』呼ばわりも否定できない。

アオの愛情が眩しすぎ、目が眩《くら》んでどうにかなりそうだった。


「おやすみなさい、ソウマさん」

就寝《しゅうしん》の挨拶《あいさつ》をするとき、アオは少し俯《うつむ》き加減になる。なにを聞かれてもいいなんて、豪語したくせして、この瞬間ばかりは戸惑っているのが判る。

『今日も……ダメなのかな』

サニタリーのドームを出たところで、アオはそんな『声』を響かせた。

もう一週間、一緒の部屋では眠っていない。シングルかダブルかなんてベッドのサイズ選び以前の問題で、ソウマが寝室へ誘わないでいるからだ。

淋しげな『声』に、後ろ髪を引かれないわけではない。実際、キッチン奥にある倉庫兼寝室へしょんぼりと向かうアオの後ろ姿に、思わず引き留めてしまった。

「今日、部屋に来るか？」

声をかけた途端に「はい」と応《こた》えて振り返る。目を輝かせてついてくる姿は、よく懐《なつ》いた愛玩犬《あいがんけん》のようだ。

尻尾《しっぽ》を振るただの犬ならよかった。犬なら、ベッドに連れていっても足元で眠るだけだ。

「……ごめんなさい」

寝室のベッドで顔を寄せると、急にキスを躱《かわ》したアオは俯き、すまなそうな声を発した。ソウマが心の声を聞き取って誘ったことに思い至ったらしい。

べつに仕方なく誘ったわけではない。むしろ、本音は抱けるものなら毎日でも抱きたいと思っている。

ソウマは惚《とぼ》けた。

「なにがだ？」

「だって……ソウマさん、今日は外出もして疲れてるのに」

「人をジジイみたいに言うな」

「でも……」

「おまえがしたくないなら止めておくが」

アオの眼差しは揺らぎ、ゆっくりと目を瞬《またた》かせた。

『したい』

たった三文字の音の合い間にも、二つの色を持つ眸《ひとみ》は潤《うる》みを帯びる。下部のエメラルドグリーンは、今にも溢れ出しそうだ。

『僕……ソウマさんに抱いてほしい』

ソウマは顔にこそ出さないが、「ああ、もう」と内心唸《うな》った。こうまでストレートに惚れた相手に求められ、無視できる男がいるはずもない。

不自然に薬を使って性欲を抑えつけてきた反動か、アオは快楽にひどく弱いところがある。

実際、ソウマが大きな手を身に這わせるだけで、喜びの『声』を聞かせた。ベッドに横たわらせてパジャマを剝《は》ぎ取る間も、その滑《なめ》らかな肌の裸体を、熱を孕《はら》んだ眼差しで見つめる際も。

「ふ…っ……あ……」

指ですっと乳首を撫でると、ヒクッと喉まで鳴らす。セックスの度《たび》に弄《いじ》っている小さな粒は、すっかり感度が上がったようで、男の乳首とは思えないほど膨《ふく》れやすくなった。

「……あっ……あっ、ソ…マさ…っ……」

小さな粒を指の腹で転がされたアオは、もじもじとシーツの上で捩《よじ》っていた身をしなやかに反《そ》らせる。

見ようによっては、どこか幼ささえ感じさせる肢体《したい》。やけに綺麗な膝頭《ひざがしら》をした両足を抱え、ソウマは中心がよく見えるよう開かせた。

成人男子であるのを主張するように、高く反り返った性器に唇を落とす。

「ひ…ぁっ……ソウマさ…んっ……ぁ…んっ……」

どこへ口づけるのもアオならば抵抗はない。同性であるという意識さえすっぽりと抜け落ち、ただ愛《いと》しく思う恋人を高めてやりたいばかりに、熱心な愛撫を施《ほどこ》す。

「……マさん…っ、それ、もっ……もう……」

深く顔を埋めたソウマを引き剝がそうと、アオの両手は伸びた前髪を摑んだ。

同時に切ない『声』が、いくらも持たないことを訴えてくる。

『……やっ、もう……もう、漏らしちゃう……』

「もうやめて、もう……ホントにっ……いいから……ソ…マさん、それ…っ……」

アオの張り詰めたものを、名残惜《なごりお》しげに一旦口から抜き出したソウマは、なだらかな先端に舌をチロチロと這わせながら告げた。

「……隠したって判る。嫌じゃないだろう?」

アオの意思に反しているつもりはない。

全部知っている。全部――ただでさえ上気したアオの頰や耳朶《じだ》は、ソウマの言葉に真っ赤に染まり、反論はできずに啜《すす》り泣く声を上げるばかりになった。

「……ぅっ……ふっ……」

『出ちゃう、もう』

「ん……んん…っ……あぁ…っ……」

『ソウマさんの口に……出ちゃう……気持ち、いい……ソウマさん……いい、ペニス、気持ちい…いっ』

「……いいっ、あっ、あっ……僕、もう…っ…んんっ……」

ドームに響く、アオの艶《なまめ》かしい声と『声』。聞いているソウマにも、次第にどちらのものか判らなくなってくる。

頬張った小ぶりのペニスを、ソウマは幾度も扱《しご》いた。舌でも唇でも。『出して見ろ』とでもいうように煽り、やがて堪えきれなくなったアオはヒクヒクと下腹部を痙攣《けいれん》させた。

無意識だろう。そんなことをしても意味はないのに口元を手で覆う。聞かされるほうまで身を焦《こ》がすような、切ない『声』を響かせて射精した。

いつものように飲み下したソウマは口元を手の甲で拭《ぬぐ》いながら、乱れる息に胸元を激しく上下させる恋人を見下ろす。

「……アオ」

広い背中を丸めて身を屈《かが》ませ、愛おしげにその額に唇を落とした。

うっすらと汗ばみ、生え際の産毛《うぶげ》の寝そべる額。

「ソウマさん……」

体に籠って昂《たかぶ》る熱に、ソウマも自《みずか》ら服を脱いだ。

「キューブ」

待機中のロボットを呼びつける。二人の夜の営《いとな》みも、日常の一部に組み込んだらしいキューブは、求めるものを伸ばしたアームで渡してきた。

アオは相変わらず居心地が悪そうだ。キューブが傍《そば》に来ると、恥じらう『声』を響かせ、ソウマは微《かす》かに笑ってまた額にキスをした。

今度は、頬や唇にも。

唇を重ね合わせながら、受け取った小さなドロップ型の固形物をアオのまだ硬く閉じた場所へと運んだ。

同性愛が一般的な恋愛の形として社会に認められてから、性行為をサポートするアイテムも進化した。座薬タイプの潤滑剤《じゅんかつざい》は扱いやすく、もっとも一般的だ。

窄《すぼ》まりに当てるだけで、体温を感知して表面が滑らかに溶ける。

まるで上質の透明なチョコレートかなにかのように。

「あっ、ん……ソウ、マさ…っ……」

キスで宥《なだ》めて反応を窺いつつ、小指の先ほどのそれを押し込む。

「んん……っ……」

『あっ、ドロップ……もっ、もう溶けて……』

すべては、アオの体の負担を気遣ってのことだ。アンドロイドだと疑った際、自分勝手な酷《ひど》いセックスをしたのをソウマは悔いていた。

傷つけこそしなかったけれど、許されるものではないと思っている。だからもう、間違っても苦痛だけは感じさせたくなかった。

「全部溶けたか？」

「……あっ……あん……っ……」

アオの性感帯はだいぶ覚えた。同性なのだから難しくはない。後ろを使ってのオーガズムは個人差もあるが、アオは随分と感じやすいようで、緩《ゆる》く指の先を曲げて出し入れしてやるとすぐに意識を飛ばした。

「はっ……あっ、あっ……」

「……アオ、大丈夫そうか？」

『……ソウマさん……ソウマさんっ……いい、気持ちいい……あっ、おしり……いい』

剝《む》き出しの感情を伝える『声』に、ソウマはぞくりとした感覚が体に走るのを覚えた。

アオは快楽に飲まれるほど無防備になる。隠すものもなく頭を擡《もた》げた性器は、しとどに濡れて震えて、ゆらゆらと腰が揺れる。

もう、イキたくて仕方がないのだ。一度達したとは思えないほど、本当に感じやすい。

ぎゅっと涙を浮かべて閉じた目蓋《まぶた》に、ソウマはキスをした。頬から唇へ。愛おしさのあまり順に唇を押し当ててから、力の抜けきったその身をうつ伏せにする。

アオの表情が見えなくなるのは、ソウマにとってあまり嬉しくはないが、後背位《こうはいい》のほうが男同士のセックスに向いている。

勢いだけで抱いていたときとは違い、それなりに知識も仕入れて確認した。アオの負担が減るならと、我ながらベタ惚れすぎて気持ちが悪い。

部屋に呼びづらくなったのも、だからこそだ。

『ソウマさん……ソウマさん…っ……』

「……アオ」

抱えた腰を引き寄せる。軽く扱いて準備した自身が臀部《でんぶ》に触れると、条件反射のようなアオの声が零《こぼ》れる。

「……いやっ」

狭間《はざま》に宛がい、ぐっと力を籠めれば今度は心の声が。

『嫌だ』

──またか。

半《なか》ば諦めのように、ソウマは思った。

ただの羞恥《しゅうち》による拒絶でないのは、自身を穿《うが》たせ、深く繋がれるほどに明らかになる。アオは何度でも『嫌だ』と声を発した。言葉でも、『声』でも。

朦朧《もうろう》となるほど感じているくせして、どういうわけかここ最近ずっとだ。

調子に乗って求めすぎたのかもしれない。

恋人に変わってから、初めのうちは勢い任せで抱いてしまったところがある。いや、本当に勢いばかりで、アオからも求められるのをいいことに毎晩のようにセックスをした。

今夜だって、求めたのはアオだと開き直れば、気にせず抱いてしまえるのかもしれない。

しかし、ソウマにはあのときの負い目がある。

慎重にゆっくりと自身を抜き出した。

「ソ…ウマさ…んっ……?」

仰向《あおむ》けにしたアオは、息を乱したまま、とろりとした眼差しでソウマを仰ぎ見る。どうして急に中断したのか、さっぱり理解してはいない表情だ。

「今日はやめる」

「えっ……どうして?」

「どうしてって……まだ、おまえは体が万全じゃないしな。術後の様子見中なんだし、なんかあったらどうするんだ」

「なんかって……心臓を移植しただけですよ?」

「だけって、おまえ」

さすがに擦《す》り傷《きず》じゃないのだ。

アオの体には、まだ傷跡がある。時間と共に消し去ることのできる傷だが、無茶をするなという警告のようでもある。

アオの反論を打ち消すように、ソウマは胸元から腹部にかけての引っ掻き傷のような薄赤いそのラインをなぞった。

「検診もすぐだろう。なにかあったら、医者に言えるのか？　セックスのせいかもって」

「……ソウマさん、意地悪です」

「後ろはやめようってだけだ。ちゃんとイカせてやる……おまえが嫌じゃないならな」

――意地悪はどっちだ。

なんて浮かべた苦笑いが知れないよう、ソウマは片腕で頭を抱き寄せた。髪にキスを落とすと、アオの腕が長い蔓《つる》みたいに背中へ回ってしがみついてきた。


夜が明けると、空が曇っているのかと思った。

翌朝、ぼんやりと目を覚ましたソウマは何気なく頭上の窓に目をやり、なにも見えないことに気がついた。

窓を白く垂《た》れ込めたように覆っているのは、雲ではなく結露《けつろ》だ。どちらも水蒸気の凝縮《ぎょうしゅく》には違いないけれど、発生しているのは空の高みではなく室内だった。

朝はもう随分と冷え込む。気温差による結露の発生条件は揃っているものの、ここはドームだ。人に不都合な自然現象は発生しない。一見ただの透明ガラスに見える窓も、発熱や冷却の機能を持ち、温度調整を果たしている。

「……冷たい」

夢うつつのまま手を伸ばし、指先で触れたソウマはすっと窓ガラスの結露に線を描いた。なにかがおかしいと気づくと同時に、アオの声が響く。

「ソマさん！」

『ソウマさん、キューブが！』

血相を変えたアオが、キューブを押して部屋に飛び込んできた。見慣れたサイコロのような白いロボットを載せているのは、カートを形作ったクラスタロボットのドットだ。

「アオ、どうし……」

「キューブの様子がおかしいんです！　もう七時過ぎなのに起こしに来ないから変だなって思って、リビングに行ったら動いてなくて！」

ソウマの寝過ごしも珍しいけれど、ロボットのキューブが時間どおりに動作しないのは明らかにおかしい。

「声をかけたら、最初は反応あったんです。朝なのに『コンバンハ』って、それきり……」

アオはパニックになっている。起き上がったソウマがベッドから足を下ろせば、パンと弾《はじ》けでもしたみたいに銀色の無数の玉が床に転がり、キューブがガタンと床に尻餅《しりもち》をついた。

ドットの五一二個の玉の結合が突然解け、放射状に広がる。

「ソウマさん、ドットまで！」

「……キューブが不安定になってるせいだ」

「え？」

ドットの上位ロボットはキューブだ。人が直接動かすことも可能だが、普段はキューブが状況に合わせ操《あやつ》っている。

空調から家電、防犯システムに至るまで、この家のすべてを管理しているのはキューブだ。常に主人の動向を窺い、温度や湿度にも気を配って微調整を施し、ドーム内の快適さを保っている。

キューブが狂えば、結露だってできる。

「ソウマさん、どうするんですか？」

白い立方体の前にしゃがんだソウマは、おもむろに側面のパネルを手動で開き、アオは戸惑いの声を発した。

「一度リセットする。再起動《リブート》で戻ればいいんだが」

マニュアルどおりの操作なので、なにも難しくはない。大きなサイコロか鉄くずのように沈黙したロボットは、やがて微かに震えて反応を示した。

「リブートヲ開始シマシタ。システムヲ再構築中デス。残リ時間、九分」

まるで気絶ではなく、軽い居眠りであったかのように音声まで復活する。

「残リ時間、二十秒」

じっと待つには長い時間も、処理のスピードアップでぱっと短縮した。

「九、八、七、六、五……」

「ヘイ、キューブ！」

ソウマは、カウントダウンの終了を待たずに声をかける。

「オハヨウゴザイマス、ソウマ、アオ」

傍《かたわ》らで息を飲んで見守っていたアオが、喜びの声を弾けさせた。

「キューブ！　よかった、覚えてる！　僕の名前までちゃんと覚えてくれてます、ソウマさん！」

「ああ、よかった。キューブ、今何時だ？　今日の天気は？」

「七時四十八分デス。今日ノ天気ハ晴レ……ノチ曇リ、降水確率ハ五パーセント。乾燥ニ充分注意シマショウ」

淡々としたソウマの問いに、キューブもまた普段と変わらない受け答えをする。ホッと胸を撫で下ろしつつも、ソウマの口からは浮かない声が零れた。

「さすがに買い替えか」

「えっ、戻ったんじゃないんですか？」

「言っただろ、だいぶ前から挙動が不安定になってる。もう使用期限の二年も超えてしまったからな。いつ完全に動かなくなってもおかしくないんだ」

ロボットのスペックの高さと、耐久性は反比例する。世界基準で定められた仕様のようなものだ。人がロボットを頼る一方で、その存在に脅威を覚え始めてからもうずっと。

「嫌です、買い替えなんて！」

「キューブ以外を買うつもりはない」

「見た目が同じでも違います。今のキューブは、このキューブだけです」

アオがキューブに愛着を覚えているのは知っていたとはいえ、こうまで頑《かたく》なな反応を示すとは思わなかった。

ロボットから手足や顔や言葉が省《はぶ》かれたところで、人はくたびれた靴や、色褪《あ》せたシャツにさえ思い入れを持ってしまう生き物だ。

感傷を覚えずにはいられない。傷とは呼べないほどの小さな痛みを。淋しさを。

アオの感覚はとても人間らしい。これほど感受性の豊かな男を、何故自分は作りもののアンドロイドだなどと勘違いしたのか。

冬眠《ハイバネーション》の後、ケアスクールに行かなかったのも、アオの純粋さに繋がっているに違いなかった。

現代の社会のルールや在《あ》り方を学ぶスクールは、ある種の洗脳でもある。特に、人とロボットの関係においては。

「嫌だって言ってもな……壊れたロボットは廃棄するしかないんだ。法で決まってる」

曇りのない真っすぐな眼差しを向けられると、ソウマはルールに馴染み過ぎた自分のほうが歪《ゆが》んでいる気さえした。

「……そうですよね。我儘《わがまま》を言って、すみません」

アオも理屈が判らないわけではない。素直に頷き、一方でどんなときも最後まで自由にものを考えずにいられないのは心だ。

『嫌だ。キューブとお別れなんて』

ソウマだけが、体の奥深くに守られるように存在する心臓の放つ声を、いつも聞いている。

『珍しいな、おまえからコールなんて』

つい数日前に会ったばかりの男は、映像でも相変わらずのニヤけた表情だった。軽薄さがなりを潜《ひそ》めたスーツを着ているところを見ると、それなりに重要な仕事中なのかもしれない。この現代でも、スーツの多様性を受け入れない化石みたいな連中はいる。

ソウマはカブ畑の中に立っていた。周辺にはスクリーン代わりになるようなものはなく、エリオの姿は宙にぷかりと浮かんで映る。

「忙しいんじゃないのか？　俺はべつに後でもいいが」

背景はどこかの都市のようだ。曇り空のこちらと違い、底でも抜けたような青空。ビルのエキセントリックな造形は、旧東南アジアの風情《ふぜい》を感じる。

午前と午後で地球の真裏に移動しているような男だから、どこであっても驚きはない。

『おまえからのコールを無視するような俺じゃないよ』

「気持ちの悪いことを言うな」

『で、用件は？』

窓際のデスクに行儀悪く腰かけた男に促《うなが》されると、ソウマは一瞬沈黙した。

畑には遠くにアオの姿も見える。カブは栽培期間が短い。古くから冬の食料として重宝されてきただけあり、秋の始めに蒔《ま》いた種がもう収穫できる育ち具合だ。

葉に隠れてアオの足元はよく見えないが、振り返りながらなにか話をしているところをみると、キューブがそこにいるのだろう。楽しげな横顔でも判った。

ソウマはアオを見つめたまま声を発した。

「エリオ、おまえに頼みがある」

『なんだ、改まって珍しいな。まだ部屋が決まらないのか？　アオくんのことなら、なんなりと引き受けようじゃないか』

「いや、違う。キューブのことだ」

『キューブ？　サイコロがどうした？』

エリオは早くも気のない声音で、判りやすい男だ。

「だいぶ前から調子がおかしい」

『そんなの、俺じゃなくてサポートに連絡しろよ』

「保証期限が切れてる。もう買ってから二年だ」

『じゃあ、さっさと買い換えれば……』

「ブレイクさせようと思ってる」

適当に言葉を放り返していた男が、途端に無言になった。宙に浮いたエリオの顔は、滅多《めった》に見る機会のない真顔だ。

『勘違いするな、ソウマ。こないだ俺が車を貸して協力してやったのは特別だ。俺は法に触れることに関わる気はない』

「あれはなにも問題はなかった」

『結果的にだろ。危ない橋を渡らされたのに変わりはない。俺は割に合わないことはやらん』

ソウマは問い返した。

「割に合えばいいのか？」

エリオは再び息を飲むも、今度は吹き出し笑った。

『はっ、俺の割に合っても、おまえの割には合わないぞ？　高くつくからな。とてもおまえが納得するとは思えないねぇ』

「なにが望みだ？」

『聞かなくったって、解ってるんだろう？』

「コールじゃ判らん。目の前にいない奴の『声』は聞こえないからな」

『へぇ、そりゃいい弱点を知ったな』

人の欲を満たす商才は飛び抜けているが、人を苛立たせるのも上手い男だ。

本当に人の気持ちに敏感なのは、エリオのような男なのかもしれない。その上で鈍感に振舞えるのだから最強でもある。

「いいから、さっさと要求を言え」

急《せ》かすソウマの元を、湿った風が強く吹き抜けた。再び伸びた髪を大きく揺らし、遠くに見えるアオは風を孕《はら》む薄手の防寒服を必死に押さえている。

風に膨らむ黄色いパーカー。

宙に浮かんだエリオだけが、何事もないかのように涼しい顔をして言った。

『俺の欲しいものなら決まってるだろう、ドクター？』

翌日は雨だった。

雨が降れば、作物の世話は休みだ。朝食の後、窓辺に立ってコーヒーを味わうソウマは、寛《くつろ》いでいるとは言いがたい難しい表情をしていた。

雨は一時も止《や》む気配がない。けぶる雨に視界は閉ざされ、いつもは西の方角に見えるスプリングシティも影すらなかった。

うっすらと結露《けつろ》に曇《くも》った窓を、ソウマは指ですっと一撫でする。

「アオ、キューブはどこだ？」

アオの近づく気配は『声』で感じていた。

「キューブですか？　ドットと一緒に奥で掃除をしてました」

「そうか、ならいい」

「ソウマさん、大丈夫ですか？」

「え？」

『具合でも悪いんじゃ……昨日から変だ、ソウマさん。あんまり喋《しゃべ》らないし、なにかあったのかも……まさか。キューブのことで』

ソウマは努《つと》めて笑みを浮かべた。

「べつになんともない。平気だ。そういや、今日は病院の日だったな。何時の予約だ？　送ってやる」

「えっ、タクシーで行けます。検査に時間かかるから、ソウマさんを待たせたら悪いし」

「バカ言え、どうせ俺は雨で暇なんだ」

家族でもある恋人を、病院へも送らないほど薄情な男ではないつもりだ。

午後は一緒に出かけることになった。

昼過ぎには、幸い雨もだいぶ落ち着いていた。スプリングシティの中心部にある病院へは、車でそうかからない。主に荒野を時速二百キロ以上で走行するのだから、体感はすぐと言ってもいい距離だ。

到着してからの待ち時間のほうが、アオの言うとおり長かった。経過が順調といっても、アオは心臓だけでなく、同時にクローンを作成し保存していたほかの臓器も移植している。

八十パーセントを人工臓器で機能させていたアオの体は、移植再生手術により逆に八十パーセントがオリジナルの体に戻った。

ソウマは待合室で気長に待ちつつも、落ち着かなかった。

結果も気になるが、周囲への違和感だ。

心臓血管外科。ここには人工心臓を持つ患者がいる。待合室の人口密度のわりに、やけに静かに感じられるのはそのせいだろう。

心の声が聞こえない者が幾人もいた。流線を描く白いベンチに、右も左も。もっとも距離の近い、斜め前の金髪の青年もその一人だ。

こちらへ背を向けた男は、ボードを見ていた。手近な板状のものに映像や文字を投影する、コールと同じ技術を使ったネット閲覧《えつらん》だ。

料理の写真を眺める彼が、どういう意図で見ているのかさえ判らない。腹を空かしているのか、デートのレストラン探しか。

以前のアオのように、男からはなにも響いてこない。

「ソウマさん、待たせてすみません」

つい周囲を観察しつつ過ごしていたところ、アオが戻ってきた。診察に向かったときとは様子が違い、三人の幼い子供たちに囲まれている。

「アオ！　お見舞いくるって、約束してたのに！」

「今日、これから寄るつもりだったよ？」

「ホントに〜？」

「うん、だからお見舞いにクッキーも焼いてきたんだ。カボチャとソラマメの……」

「えー、チョコクッキーがよかった〜」

「はは、ベジタブルクッキーも美味《おい》しいよ」

呆気《あっけ》に取られるソウマに、アオはすまなそうに言う。

「廊下でみんなと一緒になったんです。ちょっとだけ表に出てもいいですか？」

「ああ、もちろん」

入院中に親しくなった患者を見舞いたいとは聞いていた。想像したよりも随分小さな患者仲間だけれど。「ここで騒がしくしちゃダメだから」と、アオは子供たちを中庭へと促《うなが》し、ソウマも後に続いた。

病院の憩《いこ》いの広場である中庭は、以前訪ねたソウマが車椅子のアオと話をした場所でもある。高所にある病院からの眺めは開放的で、駆け回れるほどの広さもあるものの、入院中の子供たちは大人しくベンチに座った。

クッキーの包みを配るアオを、ソウマは出入り口の傍《そば》に立って見つめる。

自然と眼差しが優しくなるのを止められなかった。

アオ自身も柔らかな顔をしている。

黒ずくめの喪服《もふく》姿でうちにやってきたときとは、もう違う。

一人残された生活に寂しさを覚え、自分の元を訪ねたと言った。ふと、今のアオであればそんな必要はなかったかもしれないと思わされる。敏感な子供たちにも慕《した》われるくらいなら、どこにいたって人に愛され、寂しいと感じる暇などないだろう。

「みんな帰ろう、あんまり長くいると冷えちゃうから」

少しして、アオは子供たちに声をかけた。満足げな男の子二人と、女の子一人が、ソウマの傍をすり抜けるようにして待合室に入っていく中、思いがけない声が響いた。

「アオ」

「……ベネット⁉」

アオだけでなく、振り返ったソウマも驚いた。

背後にいたのは、先ほど待合室で料理の写真ばかり見ていた男だ。

「ちっとも俺には気がついてくれないから、待ちかねたよ」

「ここで会えるとは思わなくて。退院したんじゃなかったの？」

「君の検診が今日だって思い出して、来てみたんだ。よかった、会えて！」

どうやら病院でアオに会いたがっていたのは、子供たちだけではなかったらしい。

後ろ姿では明るい金髪ばかりが目立っていた青年は、なかなかにハンサムで整った顔をした男だ。年も自分よりはアオに近い。といっても、生活年齢のほうだけれど。

「アオ、紹介してくれるかい？」

求める男の青い目は、チラとこちらを見た。

「ソウマさん、ミスター・ベネットです。話してたでしょう。シェフで、料理を教えてくれたっていう」

「ああ……」

名前に覚えがある。しかし、てっきり女性なのだとばかり思っていた。

心の声が聞こえると言っても、頭に浮かんだ心象までもが伝わってくるわけではない。

男は笑みに白い歯を覗かせ、すっと手を差し出して握手を求めてきた。

「初めまして、ドクター・イシミ。ベネット・イーデンです。お会いできて光栄です」

「……初めまして。驚いたな、女性と勘違いしてたよ」

「たまに間違われます。ドクターのお噂はかねがね……って、世界中であなたを知らない人はいませんが。僕も『ヴォイス』の恩恵《おんけい》を得ている一人です。おかげで、退屈な入院生活も、いつでもすぐに家族や友人と話せて気が紛《まぎ》れました」

軽い握手を交わして引っ込めようとした手を、ベネットは両手でぎゅっと強く握り返してきた。幾通りにも言い回しを変え、聞き尽くした賛辞の言葉。ソウマにとってはもはや眉を顰《ひそ》めるスイッチのようなものだが、純粋なユーザーの好意までもを否定するわけではない。

ただ、彼に限っては本音は判らない。

手に触れてもなお、なにもその体からは響いてはこない。唇や声帯を動かさない限りは。

「ドクター？」

「あ、いや……」

どうやら人懐っこい男のようだ。ずっと表情に乏《とぼ》しかったアオと違い、笑顔が弾《はじ》けるほどに胡散臭《うさんくさ》さを覚える。

金髪に碧眼《へきがん》という、エリオにも通じる外見が警戒心を抱かせるのかもしれない。

アオとの再会を喜ぶベネットとは、子供たちが病室へ帰った後、待合室の隅の対面のソファに座って話をした。

「よかったアオ、本当に今日は君に会えて。もう会えないのかと思ってたんだ！」

「大げさだよ、ベネット」

「大げさなもんか、毎日会っていたのが急にゼロになったんだから、涙で枕も濡れる」

「だから、大げさだって」

「君はいつもクールだなぁ」と肩を竦《すく》めて見せる男は、仕草までもがエリオを彷彿《ほうふつ》とさせる。

ソウマは聞き逃さなかった。

『でも、嬉しいな』

呟くように続いたアオの本音。素っ気なさが照れ臭さの裏返しであるのも、知りたくなくとも勝手に聞き取ってしまう。

ベネットは気づいてか気づかずか、懇願《こんがん》した。

「アオ、あの約束はちゃんと果たしてくれよ？　今度、俺の店に食べに来るっていう……」

「その店は、俺も行ってもいいのか？」

不意にソウマは口を挟んだ。隣で「えっ」とアオが驚き、ソウマ自身も自分の言動に戸惑う。

「あ、いや……」

「本当ですか⁉　ぜひ！　ドクターも一緒に来てください。アオ、聞いたかい？　ドクター・

イシミが俺の店に来たいってさ」

アオはぎこちない笑みを返すばかりだ。

『ソウマさん、どうしたんだろう』

積極的に他人に関わろうとするなど、自分でもおかしいと思う。

「よかった、ドクターはてっきり人が嫌いなんだとばかり」

「何故だ？」

「メディアにはもうずっと出ていませんよね？　アオからも、ドクターは難しい人だと聞いてましたから」

「難しいって……」

確かに傍目《はため》にはそのとおりかもしれないけれど、まさかアオに言われるとは思ってもみなかった。隣の反応を窺う間もなく、男の喋りは弾む声で揚々《ようよう》と続く。

「実は最初は誤解してたんですよね」

「誤解？」

「いや、いくら研究を手伝うって言っても、他人なのに一緒に暮らすなんて……アオはあなたと特別な関係なんじゃないかと。ドクターはもう研究は止《や》めて引退してるなんて噂も、前に出てましたし」

思い返す男は、ふっと笑った。

「アオに強く否定されましたけどね。引退も、恋人も。ドクターは異性愛者だから有り得ないって」

「え……」

「悲しむべきか、喜ぶべきか。だったら、俺にもいくらか望みはありますかね？　二人が違うなら、恋人はいないってことになるでしょ？」

「……どういう意味だ」

「あー、他の相手がいるっていう可能性もありますけどね。めげない男なんです、俺」

本当に打たれ強い。ソウマが低い声で問い返したにもかかわらず、ベネットはさらにへらりと笑ってつけ加えた。

「なんて、冗談ですけど」


病院を出る頃には、外はもう日が暮れていた。

街中では車は見えないレールに乗っかっているような自動走行で、暇を持て余した頭は余計なことばかりを考える。

どうやらあの男は、アオに好意を寄せているらしい。「冗談です」なんて白々しく歯を見せ笑ったけれど、あれが本気の目だったことくらい、心の声など聞こえなくとも判る。

「ソウマさんが、彼と親しくなるなんて意外です」

助手席で車窓《しゃそう》を眺めていたアオが、不意に言葉を発した。

「親しくって……べつにお前と一緒に食事に行くって言っただけだろう。ああ、レストランに持て余してる野菜を送るとも言ったか。無駄な食材を減らせるなら一石二鳥だしな」

若くして店を持った青年を、応援したい気持ちくらいは純粋にある。

『でも、今までのソウマさんなら、きっと言わなかった』

驚いて隣を見た。『どうして』という疑問が、アオの中でずっと燻《くすぶ》っているのは気がついていた。

自分だって何故と思う。ただ、アオとは違い、一見気のいい青年の本音を探りたがる理由に見当はついている。

嫉妬だ。よりにもよって、心の声の聞こえない相手に。

いい年してみっともない。恋愛ブランクとやらが、こんな形で表れているのか。

『きっとベネットが話しやすいから……』

確かに社交的で話しやすい男だったが、目が合うとアオは気まずそうに視線を泳がせ、再び車窓を見ようとする。

ソウマは尋ねた。

「アオ、どうして彼に嘘をついたりしたんだ？　恋人だって、言えばよかっただろう」

「入院していた頃は、まだソウマさんに受け入れてもらえるかも判りませんでしたから」

「だったら今……もしかして知ってたのか、彼の気持ちを」

『知ってた』

ソウマの思いつきに、アオは不意を打たれたようにポロリと『声』を零《こぼ》した。

『だから、ソウマさんに会わせたくないと思って……』

逃げるように窓へ顔を向ける。夜になろうと明るい巨大な街。ビルの谷間を縫《ぬ》うように、幾《いく》重《え》にも滑《なめ》らかなカーブを描いて走る道を、光は四方八方から照らし出す。

『眩《まばゆ》い光。たくさんのビル。窓明り。星明り。人工の。自然の……いや、天然風の』

目に映るものすべてを不器用に言葉に置き換えるように、アオは突然語り出した。

その瞬間、ソウマは察した。先ほどからずっと、アオはただ何気なく外を眺めていたわけではない。

意識を逸《そ》らすためだ。必要はないと言っていた、心の声を聞かれないようにする方法。それをどういうわけか、今このタイミングで実行しようとしていた。

自分には聞かれたくないことがあるのだ。

病院で会ったあの男のこと以外、思い当たるものはない。

やがて、合図のような警告音が車内に鳴り始め、ソウマはハンドルを握った。

街を出る。車はスプリングシティを飛び出し、磁場《じば》の推力《すいりょく》のない未舗装の道へ入ると、地面に足を着くようにタイヤを出した。ここからは、スピードから車間距離まで制御されて走る道ではなく、ソウマ自身の運転で目的地へ向かう。

自由だ。今や世界の隅々どころか、月や火星まで人の干渉《かんしょう》のない場所はないのに、突然フリーになって宇宙にでも放り出されたような感覚。ドームはまだ遠く、荒野の先は闇だった。

なにもない。

意識を逸らすに適したようなものはなにも。いつもより暗く、光さえ寄りつかない道に感じられるのは、星明りもない曇り空だからだろう。

ソウマは音声操作で気晴らしの音楽でもかけようとして、アオの『声』を聞いた。

『……雨』

確かに雨が車体の強化ガラスを打っていた。ルーフに触れる側《そば》から、後方へ飛ぶように流れ去っていく雨粒。

流れ星のような一瞬の煌《きら》めきもない。普段であれば目に止まることもない雨粒を、アオは幾つも目に焼きつけるように見た。

雨。雨。雨。

ただ一つの、『声』に変えるという目的のために。

「オカエリナサイ、ソウマ、アオ」

ドームに戻ると、いつもどおりにキューブが出迎えた。

このところ調子が悪いだけに、普通に家に明りが灯《とも》り、空調が問題なく効いているだけでもホッとする。

四角いサイコロのようなロボットは、主人の心配をよそに、すいっと二人の足元へやってきて、いつもなら一番に挨拶を返すアオではなくソウマが応《こた》えた。

「ああ、ただいまキューブ」

急ぎ奥の寝室のドームへ向かおうとする。ブルゾンの上着を脱いでクローゼットに戻すくらいの作業しかないが、そのほうがいいだろうと思ったからだ。

アオを早く一人にしてやりたかった。自分が側にいては、車の密室にいるのと少しも変わらず、心を解放できない。

ソウマはつい足早になり、アオに焦《あせ》り声で呼び止められた。

「ソウマさん！」

振り返ったソウマは瞠目《どうもく》する。

もっとも聞きたくはなかった『声』を耳にした。

『ごめんなさい』

アオの詫《わ》びる声。

「……ソウマさん、ごめんなさい。車ではその……」

「おまえが謝るようなことじゃない」

「でもっ……」

「本当に気にするな。誰だって、いつもいつも考えを知られるのは嫌に決まってる。心の声が聞こえない方法も、おまえに伝えたのは俺だ」

ソウマは笑んだ。元々愛想《あいそ》笑いは得意じゃない。ぎこちない動きの頬の筋肉に失望しつつ、「すぐに戻る」と適当なことを言ってまた背を向ける。

今度こそ寝室へ向かうはずが、言葉だけでなく全身で引き止められた。

アオは無言で背後から両腕を回し、ソウマを強く抱きとめた。

降りた車からドームまでの僅《わず》かな移動でも冷えた上着。まるで冬の始まりの夜気を一息に吸い込んだみたいに、アオの羽織った薄手のコートは冷たい。

冷や水で強引に目を覚まさせられたかのように、ソウマはハッとなった。

『ごめんなさい』

「アオ、もういい……」

『ごめんなさい。どうしたって聞かせてしまう。ソウマさんが嫌なら、元の人工心臓に戻したって構わないくらいなのに』

密着した体から、体温が馴染む間もなく送り込まれたような『声』だった。

その『声』にビクリと身を強張《こわば》らせたソウマは、呆然となるままにゆっくりと身を捩《よじ》り、仰《あお》ぎ見るアオは二つの眸《ひとみ》を溢れんばかりに瞠《みは》らせていた。

首を振る。

「……う…そ、今のは嘘です」

「アオ、今のは……」

「違います。嘘なんです、本当にっ！」

――本当の嘘。

そんなもの、この世にありはしない。思ってもいないことを、真実であるかのように心で語ることなどできない。

『ごめんなさい』

「ソウマさん、嘘です」

何度もふるふると首を振る。

抱いてはならない考えだと、アオも判っていた。

人工ではない心臓。苦労してようやく手に入れたオリジナルの体。ソウマは、ただのたとえであってもアオの体を傷つける行為など望みはしない。なにと引き換えであっても。

『ごめんなさい』

「僕はただ、ソウマさんに嫌な気持ちになってもらいたくなくて……」

『ソウマさん、ごめんなさい。許して。嫌いにならないで』

歪《いびつ》な気持ちを必死で並べるような、たどたどしい『声』。アオは幾度も首を振るも、結局は詫びることしかできずに、顔を俯《うつむ》かせた。

するりと解《ほど》けるように腕が離れ、微《かす》かな光を跳ね返すものが床へと落ちる。

「アオ」

一つ二つと落ちた涙に、ソウマは驚いた。

反射的に腕を伸ばす。まだ冷えたままのコートごと包むように、アオを掻《か》き抱く。

「謝るな、嫌うはずがないだろう。さっきからなにを言ってるんだ、おまえは。俺が嫌になるって、どういう意味だ?」

『だってソウマさんは、僕の心の声を聞きたくないでしょう?』

泣き顔を見せるつもりはないのか、アオは深く俯いたままだけれど、抑えようもない『声』だけは確かに届く。

「俺がいつそんな風に思わせた?」

「……気がついたんです」

躊躇《ためら》いながら発せられた声は、少し震えていた。

「病院で、ベネットと話すソウマさんを見てたら、前は僕ともあんな風に話をしてくれていた気がして。ソウマさんが彼によく話しかけたのは、気が休まるからじゃないですか?」

「休まる？」

「心の声を聞かれないですむ方法、ソウマさんが僕に覚えるように言ったのは、余計なことは聞きたくなかったからですよね？　なのに僕は勘違いして、ソウマさんが言ったのは自分のためだなんて思い込んでいて……」

『今まで気がつかなくてごめんなさい』

「なっ、なに言ってんだ、そんなバカなことあるわけないだろう」

『いつも僕はソウマさんばっかりで。いつもいつも、うるさく思ってて』

うなだれるアオには、ソウマの否定はまるで届いていないかのようだった。

「アオ！」

「ソウマさん……」

「それこそ勘違いだ。おまえに四六時中思われて、嫌なわけないだろうが。じゃなきゃ惚れたりしてない」

「でも……ソウマさん、あんまり嬉しくないみたいだったから」

「嬉しくない？」

「僕の言うことも、することも、重すぎるのかなって」

「バカ、そんなわけ……」

あるはずがないと思うも、否定しきれなかった。振り返ってみれば、思い当たる節がある。

自分を想うアオの『声』。聞いて素直に嬉しいと感じた瞬間は数え切れないほどあるけれど、自分はいつも何事もなかったかのような態度でやり過ごした。

「あれは照れくさかっただけだ」

アオは浮かんだ涙も乾きそうなほど、瞬《まばた》きも忘れて自分を見ていた。

「そんな、てっきり迷惑なんだとばっかり……言ってほしかったです」

「言うって、どうやって？　俺にはただ聞くことしかできない。俺の心の声を、おまえにも聞こえるようにするなんてこと……」

当然のように反論してから、ハッとなった。

アオも不思議そうな顔をしていた。ゆっくりと瞬《またた》く眸。

伝わるはずがない。自分の認識は端《はな》から間違っていた。

「アオ、すまん。謝らないとならないのは、やっぱり俺のほうだな」

「ソウマさん……」

心を伝えるのになにも特殊な力などいらない。ヴォイスのような機械も。ただ話をすればいいだけだ。目を見て、唇を動かし、言葉で伝えればいいだけだった。

アオはいつもそうしてくれた。

心の声だけでなく、言葉でも語ってくれた。あの日、退院してすぐに真っ直ぐに自分の元を訪ねてきてくれたときもそうだった。

夢のようだと思ったあの日を、忘れたわけじゃない。

「おまえは勇気があるな」

「え……」

自分は昔っから逃げてばかりだ。仕事を捨て、街を離れ。人との交わりを絶とうとしていた自分に訪れた幸運を、もう手放せるはずもないのに。

ソウマは苦笑し、軽く目を伏せてから言った。

「正直言うとな、嫉妬した」

「……嫉妬？」

「そうだ。俺の知らないところで、おまえに近づいていたあいつにな。惚れてるなんて仄《ほの》めかされたら、居ても立ってもいられなくなった」

言葉にしてみれば、明かすのを躊躇うのも無理はないほど大人気《おとなげ》ない。

「小さい男だろう？」

自虐混じりの言葉に、アオは首を振る。

「それなら、僕も彼に嫉妬していました。だから、ソウマさんに聞かれたくないって思ってしまって……ベネットには、あなたが異性愛者だって信じたままでいてほしかったんです」

車でアオが頑《かたく》ななまでに、心を閉ざそうとした理由。納得するにはなにかが食い違っていて、首を捻《ひね》りかけるソウマにアオは心で答えた。

『ベネットが好きなのはソウマさんだから』

「……はっ？」

「昔から、憧れてたそうです。ドクター・イシミのファンだから、退院したら紹介してほしいって言われてて……才能だけでなく、ルックスも好みなんだとか。あなたが同性とも付き合えると知ったら、ベネットは絶対諦めないと思って」

「それはなんていうか……困る」

じっと顔を見合わせ、どちらからともなく笑みが零れた。

始まりが他愛《たわい》もない誤解かと思うと、もう笑うしかない。

「同じですね。僕もソウマさんも」

「そうだな」

ただ言葉にすればいいだけの思いを、ひた隠しにして難解にする。

「そういえば……あの本にも書いてありましたね」

ふとソウマの脳裏《のうり》を過《よ》ぎった本について、アオも以心伝心のように口にした。

もっとも恐れるべきは心の伝達ではなく、遮断《しゃだん》である。

心の声を聞かれずにすむ方法を記《しる》しながらも、著者はそう締め括《くく》っていた。

「ああ、三百年前からまだなにも変わっていないのかもしれないな」

人類の歴史からしたら、ほんの僅かな期間。三百年ぽっちでは、ロボットのように目まぐるしい変化など人は望めやしない。

進化は兆《きざ》しさえない。地上から少しばかり高い場所で暮らすようになり、地球からもっとも近い天体への移住を果たしたのを宇宙を我が物にしたかのように胸を張っているにすぎない。

遠い過去へと思いを馳《は》せつつ、ソウマは目の前の心を共有すべき相手を見下ろす。

抱き留める腕に力が籠《こも》り、いつしかコートの冷たさが失せていることに気がついた。


秋から冬にかけての荒野は、夜が長くなる。人工の明かりに満たされた街と違い、ここでは日没と共に周囲はすっぽりと闇に包まれるからだ。

天気のいい日は降るような星空がいくらかの光を地上に届けるも、雨模様の今夜はそれもない。

食事と入浴の後、アオはサニタリーのドームに長く籠っていたかと思えば、なにか決意を秘めたような目をして、リビングのソファにいたソウマの元へ真っ直ぐに向かってきた。

「ソウマさん、今日は一緒に寝てもいいですか?」

「あ……ああ」

『声』ではなく、言葉ではっきりとアオに求められたのは初めてだ。驚きで鈍《にぶ》った反応に、見下ろす表情は曇《くも》った。

「ダメですか？」

ソウマは開き見ていた紙の本を、興味が失せたとばかりに閉じる。

「そんなわけあるか。今夜は俺から言おうと思ってたところだ」

「本当に？　よかった！」

途端に幸せいっぱいに頬を緩《ゆる》ませる。こんな顔が見られるなら、がっついていると思われようと早く誘ってしまえばよかった。

半乾きの洗い髪もそのままに、ソウマはアオと寝室のドームに向かった。

迷いのないキスを交わす。唇と唇を重ね合わせ、互いの体温を深い口づけで確かめ合い、縺《もつ》れるようにベッドへ沈む。自然と脇腹の辺りから両手を這わせるのも、腰や胸元を目指す間に戯《たわむ》れのキスを繰り返すのも、すべてはお決まりの一連の流れみたいなものだ。

にもかかわらず、鼓動が高まった。

アオに求められているというだけで、ひどく掻き立てられるものがある。

風呂上がりで身に着けたばかりの服を脱がせ合う。アオはもうパジャマだった。夜の外気温が氷点下に近づいている季節にもかかわらず、ドームの中は裸になっても快適だ。

「ソウマさん」

「ん……」

名を呼んで見つめられ、またキスをしようとすると、そっと体を押し戻された。

「……僕も」

『ソウマさんに、したい』

聞かれるのを承知で見つめ、心で考えたのだろう。頬をじわりと赤らめつつも、アオは半身を起こすとソウマの足の間に蹲《うずく》まった。

下腹部に顔を落としながら告げる。

「下手くそだったら、言ってくださいね？」

真に受けて言う奴がいたら大馬鹿者だろう。

そのつもりもないのに「ああ」と頷くソウマは、くすぐったい思いで恋人の仕草を見つめる。

アオのフェラはこれが初めてではないけれど、急に技巧的になるはずもない。やりやすいようにと片膝を軽く立てれば、それだけでビクリとなって狼狽《うろた》える初々《ういうい》しさだ。

「べつに取って食いやしない。ああ、おまえのほうが食ってくれるのか？」

「……かっ、噛んでも知りませんよ？」

アオでなければ、エロオヤジとでも罵《ののし》られるところだ。控えめな悪態さえも、可愛らしく思えてしまうから重症だ。

──久しぶりにかかった恋の病か。

「アオ……」

微かな兆しを見せたソウマの中心を、アオはそっと両手で上向かせた。すぐに唇が下りてくる。触れるのに躊躇う素振りはない。先端から根元へと、上唇が捲《まく》れるほど押し当ててなぞり、這い上るときには舌が伸びる。

拙《つたな》いながらも必死さを感じさせる愛撫。

「ん…っ……」

小さな口は、嵩《かさ》のある亀頭を頬張っただけでいっぱいになる。浮いたカウパーを愛《いと》おしげに吸われると、ビクンと重たく張った屹立《きつりつ》が跳ね、アオまで驚いて身を竦《すく》ませた。

「す、すみません」

「大丈夫だ、感じただけだ」

「……本当に?」

「ああ、いい……すごく」

『よかった……』

ちゅっちゅっとアオが鳴らす音と、ソウマの息遣いだけがしばらく響いた。狭い口腔《こうこう》に飲まれた性器は、完勃《かんだ》ちと言っていいほど張り詰め、ざらつく上顎《うわあご》に擦れて息が乱れる。

本当のところそう上手くはないはずなのに、堪《たま》らなかった。

「ん……ふっ……」

懸命に自分を感じさせようとしている姿に、見つめる眼差しが熱を持つ。ゆるゆると頭を撫でてやりながら、ソウマはそっと前髪を梳《す》き上げ、自身を愛撫するその顔を眺めた。

頬も耳も、先ほどよりずっと赤い。紅潮して伏せられた目は、長い睫《まつげ》が涙に濡れ光り、やばいくらいに劣情《れつじょう》を煽《あお》られる。

『ソウマさん、感じてくれてる。嬉しい。嬉しい……もっと、感じてほしい』

「……アオ」

見れば、色づきやすい裸身は臀部《でんぶ》までもが淡いピンクに染まっていた。

もじりと何度も揺れる小さな尻に違和感を覚え、ソウマは手を伸ばす。

「……んっ、んっ……ぁ……っ……」

狭間《はざま》は軽く触れただけでぬるっと指が滑り、愛撫に没頭《ぼっとう》するアオは声を弾ませた。

「これは……」

明らかに中から濡れていた。不自然に潤んだ窄《すぼ》まりは、よく確かめようと指でなぞっただけでも、ヒクヒクと震えて中から透明な滑《ぬめ》りが湧いてくる。

「さ、さっき洗面室で……カプセルを飲んだんです。その……」

『……潤滑剤《じゅんかつざい》の』

以前教えた経口《けいこう》タイプに違いない。

「どうしてそんなものを?」

「僕が女の人じゃないから……ソウマさんは、やっぱり気が削《そ》がれるのかと思って。す、少しでも、自然に近いほうがいいんじゃないかって……」

男が濡れるのが自然かはさておき、アオは真剣だった。

『それに、これだったら……キューブに見られなくてすむから』

恥じらいに揺れる眸。眦《まなじり》の濡れた眸で仰がれ、ソウマは軽く息を飲む。いつもキューブに持ってこさせていたのを気にしていたらしい。

「キューブに頼んだのは、おまえを恥ずかしがらせるために決まってるだろう」

「え……」

「反応が可愛いから、つい」

でなきゃ枕元にでも用意しておく。キューブを本当に必要としたのは、最初のときくらいだ。

「ついって……」

『ソウマさん、意地悪だ』

「意地悪か……そうだな。じゃあ、意地の悪い俺にはもうしてくれないのか？」

ソウマが黒い眸を細めて問うと、察したアオは両手で支えたものに再び顔を落とした。やや失いかけていた勢いは、瞬く間に戻りつく。

男らしい眉根を寄せ、ソウマは生温かな刺激に吐息を零《こぼ》しながら問う。

「そういや……どこで買ったんだ？　コールマーケットか？　買いに行く暇なんてなかったはずだが……」

「んっ、ふ……っ……」

『エリオさんに相談したらっ、送って……くれて…っ……』

「エリオに？　おまえはなんでもあいつに話すんだな、俺には言わないくせに」

「あっ、や……」

尻の狭間に指を滑らせれば、アオはそれだけで大きく身をくねらせる。

「そんなにあいつのほうが頼りになるか？」

冗談にすぎないつもりだった。けれど、言葉にした傍から胸の奥に酷い焦燥を感じ、半《なか》ば本気で言っているのだと認めざるを得なくなる。

――本当に男の嫉妬ほど醜《みにく》いものはない。

「頼りって、そんなわけ…っ……あっ……」

否定するアオは、声を上擦《うわず》らせた。悪戯《いたずら》に入口を撫でる指は、ソウマが軽く力を込めただけでもぬるんと中へ沈む。

慣らしてもいないのに、中指だけでなく薬指までも。

「……すごいな」

「あっ……あっ……」

二本の長い指を深々と咥《くわ》えさせられたアオは、嗚咽《おえつ》のようなか細い声を上げ、何度も頭を振る。体ばかりが早く開いて、気持ちが追いつかないのか。

「まっ、待っ…て……まだ…っ……あっ」

「こっちは、もうとろとろになってる」

「や、ソマさ…っ……ダメ、続き……」

『続き、できなくなるから』

どこまでも健気《けなげ》な反応に、ソウマは軽く息を飲み、そして笑みに表情は和《やわ》らいだ。

「もう充分だ。こっちでも可愛がってくれるんだろう?」

ズッと抜き出した指に、アオの胴は震える。引き起こした体を抱き寄せ、すぐにへたり込んでしまいそうになる腰を回した両手で支えた。

「ソウマさん……あっ、指……」

「男でも、こんなに濡れるんだな」

「ごっ、ごめんなさい」

条件反射のように詫びるアオに、ソウマは苦笑する。

「煽られて堪らないって言ってるんだよ。俺のために飲んだんだろう?」

「ん…っ……」

返事を聞く前に、もう唇を塞《ふさ》いでいた。

口淫《こういん》のせいか、いつもより色づいて湿った唇。柔らかくふにゃりとしていて、頼りない感触を確かめるように押し潰しながら、指先で潤んだ綻《ほころ》びを探る。

「ここに挿《い》れていいか?」

「ふっ、あ…っ……ソウマさ…っ……」

「嫌だって言われても、こんなにされたんじゃ今日は止められそうにないけどな」

唇を離してもすぐそこにある顔は、きょとんとした目で見つめ返した。

「……いや？」

「やっぱり、覚えてないのか？　おまえはこのところ後ろを使うと嫌がるから、セーブしてるつもりだった」

「えっ、手術が終わったばかりだからって……あれは嘘だったんですか？」

「それもあるが……ほとんど自分を納得させるための言い訳だな。おまえが嫌がってるのに、無理強《じ》いはよくないと思った」

アオが必死で自分の言動を思い起こそうとしているのが判る。しかし、答えはどうやら見当たらないまま。

「そんな……全然覚えがないです。だって、嫌じゃないし」

「……深層心理かもな。だいぶ意識飛んでたみたいだから」

「違いますっ、深層心理なんかでもありませんっ！」

強い声に驚く。アオは本気でそう思っていた。

「心の声でも言ってたのにか？　どうやって俺を欺《あざむ》く？　うわ言みたいだったが、あれが本心じゃないってんなら……」

「本心なわけないでしょっ、ソウマさんがしてくれなくて……その、最後までしてくれなくなって、哀しかったくらいなのにっ……」

『だから、カプセルだって飲んでみようと思って』

『声』ににじわりと頬は赤らむ。真っ直ぐに見返す眸は激しく揺れ、下部のグリーンが波立った。

「……すまん、アオ」

宥《なだ》めるようなキスを交わした。

「……もう、止めないでください。もし僕が変なこと言っても、止めないで」

「ああ」

「本当は……淋しかったんです。ソウマさん、前みたいにしてくれなくて……」

「前？」

「あ……」

何気ない問いに、アオの表情がハッとなり、『声』が響いた。

『嫌だって、思ってた。そうだ、ソウマさんの顔見られなくなって、嫌だって……ソウマさんが遠くにいるみたいで』

「まさか……バックのせいだってのか？」

セックスは常に後背位《こうはいい》でしようとしていた。

好んでそうしたわけじゃない。そのほうがアオの負担が少ないと思ったからだ。

「……はっ」

ソウマは乾いた声を漏らした。

たかが体位のせいなんて、笑える。気遣ったつもりが仇《あだ》となっていた。

本当に、言葉で確認していればこうやってすぐに判ったものを——

「アオ……」

アオの両手が伸びてくる。ソウマの顔を大切なものであるかのように包み、どこからともなく——そう、心臓が歌うように響かせる『声』。

『ソウマさんの顔……見たかった。好き。ソウマさんの目、鼻も、唇も……全部。ソウマさん……好き』

寄せられる唇を、もう避ける理由も術《すべ》もない。こんな『声』を聞かせられたら、『重症』の自分は一溜まりもない。

ソウマは伏し目になり、受け止めた。互いの唇を食《は》むように啄《ついば》み、歯列《しれつ》に舌を潜《もぐ》らせながら、求めてやまないあの場所へ長い指をまた穿《うが》たせる。

「……ふ…ぁっ」

柔らかい。緊張を和らげる効果もあるのか。

ぐちゅっと大きく鳴る音にも構わず、むしろ聞かせるように抜き差しを繰り返す。中はひどくぐずついていた。二本の指を少し回しただけでも、深いキスにからませたアオの舌はビクビク震えて反応を示す。

とうに勃起しているアオの性器から、透明な滑《ぬめ》りが幾重にも滴《したた》る。

「……や…っ、ソ…マさんっ……なんか、変……」

「……変って？」

「あっ……なんか…っ、あっ、くる……あっ、もう…っ……」

『もう、イッちゃ……う』

瞬間、ぴゅっと白濁《はくだく》が噴いて零れた。あまりに軽い射精にアオは驚いたみたいな顔をしている。ソウマは締めつけられた指を抜き出すのではなく、ぐっと深く運んだ。

アオの上擦《うわず》る声が零れる。

「ソウ…マさんっ、ダメ……そこ…っ、もっ……もう、イッ…たから……」

「……中がうねってる」

「だってっ……あっ、だめ、あっ、奥…っ……強くしな…っ……やっ、ぁ…っ……」

「少しくらい強くしないと、指が滑《すべ》ってしょうがない。経口タイプは人気なだけあるな……ほら、痛みはないだろう？」

「ん……やっ、いや……」

「痛いのか？」

アオは啜《すす》り泣きながらも、頭を横に振った。

「……気持ちがいいか？」

「あっ、あっ……ぁん……」

よほど感じるのだろう。コクコクと頷く目元は、もう涙でびっしょりだ。

ソウマは濡れた眦を押し当てた唇で拭《ぬぐ》いながら、指を抜いた。代わりに宛がおうとしているものは、これ以上の刺激は必要ないほどもうきつく張り詰めている。

「アオ」

呼びかけただけで揺れる眸には、嫌悪も怯《おび》えの色もまるでなかった。

一度だって、アオはそんなものを覗かせたことはないのに。

それどころか、今は淫《みだ》らな期待さえもを浮かべ、ソウマは低く喉を鳴らした。

普段の清廉《せいれん》な顔を知っているだけに、煽られる。少し前までセックスどころか、自慰さえも禁忌《きんき》と思い込み、薬で抑制していたような男だ。

もっと感じさせてやりたい。もっと、溺《おぼ》れさせたい。

「ソ…ウマさん……」

楽なようにと枕まで整えてやり、仰向かせた。膝裏から両足を抱える。先端が秘めた奥へと触れれば、アオは一瞬身を竦ませるも、自《みずか》ら尻を上向けてそこを露《あら》わにした。

「……いい子だな、アオ」

軽く体重を預けただけで、ずぷっと卑猥《ひわい》な音を立てて屹立は深々と沈んだ。いつにないほど猛《たけ》っているだけに信じられない。

「あ…ぁっ……あっ、や……おっき…ぃ……」

アオは嗚咽混じりの声で、ソウマのものが大きすぎると訴えてくる。

無意識なだけに質《たち》が悪い。それでも拒《こば》んでいるつもりか、左右にくねって揺れる腰は穿ったものをやんわり刺激し、言葉にも仕草にも情欲は高まる一方だ。

「アオ……そう、煽るな。これでも、ギリギリ……理性を保ってるんだ」

「あっ、なに……ソ…マさっ……ひ…ぁっ……んっ……ぁん……」

紳士ぶったことを言ってみたところで、腰を一度動かしてしまえば飲み込まれる。

続けざまに高い音が立つほど突き上げた。潤滑剤のせいで、抵抗がなさすぎるのがやばい。

ブレーキをかけるものはなにもなく、ぶわりと沸き立つ快感をひたすらに追う。

「んっ、んっ……あぁ…ん…っ……」

アオは、右へ左へと枕の上の頭を打ち振った。見下ろすソウマは強く歯を食いしばり、凶暴なまでにきつく反《そ》り返った性器は、濡れそぼった内壁をぞろりと押し上げる。

じゅっじゅっと抽挿《ちゅうそう》に合わせて響く、淫猥《いんわい》な水音。なにもかもが溶け出してしまいそうな快楽。

「あっ、だめ、ソウ…マさんっ……ダメ、もう……あっ、あ…っ…んっ……」

『こんな、変っ……おかしくなる。もう、僕おかしくなって……』

『変になる』と言いながらも、大きく腰を引いた弾みに穿たせたものが抜け落ちれば、アオは喪失感に腰を弾ませた。

泣き濡れた声を、アオは震わせる。

「ソウマさ……ん……」

和らいだ入口は閉じきれずにヒクヒクと綻び、とぷっと中から溢れ出てくる滑りを押し戻すように、ソウマは宛がった屹立を再び中へと沈めた。

ゆっくりと根元まで貫《つらぬ》くと、アオはまた軽く達しそうになった。揺さぶる腰の中心で反り返った性器は、もうずっと恥ずかしく頭を擡《もた》げていて、いつ零れてもおかしくはない。

「やっ、奥……またっ……」

「……はっ、すごいな……奥まで蕩《とろ》けてる」

「だめっ、へんっ、また…っ、変になるから……こわっ、壊れる……」

「セックスじゃ壊れたりしない。だが、そうだな……おまえに嫌われるのは嫌だな」

そのせいで、勘違いの末に、セックスも無理強いはできずに諦めたほどだ。

ソウマはぶるっと頭を振った。額を冷たい前髪が打ち、洗い髪が生乾きだったのを思い出した。腰をきつく打ちつけそうになるのを押し留めれば、ただでさえ上がった息が、ハッハッと切れ切れの短く荒い息遣いへと変わる。

情欲が思うままにコントロールできない、本能に起因するものであることを、今頃になって思い出した。

「ソウマさん……きらっ、嫌ったりしませんよ?」

「アオ…っ……」

白い手が伸びてくる。『当たり前でしょう』と、ソウマを受け止めようとする心の声も。

アオの両手は救済のようにソウマに絡みつき、全身で引き寄せて抱き留める。細い首筋に顔を埋めたソウマは、満たされる快楽と共に幸福感を味わう。

温かな波間にでもいるような感覚。光を映し、チカチカと反射して揺れる美しい青い色をした波の間。深く深くダイブするように腰を入れながら、ソウマは汗ばむ額をアオの肌に強く押しつける。

『好きです』

「好きです。どんなときも、ソウマさんのこと……だから一緒にいたい」

「俺もだ」

『ずっと、いたい』

「ああ、俺もだ、アオ」

途中から心の声と会話をしていることさえ、どこかへ抜け落ちていた。

どちらでもよかった。どちらも、今は本当の思いに違いない。

「……好きだ」

シンプルな言葉が胸の奥から滑り落ち、心臓の語る自らの『声』を同時に聞いたような気がした。高まる鼓動。トクトクと鳴る音は放たれる信号のようだ。

『嬉しい』

ソウマは顔を起こし、アオの唇を奪った。上唇が捲れ上がるようなキスをして、蕩けきった体の奥、互いの身が軋《きし》みそうなほど深いところで交わる。

「ん…ぅっ……ぁっ……うっ……」

『ソウマさん…っ……』

ぐずついた腰を駆け上るように貫きながら、何度も自分の名を呼ぶ声を聞いた。離れては引き合う口づけを交わしながら、堪えていた欲望をドッと噴き零れるような勢いで放つ。

ほとんど同時だった。余韻のままにまたキスをする。呆れるほどに互いを感じて顔を起こすと、とろりとしたアオの眼差しが、ソウマのすべてを受け止めた。

「おまえの言うとおりだな」

ソウマはくしゃりと笑んで言った。

「やっぱり顔は見えたほうがいい」

「ドローンガキマス。ドローンガキマス。ゴ注意クダサイ」

足元でキューブが突然上げた声に、カブ畑のソウマとアオは揃って頭上を仰いだ。

今日は朝から秋晴れの戻ったような青空だった。僅かにある雲は西のスプリングシティのほうへと追いやられ、頭上の日差しを遮《さえぎ》るものもなく、アオはツバ広のストローハットを被《かぶ》っている。

「オ届ケモノデス。ナンバー、27810‐552。ツー、セブン、エイト……」

「コールマーケットからでしょうか?」

瞬く間に近づいてくるドローンを見つめるアオは、眩《まぶ》しげに目を細めた。

「いや、なにも頼んだ覚えはないが……」

ソウマは言いかけ、数歩前へ出た。小さくはない。中型のドローンの腹には、積荷の立方体のコンテナが目視《もくし》できる。

「ソウマさん?」

「たぶんエリオからだ」

「えっ」

思い当たったソウマは、足早にドームの手前の着陸地点を目指した。吹きつける強風とジェットエンジン音に、いつものように鶏《にわとり》たちがクワックワッと騒がしく逃げ惑い、ほぼ垂直に降りてくるドローンをソウマは待ち受けた。

想像どおりのサイズ感だ。受け取りをすませると、去っていくドローンを見送ることなく、その場で中身の確認を始める。

「なにが届いたんですか？」

スイッチ一つでパタパタと分解するコンテナケースの中からは、まるで入れ子のように三十七センチの真っ白な立方体が現れる。よく知る姿に、アオはソウマの返事を待たず息を飲んだ。

「……キューブ」

天頂へ向け昇った太陽の下、滑らかな輝く躯体《ボディ》は、キューブそのものだ。

「買ったんですか⁉」

「まぁ、買ったといえば買ったが……」

『嫌です』

戸惑うアオは間髪入れずに『声』を響かせ、同時に口を開いた。

「やっぱり嫌です。キューブを買い替えるなんて！　せめて動かなくなるまで使い続けることはできませんか？」

物分かりのいい振りをするのはやめにしたのか。

「正規で買ったとは言ってない。これはエリオに頼んでおいたジャンク品だ」

「ジャンク……？」

存在自体あまり知られていない。生産過程でエラーが出て、流通することのないまま廃棄されるロボットだ。厳重に管理されており、本来は表に出ない。

「部品取りに手に入れたんだ。キューブを修理しようと思ってる」

「で、できるんですかそんなことっ⁉」

「どうだろうな。やってやれないことはないだろ。人が作ってる代物《しろもの》なんだから」

起動レベルにも達していないキューブのようなもの。身を屈《かが》めて眺めるソウマは手のひらで一撫でする。

『ソウマさん、すごい……』

人の手で成せるものなら、すべて自分にできないはずはないなんて。ただの自信家のようながら、実際にソウマが達成できなかったことはない。

「僕も手伝います」

アオは目を輝かせて言い、一言でソウマはそれを退《しりぞ》けた。

「ダメだ」

「どうしてっ⁉」

「ロボットの脱獄《ブレイク》は違法行為だからな。期限を過ぎての修理は禁じられてる。それに……おまえにはほかに手伝ってもらいたいこともある」

「ほかに?」

「ああ。なにか新しい研究を始めようと思ってる」

「え……」

『信じられない。ソウマさんが、また研究を』

何気なく告げたつもりが、アオは一瞬で胸を高鳴らせたのが判るような『声』を発した。騒がしく鼓動を打ち始めた心臓から放たれる声。

ソウマはバツも悪く、ぶっきらぼうな調子になる。

「エリオとの取引条件だからしょうがない。あいつのえげつないショービジネスも、最近は頭打ちらしくてな。世間があっと驚くようなものを作れときた」

「……ヴォイスみたいな？」

「はっ、あいつは本当に簡単に言ってくれる」

世紀の大発明を、壊れたロボットと引き換えに得ようと言うのだからボロい商売だ。

アオは眩しいものでも見るように笑んだ。

「エリオさんには敵《かな》わないですね」

「まぁな。本当に人を利用するのが上手い奴だ」

「そうじゃなくて、ソウマさんにもう一度研究をさせるなんてすごいなって」

ソウマは一瞬言葉を失いつつも応える。

「そうだな……すごいな」

「ソウマさんの親友だけありますね」

「それはどうだろう」

「ソウマさんだってそう思っているでしょ？」

「思ってない」

「思ってますって。僕にだって少しくらいソウマさんの考えてることは判るんです」

傍に立つアオを、ソウマは仰ぎ見ると苦笑する。

「俺が敵わないのは、エリオよりおまえのほうだ」

少なくとも、負けても構わないと思わされているのは。

ふと白旗でも持って立っているイメージが頭を過ぎった。

「ナニカ、オ手伝イスルコトハアリマスカ？」

突然に響いた声にドキリとなる。声を発したのは、ソウマが片手をかけたままの『キューブのようなもの』ではなく、いつの間にか二人の背後に近づいてきていたキューブだ。

「ああ、おまえにも手伝ってもらいたいことはある」

ソウマは勢いづけて立ち上がった。

不本意ながら、しばらくは忙しくなりそうだ。

「ソウマさん、それでなにを開発するんですか？」

アオと共に並び歩きながら、青空の眩しさに目を細めつつ応えた。

「そうだな。とりあえず、身一つで空でも飛べるようにするかな」

あとがき
AFTERWORD

―砂原糖子―


皆さま、こんにちは。はじめましての方がいらっしゃいましたら、初めまして。

久しぶりの「言ノ葉」はまさかの三百年後、未来編になりました。

小説を書き始めてだいぶ経《た》ちますが、これほどの未来はたぶん初めてです。想像では補《おぎな》いきれない部分だらけで、コーヒーカップやペン一つ取っても、「びっくりするような形に進化してるんでは!?」と、小さいところから悩みまくりでした。

でも、私の想像が追いついたとしても、未知の日用品を一個ずつ説明してたら話が進まない。そういえば、映画のSFでも普通のペンらしきもので字を書いていたし、カップなんて宇宙船のクルーが手にしてるの何度も観た！（たぶん）そうか、あれは説明を省《はぶ》くために必要だったんだ！（たぶん違う）

そんな感じで吹っ切れ、進化の気配もないものがたくさん。そのくせ、『せっかくの未来BLなのに変化がないなんてありえない！』と、やけに頑張っている部分もあります。その頑張り必要だったかなと思わなくもないですが、緩《ゆる》く楽しんでいただけたら嬉しいです。

思えば以前、三池《みいけ》ろむこ先生と雑誌で対談をさせていただいた際にお話ししていた続編とは、随分遠い所へ着地した気がします。主に時代が……心の声が聞こえる枯れ気味の年上攻を書きたいとお話ししていて、わりと掠《かす》ってもいるんですが、三百年後という！

思いがけないと言えば、三池先生の「言ノ葉ノ花」のコミカライズがディアプラスで始まり、驚きと感激で胸がいっぱいです。連載はまだ始まったばかりですが、捲《めく》っても捲っても三池先生の描かれた余村《よむら》がいて、これから長谷部《はせべ》と恋をしていくかと思うと、いっぱいの胸が高鳴り過ぎてはち切れそうです。

三池先生、「青ノ言ノ葉」でも素敵なイラストの数々をありがとうございます！　ソウマの髪が短くなったり、すっきりハンサムになったりと印象が変わるのもイラストのトキメキどころでした。アオの喪服《もふく》姿も、イラストを想像してイメージを膨《ふく》らませつつ書いています。

たくさんの方々にお世話になり、また一冊の本になりました。深く感謝いたします。

読んでくださった方、本当にありがとうございます。応援してくださっている方々のおかげで、久しぶりに「言ノ葉」のシリーズを書けました。時代も飛んでタイトルも少し変わった今回の「言ノ葉」ですが、大切な人を得られたとき、愛情が真っすぐなのはどのカップルも共通かなと思います。これからのソウマとアオは、とても可愛いカップルになりそうです。

お手に取ってくださった方に、どうか楽しんでいただけますように。

また「言ノ葉」でもお会いできたらいいなと思います。三百年はかからないはずです！


砂原糖子。

２０１９年５月

この本を読んでのご意見、ご感想などをお寄せください。
砂原糖子先生・三池ろむこ先生へのはげましのおたよりもお待ちしております。

〒113-0024　東京都文京区西片2-19-18　新書館
[編集部へのご意見・ご感想] ディアプラス編集部「青ノ言ノ葉」係
[先生方へのおたより] ディアプラス編集部気付　○○先生

- 初出 -
青ノ言ノ葉：小説DEAR+18年ナツ号（Vol.70）・アキ号（Vol.71）
夢ヲ見ル言ノ葉：書き下ろし

[あおのことのは]
青ノ言ノ葉

著者：砂原糖子 すなはら・とうこ

初版発行：2019年6月25日

発行所：株式会社 新書館
[編集] 〒113-0024
東京都文京区西片2-19-18　電話（03）3811-2631
[営業] 〒174-0043
東京都板橋区坂下1-22-14　電話（03）5970-3840
[URL] https://www.shinshokan.co.jp/

印刷・製本：株式会社光邦

ISBN978-4-403-52484-4